문우영 신무협 장편소설
ORIENTAL FANTASY STORY & ADVENTURE

악공전기(樂工傳記) 1
청음(聽音), 소리를 듣다

초판 1쇄 인쇄 / 2008년 2월 29일
초판 1쇄 발행 / 2008년 3월 10일

지은이 / 문우영

발행인 / 오영배
편집장 / 김경인
펴낸 곳 / (주)삼양출판사 · 드림북스

주소 / 서울특별시 강북구 미아8동 322-10호
대표 전화 / 02-980-2112~4 팩스 / 02-983-0660
편집부 전화 / 02-980-2116 팩스 / 02-983-8201
홈페이지 / www.sydreambooks.com

등록번호 / 제9-00046호
등록일자 / 1999년 3월 11일

ⓒ 문우영, 2008

값 8,000원

(주)삼양출판사 · 드림북스의 서면 허락 없이는 어떠한
형태나 수단으로도 이 책의 내용을 이용하지 못합니다.

ISBN 978-89-542-2585-4 04810
ISBN 978-89-542-2584-7 (세트)

* 지은이와 협의하에 인지는 생략합니다.
* 잘못된 책은 구입한 곳에서 바꾸어 드립니다.

이 암울한 시대에 던지는 빛나는 수작

책에 양념처럼 따라 붙는 추천사를 볼 때면 종종 '나도 누군가의 글을 추천하게 될 날이 올까?'라는 생각을 했었습니다. 그런데 바로 그런 날이 제게도 왔군요. 제 첫 글의 서문을 쓸 때만큼이나 긴장이 되고 떨리는 순간입니다.

장르소설이라 일컬어지는 무협과 판타지는 한국에서 독특한 위치를 가지고 있습니다.

문자로 되어 있으면서도 문학작품의 취급을 받지 않으며, 학교와 가정에서 환영받지 못하고 있으니 말입니다.

범국민적으로 사랑을 받았던 김용의 『영웅문』 시리즈나, 『반지의 제왕』, 『해리포터』 시리즈를 생각하면 이해할 수 없는 현상이기도 합니다.

그런 모습을 두고 혹자는 '문화의 사대주의다'라고 말할 수도 있겠지만, 사실 이유는 다른 데 있을지도 모릅니다.

외국에서 수입된 무협과 판타지는 이미 자국은 물론 세계적으로 그 작품성과 대중성을 인정받은 것들입니다. 뛰어난 작품이라 국적과 성별, 나이를 불문하고 호평을 받게 된 것은 아닐까 생각해 봅니다.

한국의 무협은 어떨까요?

번역무협의 시기니 창작무협의 시기니 하는 것들은 기록 이상의 의미가 없으니 생략하도록 하겠습니다.

오늘날 '무협'이라고 하는 독특한 장르의 정체성이 형성된 것은 '구무협'이라 일컬어지는 '한국형 공장무협의 시대'라고 감히 단언할 수 있습니다.

기연과 주인공의 이름만 다를 뿐 모두 비슷한 줄거리가 되고 마는 처량함, 성도착자가 아니고서는 쓸 수 없는 도색적인 글, 여러 사람이 쓴 글을 모아 하나의 필명(筆名)으로 찍어내기, 대필(代筆), 도작(盜作) 등등 상상을 초월하는 일들이 그 시기에 횡횡했습니다.

그 암울한 시기를 거치는 동안 무협에서는 작가의 사상이나 철학, 다양성 등이 서서히 잊혀져 갔습니다.

그리고 그 자리에 '무협을 위한 무협'이라는 다소 편협한 개념이 자리를 잡아 갔습니다.

더불어 잔혹한 칼부림과 박투(搏鬪), 기형적인 인간 군상들의 맹목적인 세력다툼이 '무협의 향기'로 포장되어 확대 재생산 되었지요.

더 이상 무협에서는 인생의 의미나, 문장의 아름다움, 글 자체가 주는 고아함은 찾아보기 힘든 것이 되고 말았습니다. 드물게 인용되는 시(詩)는 풍류나 비장함을 표현하기 위한 무대장치에 불과하고, 멋들어진 말은 여자를 홀리기 위한 것이거나 표절이 대부분입니다.

하지만 21세기에 접어들면서 무협에도 변화가 일어났습니다.

그것은 단지 통신이나 인터넷 연재라고 하는 시대적인 현상이나, 한국형 판타지가 자리를 잡으면서 무협에 찾아온 퓨전의 바람을 의미하는 것이 아닙니다.

기존의 '무협을 위한 무협'에서 벗어난 다양한 종류의 글쓰기가 시도되고 있다는 뜻입니다.

많은 작가들이 칼부림, 박투, 맹목적인 세력다툼에서 벗어나 드디어 인간에게 주목하기 시작한 것입니다.

이계로 날아가든, 고믹함으로 무상을 했든, 정통을 고수하든, 21세기에 등장한 새로운 조류의 글 속에서는 항상 사람이 중심입니다.

문우영 작가님의 글도 구무협과는 동떨어져 있습니다.

『악공전기』속에서 웃고, 분노하고, 슬퍼하고, 즐거워하는 석도명은 단지 무협에서나 볼 수 있는 괴팍한 인간이 아닙니다.

때로는 평범하고 때로는 비범한 그의 삶은, 생활 속에서 마주치게 되는 나, 혹은 당신의 모습과 지나치게 닮아 있습니다.

도움의 손길을 찾아 거리를 배회하던 소년은, 떳떳해진 자신을 보여주기 위해 사춘각을 찾아가는 청년 악공은, 폭력에 굴하지 않기 위해 쉴 틈 없이 자신을 단련하는 석도명은, 어쩌면 우리가 못 이루어낸 꿈을 대신해서 살아가고 있는지도 모릅니다.

『악공전기』가 얼마나 뛰어난 작품인지는 읽어 보시면 알게 될 것입니다.

소설의 생명이라고 할 수 있는 대중적인 재미는 물론이고, 문장의 완성도도 이미 장르에서 짝을 찾기 어려울 만큼 격(格)이 높습니다.

무협이라고 하는 장르를 위해서는 문우영 님과 같은 작가가 쏟아져 나와야 바람직합니다.

그러나 개인적으로는 문우영 님과 같은 작가가 상당히 부담스럽기도 합니다.
'21세기 대중을 위한 무협의 궁극은, 의(義)와 협(俠)의 탈을 쓴 무분별한 칼부림이 아니라, 의와 협 속에 인간을 담아내는 것이다' 라는 비전의 깨달음을 터득한 사람이 적어야, 저같이 우둔한 사람도 조금쯤 특별해 보이지 않겠습니까?

빈들 조진행

목차

추천사 〈이 암울한 시대에 던지는 빛나는 수작〉 - 조진행 • 004

서장(序章) • 011

제1장 추방(追放) • 023

제2장 음악이 지나치면 근심이 된다(樂極則憂) • 057

제3장 마음을 지키는 법(暗中守心) • 085

제4장 일도양단(一刀兩斷) • 107

제5장 선배(先輩)의 도리(道理) • 143

제6장 구학진천무(九火振天武) • 183

제7장 치국(治國)의 도(道) • 225

제8장 월하(月下)의 수신고(守信鼓) • 269

제9장 삶은 아프다 • 309

진(晉; 춘추시대의 나라)의 사광(師曠)은 어릴 때부터 음악에 심취해 힘들여 노력했으나 음률을 깨닫지 못해 깊이 한탄했다.

"내가 음악을 깨우치지 못하는 것은 마음속에 너무 많은 생각을 갖고 있는 탓이다. 마음이 하나가 되지 않는 까닭은 보이는 것이 너무 많기 때문이다."

사광은 쑥을 태워 그 연기를 두 눈에 쬐여 스스로 눈을 멀게 한 뒤 다시 음악에 전념했다.

그 뒤로 사광은 천기(天氣)를 살필 수 있게 되고, 음양(陰陽)의 이치는 물론, 하늘의 일과 사람의 일에 모두 밝게 됐다.

사광이 풍각(風角; 바람소리로 점을 치는 도구)과 새 울음소리로 점을 치니 조금도 틀리는 법이 없었다.

사광은 나중에 진나라 왕궁의 태사(太師)로 임명되어 음악을 관장하는 일을 맡게 되었다.

어느 날 임금 평공(平公)이 새 왕궁을 짓고 잔치를 열었다.

평공은 사광의 만류에도 불구하고 상(商)나라 말년의 악사 사연(師延)이 폭군인 주왕(紂王)을 위해 지은 '미미지음(靡靡之音; 퇴폐적인 음악)'을 연주하게 했다.

그 연주를 듣고 평공이 물었다.

"이보다 더 슬픈 음악은 없는가?"

이에 사광이 있다고 말하자 평공이 연주를 청했다.

사광이 마지못해 금(琴)을 끌어당겨 연주를 했다.

한번 연주하자 검은 학 스물여덟 마리가 모여들었고, 다시 연주를 하자 학들이 길게 목을 빼어 울고는 날개를 펴고 춤을 추었다.

평공이 그 장면을 보고 기뻐하며 사광을 칭찬한 뒤에 다시 물었다.
"이보다 더 슬픈 음악은 없는가?"
사광이 다시 대답했다.
"있습니다. 옛날 황제(黃帝; 중국 최초의 임금)는 귀신을 크게 모았습니다. 하지만 지금 주군은 이를 들을 수 있을 만큼 덕과 의가 두텁지 않습니다. 그 음악을 들으면 필히 패망하게 될 것입니다."
평공이 말했다.
"과인은 이미 늙은 몸, 좋아하는 음악을 끝까지 듣기를 원하노라."
사광이 마지못해 다시 금을 끌어당겨 연주했다.
한번 연주하니 흰 구름이 서북쪽에서 일어나고, 다시 연주하자 큰 바람이 몰아치며 비가 내리고 행랑의 기와가 날아가매 사람들이 놀라서 모두 달아났다.
평공은 두려워서 낭옥(郞屋) 사이에 엎드려 숨었다.
이후 진나라는 3년 동안 크게 가물어 땅에 초목이 자라지 않았다.

- 사기(史記) 악서(樂書), 한비자(韓非子) 십과편(十過篇) 중에서

"하아, 부질없구나, 부질없어······."

유일소(劉溢昭)가 땅바닥에 앉아 황궁서고(皇宮書庫)의 높은 담장을 허망하게 올려다봤다.

황궁서고에서 실려 나온 쓰레기 더미를 쉬지 않고 뒤적여 봤건만 오늘도 역시나 허탕이다.

"후우······."

주변에 어지럽게 널린 죽간(竹簡; 글자를 기록하는 대나무 조각) 쪼가리를 보며 유일소가 다시 한 번 한숨을 내쉬었다.

교방(敎坊; 잔치 음악을 담당하는 황궁악단)의 젊은 수련 악공들을 황궁서고로 보내라는 분부가 태상시(太常寺; 예악을 관장

하는 최고 부서)에서 떨어진 것은 닷새 전의 일이다.

황궁서고 지하에서 무더기로 발견된 상고(上古)의 자료들 가운데 옛날 악보와 음악 자료가 잔뜩 들어 있으니 이를 추려낼 일손을 지원하라는 전갈이었다.

교방의 악사(樂師; 음악선생)들 가운데 누가 수련 악공을 이끌고 갈 것이냐를 의논하는 자리에서 선뜻 나서는 사람은 없었다. 이번 일에 담긴 속내를 알 만한 사람들은 다 알았기 때문이다. 국자감의 학사들이 총동원돼 뼈 빠지게 고생을 하는 마당에 악공(樂工)들이 뒷짐을 지고 있는 게 윗전들의 눈에는 보기 싫었던 것이다.

유일소는 모두가 꺼려하는 그 일을 자청했다. 자신의 평생 한을 풀어줄 무언가를 혹시라도 황궁서고에서 엿볼 수 있을까 하는 한 가닥 기대를 지울 수 없었던 탓이다.

"크크크, 과연 빈틈없는 세상이로고."

유일소의 입에서 허탈한 웃음이 새어나왔다.

천한 악공 따위에게 비처(秘處)를 엿볼 기회란 애초에 있지도 않았다.

유일소와 수련 악공들은 단 한 걸음도 서고 안으로 들여 놓지 못한 채 서고 바깥에 산더미처럼 쌓이는 쓰레기를 치우는 게 고작이었다.

며칠 동안 매달려 봤지만 옛날 악보며 음악이론서라는 죽간은 온통 곰팡이가 슬어 성한 것이 없었다. 조금이라도 쓸 만한 자료는 학사들 손에서 먼저 걸러진 다음이었던 것이다.

그럼에도 유일소는 황궁서고 주변을 떠나지 못했다. 가슴을 시커멓게 먹어 들어가는 깊은 회한을 감당할 수가 없기 때문이다.

> "미안하다. 이 애비는 더 이상 네 편이 되어줄 수가 없구나. 우리 가문은 오늘로 끝이 나지만……, 너는, 너는 포기하지 말거라. 부디……."

당신이 대악정(大樂正; 황궁 악공 최고의 자리)에서 쫓겨나던 날, 고조부 때 내려진 식음가(識音家)의 현판이 떨어지던 참담한 날에 아버지는 그렇게 말했다. 몇 대를 이어온 송(宋)나라 최고의 악공 가문이 황제에게 내쳐지던 바로 그날에 말이다.

천자(天子; 황제)의 음악인 아악(雅樂; 궁중제례음악)을 연주하는 대악서(大樂署)에서 쫓겨나 술자리의 흥이나 돋우는 교방의 천덕꾸러기로 전락했지만 아버지의 눈물 어린 당부는 유일소가 궁을 떠나지 못하게 했다.

그러나 가문의 영광을 되찾겠다는 꿈은 갈수록 멀어만 지고 있었다.

한때는 중요한 기록으로 황궁에 소중히 보관되었을, 그러나 이제는 썩어문드러져 버려진 죽간 더미가 마치 돌이킬 수 없는 식음가의 운명을 보여주는 것만 같아 유일소는 가슴이 아렸다.

'아버지, 하찮은 음악선생 따위에게 기회는 오지 않나 봅니다.'

유일소가 제법 어둑해진 하늘을 한 번 쳐다보고는 자리에서 일어섰다. 혼자 남아 계속 궁상만 떨고 있을 수도 없는 일이다.

그런데 그때 서고 안에서 누군가가 걸어 나왔다.

"이봐, 악공! 다들 어디 간 거야?"

스무 살을 갓 넘겼을 듯한 젊은 학사였다. 유일소의 나이가 자신의 두 배쯤 되리라는 것은 상관도 하지 않는 말투다.

"예, 일과시간이 끝나서 모두 돌아갔습니다."

"헐, 여기도 다 내뺐네."

모두 가고 없다는 말에 학사가 인상을 구겼다. 보아하니 선배들에게 뒤처리를 떠맡아 혼자 남겨진 모양이다.

"그럼 할 수 없지. 별로 하는 일도 없는 것 같은데 자네가 여기 좀 정리하라고."

학사가 문간에 서서 손을 까닥이며 유일소를 불렀.

유일소가 엉거주춤한 자세로 학사를 따라 나섰다.

서고 앞마당에는 예의 쓰레기 더미가 수북이 쌓여 있었다. 이번에는 온통 부서진 악기들이다.

"……"

"이것 좀 잘 추려 보라고. 건질 게 없으면 전부 버려도 된다네. 목록에는 안 올려놨거든. 크크크."

악기 더미를 참담하게 바라보는 유일소를 향해 젊은 학사가 놀리듯이 한 마디를 남기고는 서고 안으로 들어가 버렸다.

"허어, 황궁서고에 악기도 있었던가?"

먼지가 풀썩이는 쓰레기 더미 속으로 유일소가 조심스레 손을 집어넣었다. 아무리 망가지고 부서졌다고 해도 악기는 악기다. 악공 된 자가 남들처럼 막 쓰레기 취급을 할 수는 없는 일이다.

얼마나 시간이 흘렀을까? 거의 바닥이 드러나도록 부서진 악기 더미를 헤집었지만 유일소는 아무것도 건질 수 없었다.

맥이 빠진 유일소가 그 자리에 털썩 주저앉은 순간이다.

띵.

발밑에서 작은 소리가 들려왔다.

유일소가 산산조각이 난 칠현금(七絃琴; 거문고와 비슷한 악기)의 잔해를 들어내니 석경(石磬; 돌을 깎아 매달아 연주하는 악기) 한 조각이 눈에 들어온다.

돌은 하나가 아니었다. 줄에 꿰여 줄줄이 모습을 드러낸 돌덩어리는 모두 열두 개였다. 오랜 세월이 지나면서 나무틀이 완전히 삭아 없어졌지만 신기하게도 줄은 끊어지지 않고 열두 개의 석경을 모두 품고 있었던 것이다.

"어이쿠, 겨우 하나 건졌구먼. 나무틀만 새로 짜면 어떻게 쓸 수도 있겠는걸."

사각형 두 개를 비스듬히 이은 모양으로 정교하게 깎인 돌덩이를 찬찬히 들여다보던 유일소의 눈이 갑자기 크게 떠졌다.

주악천인경(奏樂天人經).

석경 옆면에 새겨진 글귀가 눈에 들어온 것이다.
뜻을 풀어보니 음악을 연주함으로써 천인(天人)이 된다는 놀라운 말이다. 그 뒤에 이어진 구절도 유일소의 가슴을 뛰게 하는 데 부족함이 없었다.

소리는 어디에서 오는가?
소리는 어디로 가는가?
그것을 알면 하늘의 음악을 얻을지니
소리로써 천인(天人)의 길을 가리라.

유일소가 허겁지겁 열두 개의 석경을 끌어 담아 가슴에 안았다.
"버려도 되는 물건이라고 했으니까…… 내가 가져도 되는 거겠지. 아니, 가질 거야."

서둘러 처소로 돌아온 유일소는 열두 개의 석경을 조심스럽게 서탁 위에 펼쳤다.
허나 이내 그의 얼굴에 찾아든 것은 역력한 실망의 기색이다. 서두에 적혀 있던 호쾌한 필체는 딱 한 마디를 더 남겼을 뿐이기 때문이다.

소리를 얻으려는 자 어둠을 보라.
깨달음은 눈을 버린 뒤에야 오는 법.
그대 눈을 버렸으면 지극 정성으로 익히라.

알 수 없는 구절을 끝으로 두 번째 석경부터는 아무 글자도 적혀 있지 않았다.

허무한 마음으로 석경을 만지작거리던 유일소는 문득 석경이 비어 있지 않다는 사실을 알아챘다. 석경 표면에는 좀처럼 식별하기 어려운 희미한 흔적이 남아 있었다.

조심스럽게 흔적을 더듬은 끝에 유일소는 그것이 흠집이 아니라, 의도적으로 남긴 표식임을 알았다.

그러자 머릿속으로 하나의 생각이 떠올랐다.

석경에 글을 남긴 사람이 장님일지도 모른다는 점이다.

유일소가 배우기로는 상고시대에는 맹인들이 궁중 악사를 맡았다고 했다. 빛을 잃은 대신, 남들보다 예리한 청각을 얻은 것이 바로 맹인 악사들이다. 그들의 깨달음이 그들만의 방식으로 석경에 담겨 있는 것이 틀림없다는 확신이 들었다.

유일소가 주먹을 불끈 쥐었다. 여기에 일생을 걸어보리라는 각오가 선 것이다.

그리고 몇 년의 세월이 훌쩍 흘렀다.

미친 듯이 매달리고 매달렸지만 유일소는 주악천인경에 한 걸음도 다가서지 못했다. 심한 좌절감에 빠진 유일소는 급기야 매일 밤마다 미친 사람처럼 책상을 머리로 들이받으며 괴로워했다.

쿵쿵쿵.

초저녁부터 시작된 유일소의 머리 박기가 밤새 계속되더니 어느새 창가가 희미하게 밝아 오기 시작했다.

검푸르게 멍이 든 이마에서는 언제부턴가 붉은 피가 뚝뚝 떨어졌다.

두 눈을 꼭 감고 있던 유일소가 문득 몸을 멈춰 세웠다.

유일소가 천천히 눈을 뜨더니 품에서 작은 비수 하나를 꺼내들었다. 눈앞에 비수를 세워들고 한참을 노려보던 유일소의 입에서 광소가 터져 나왔다.

"우하하, 우하하하! 소리를 얻으려면 눈을 버리라고? 오냐, 어디 해보자! 나는 천인이 될 거야, 천인이 되고야 말 거라고!"

그날 새벽, 처소에 곤히 잠들어 있던 교방 악공들은 다른 날보다 일찍 잠에서 깨야 했다. 유일소의 방에서 들려온 날카로운 비명소리 때문이었다.

그리고 세상 사람들은 100년을 이어온 식음가의 존재도, 식음가의 마지막 장손인 유일소의 이름도 까맣게 잊어갔다.

제1장
추방(追放)

 개봉에서 황궁 다음으로 유명한 곳을 꼽으라면 사람들은 보통 도성(都城) 남쪽에 자리한 화월촌(花月村)을 이야기한다.
 이름에서부터 짐작이 가듯이 화월촌은 송나라 화류계의 총본산이라 불리는 거대한 유흥지역이다.
 그 심장부에는 화월루(花月樓)라는 고급 기루가 자리를 잡고 있다.
 정확하게는 송나라 개국 초기에 문을 열었다는 화월루가 개봉의 사내들을 있는 대로 끌어들이면서 그 주변으로 기루와 주점들이 앞 다퉈 몰려들어 자연스럽게 마을이 형성된 것이 화월촌의 유래다.

사춘각(思春閣).

화월촌에서 그저 중간쯤 가는 평범한 기루다. 그 안채에 오늘 여러 사람이 모여 있다. 각 부문의 책임자들이 모여 일종의 관리자 회의를 갖는 중이다.

"내 요즘 이런 걸 자주 받고 있다네. 좋아해야 할 일인지, 쯧."

상석에 앉은 중년의 사내가 서찰 하나를 사람들에게 내밀며 가볍게 혀를 찼다.

사내는 어린 주인을 대신해 사춘각의 경영을 도맡아 하고 있는 지배인 구진서(具振曙)다. 사춘각의 전(前) 주인이 일찍이 세상을 떠난 뒤 열두 살의 어린 주인을 대신해 그가 기루의 경영을 전담하고 있었다.

구진서가 건넨 서찰을 돌려 보는 사람들의 입가에 흐릿한 웃음이 떠올랐다. 구진서의 말마따나 좋아해야 할지, 말아야 할지 모르겠다는 표정들이다.

개봉의 손꼽히는 부자인 양두상회(羊頭商會)의 진가복(眞佳福)이 보냈다는 서찰은 의례적인 인사말이 장황하게 늘어지더니 결국 의미심장한 한 마디로 끝을 맺고 있었다.

　　본 상회는 중요한 고객들을 대접하는 공식 업소로서 사춘각을 염두에 두고 있는 바, 일간 찾아가 항구적인 협력을 의논하고자 하오이다.
　　듣건대 사춘각에서 장래가 유망한 수련 기녀들을 대거

양성 중이라 하니 정식 거래에 앞서 전반적인 수준을 견식(見識)했으면 하는 작은 소망이오.

"하하, 이게 다 지배인님께서 사람 하나를 잘 들인 덕분이 아니겠습니까?"

부지배인의 말에 다른 사람들도 고개를 끄덕였다.

모두가 알고 있다. 진가복이 언급한 '장래가 유망한 수련기녀'란 사실은 한 사람을 가리키고 있다는 것을.

반 년 전에 구진서가 거금을 들여 데려온 정연(鄭娟)이라는 이름의 열네 살짜리 소녀가 바로 그 주인공이다.

양두상회 진가복의 서찰은 향후 거래를 핑계로 정연을 한 번 보고 싶다는 뜻이었다.

아직 손님 앞에 나선 적도 없는 어린 소녀를 놓고 화월촌은 벌써부터 술렁이고 있었다. 100년에 한 번쯤 볼까 말까한 명기(名妓)의 재목이 등장했다는 평가와 함께.

화월촌의 큰손으로 불리는 고관대작(高官大爵)과 거상(巨商)들 가운데 진가복처럼 사춘각을 기웃대는 손님이 부쩍 늘어난 까닭도 미리 미리 정연에게 눈도장을 찍어두겠다는 심사다.

항간에는 몇 년 후를 기약하는 예약손님이 사춘각에 줄을 잇고 있다는 황당한 소문까지 나도는 상황이다.

"허 참, 큰 기대를 걸고 데려왔지만 이 정도로 난리가 날 줄이야……."

지배인 구진서가 말꼬리를 흐리며 맞은편에 앉은 여인을 바라봤다. 기녀들을 가르치는 공자경(孔姿曔)이다.

구진서의 눈은 그녀에게 묻고 있었다. 자신의 기대가 너무 지나친 것은 아닌지.

"여자의 눈에도 탐이 나는 아이입니다. 대단한 기녀가 될 거예요."

그 말에 모두의 고개가 다시 한 번 끄덕여진다.

그리고 여러 사람의 입에서 정연에 대한 칭찬이 끊이지 않고 이어졌다. 타고난 미색도 미색이지만 가무(歌舞)면 가무, 서화(書畵)면 서화, 뭐 하나 빠지는 것이 없다는 이야기뿐이다.

"후후후, 정연이 같은 복덩이가 굴러 들어오다니 대박난 겁니다. 올해 우리 사춘각에 인복(人福)이 트인 모양입니다."

기녀들의 일에는 잘 나서지 않는 주방장 도팔신(途叭晨)까지 흥이 나서 한 마디를 거들고 나섰다.

"인복이 트였다고만 할 수는 없지……."

정연에 대한 칭찬으로 들떠 있던 분위기를 단번에 깨는 냉랭한 음성이 들려왔다.

사람들의 시선을 한 몸에 받은 건장한 체구의 사내는 당환지(唐晥池), 경비무사다. 과거를 알 수 없는데다가 음침함 성격으로 사람들과 잘 어울리지도 않았지만 지배인 구진서에게는 두터운 신뢰를 받고 있는 사내였다.

당환지가 뭇사람의 눈길에 아랑곳하지 않는 떨떠름한 얼굴로 하던 말을 마저 뱉어냈다.

"……거지발싸개 같은 놈도 딸려 왔으니까."

당환지가 말하는 거지발싸개가 누군지는 모두 알고 있는 사실이다. 지배인 구진서가 정연을 데려오던 중에 길에서 주어 온 열 살짜리 사내아이다.

아이의 이름은 석도명(石道明). 거리의 악사였던 할아버지가 노숙 중에 숨을 거두는 바람에 혼자 남겨졌다가 구진서, 아니 정연의 눈에 띄어 어쩌다보니 사춘각까지 따라왔다.

석도명이 거론되자 대부분의 사람들이 고개를 가로저었다. 정연의 이야기를 할 때와는 확연히 다른 반응이다.

"그래, 도명이는 어떤가?"

"글쎄요, 아주 느립니다."

지배인 구진서의 질문에 기녀들의 음악선생인 우만호(禹滿浩)가 느릿하게 대답했다.

구진서의 얼굴이 굳어졌다.

할아버지에게서 배웠다는 연주 솜씨가 나쁘지 않은 것 같아서 우만호에게 맡긴 것인데 대답이 영 탐탁지 않다.

"느리다……, 그 아이가 게으름을 부리는가?"

"그러니까, 아주 불성실하다고 할 수는 없는데, 뭐랄까, 아무튼 배움이 느리다고 밖에는."

그 순간 경비무사 당환지가 다시 우만호의 말을 자르고 들어왔다.

"흥, 노력은 하는데, 성취가 느리니 결국 아둔하다는 거 아니오?"

"헐, 꼭 그런 뜻은 아니올시다. 어린아이치 고는 아무래도 너무 생각이 많은 게 아닌가 싶습니다. 뭘 가르치든 스스로 납득할 수 있는 방식으로 이해하지 못하면 그 다음 진도를 나갈 수가 없더이다. 어떤 건 그런 대로 배우다가도, 어느 대목에서는 죽어라 반복을 해야 겨우 넘어갈 수 있으니, 좋게 말하자면 예인(藝人)으로서의 깊이가 있는 게 아닐까도 싶지만."

음악선생 우만호의 모호한 대답에 지배인 구진서의 이마가 슬쩍 찌푸려진다.

"흠, 어렵구먼. 그러면 단도직입적으로 묻겠네. 그 아이에게 악사로서 장래가 있겠나?"

"둘 중에 하나겠지요. 아주 엉망이거나, 아니면 크게 성공을 하거나. 하여간 어중간하게 되지는 않을 겝니다."

"어중간하게 되지는 않는다……."

그 순간 경비무사 당환지가 다시 목청을 돋우고 나섰다.

"헐, 도박이 따로 없군. 그런 거지발싸개에게 뭘 기대하는 거유? 확실하게 잘 될 싹수가 보이지 않는다면 일찌감치 주방에 처넣어 설거지나 가르치는 게 낫지."

무슨 이유에선지 석도명이라면 늘 불만이 가득한 당환지다.

"이게 뭔 소리? 주방에는 아무나 들이나?"

주방 운운하는 이야기에 주방장 도팔신이 발끈할 기미를 보이자 구진서가 손을 번쩍 들었다.

"자자, 이 문제는 내가 알아서 할 테니 그만들 하게. 적어도 그 아이가 밥값 이상은 하게 될 걸세."

그 말에 두 사람이 입을 다물었다.

지배인 구진서가 진지한 음성으로 말을 이어갔다.

"지금은 사춘각에 매우 중요한 시기일세. 나는 정연이가 아직 어린데 너무 큰 관심을 받는 게 오히려 걱정이 된다네. 모두들 긴장들 하게나. 특히 정연이 주변에서 일체의 잡음이라도 생겨서는 안 될 것이야. 사춘각 안팎에서 찝쩍거리는 자들이 없는지 각별히 신경 쓰고, 수련에도 만전을 기하게."

"예."

"그리고……."

구진서의 눈이 경비무사 당환지를 향했다.

"자네가 책임지고 정연이를 잘 보호하게. 탐내는 자들이 많으니 함부로 나다니지 못하게 하고."

당환지가 말없이 고개를 숙였다.

구진서는 그것으로 충분하다는 듯이 미소를 지었다. 개인적으로는 호형호제(呼兄呼弟)를 할 만큼 믿음이 깊은 사이다. 당환지라면 정연을 잘 지킬 것이다.

구진서는 그 당부를 끝으로 모든 사람들을 내보냈다. 그리고 혼자 생각에 빠져 들었다.

"한쪽은 너무 빨라서 문제고, 한쪽은 너무 느려서 문제라."
확실히 정연에 대한 세상의 관심은 너무 빠르고 또 과했다. 가장(家長)을 잃은 뒤 남겨진 가족들의 생계를 책임지기 위해 어쩔 수 없이 기녀의 길로 나선 어린 소녀가 그런 탐욕스런 관심을 견뎌 낼 수 있을까? 구진서는 그게 걱정스러웠다.
반면 석도명이라는 어린 촌놈에게 재능이 있는지는 구진서에게 관심거리가 아니었다.
정연의 부탁으로 할 수 없이 거둔 아이일 뿐이다. 설령 그놈이 제구실을 못하더라도 그 밥값은 결국 정연이 충분히 해주고도 남을 것이다. 정연이 이대로만 잘 커준다면 말이다.

* * *

사춘각 뒤채를 한 사내아이가 기웃거리고 있다.
경비무사 당환지의 미움을 한 몸에 받고 있는 석도명이다.
석도명은 지금 정연을 기다리는 중이다. 열흘을 기다려야 겨우 찾아오는 날, 바로 정연과 함께 나들이를 할 수 있는 날이다. 수련 기녀에게 허용되는 자유란 그 정도였다.
"읍!"
문간 안쪽을 빼꼼히 들여다보던 석도명이 놀란 숨을 들이키며 뒤로 물러섰다.
"이런 발싸개하고는."

정연보다 한 걸음 앞서 모습을 드러낸 건 당환지였다.

석도명은 그 목소리만 듣고도 가슴이 오그라들어 얼른 고개를 숙였다.

당환지의 입에서 이제부터 무슨 이야기가 나올지는 이미 알고 있다. 고작 여자에게나 빌붙어 사는 한심한 놈이라느니, 불알을 달고 태어났으면서 제 앞가림도 못한다느니, 거지도 너보다는 열심히 살 거라느니 하는 가시 돋친 소리가 줄기차게 이어질 것이다.

"쯧쯧. 오늘도 정연이 치맛자락이냐? 거머리 같은 놈!"

그러나 당환지는 더 이상 말을 잇지 않았다. 석도명을 그냥 내버려 두라는 구진서의 말이 떠오른 것이다.

당환지는 '똑바로 안 하면 죽을 줄 알아'라는 의미로 눈을 한 번 부라리고는 휑하니 가 버렸다.

"휴우……."

겨우 안도의 한숨을 내쉰 석도명의 귓가에 기다리던 따뜻한 음성이 들려왔다.

"어머, 많이 기다렸니?"

"아니…… 요."

정연이 다가와 석도명의 어깨를 다정하게 토닥이며 환하게 웃어준다. 자신보다 머리 하나는 더 큰 정연을 올려다보면서 석도명은 여지없이 가슴이 두근거려왔다.

사춘각, 아니 세상을 통틀어 자신에게 이렇게 웃어주는 사람은 정연밖에 없다. 그리고 정연이 이런 밝은 웃음을 보여주는 것도 오직 둘이 같이 있을 때뿐이다.

'하, 정말 예쁘다.'

단정하게 땋아 내린 정연의 머릿결을 보면서 석도명이 꿀꺽 침을 삼켰다. 저 머리에 은(銀) 나비가 꽂히면 얼마나 잘 어울릴까를 생각하니 마음이 급해져서다.

저잣거리의 은방(銀房)을 오가며 정연이 나비 모양의 장신구만 보면 그냥 지나치지 못하는 모습을 여러 차례 지켜봤다. 정연에게 나비 장신구를 사주고 싶은 마음이야 굴뚝같지만 늘 돈이 없었다.

그 고민을 해결해 준 것이 석도명과 같은 방을 쓰는 주방보조 장아삼(張兒三)이다.

장아삼을 따라 낚시를 갔던 석도명이 운 좋게 잉어 한 마리를 잡았는데 장아삼이 그걸 팔아 동전 한 닢을 안겨준 것이다. 그 뒤로 석도명은 틈만 나면 장아삼을 졸라 낚시를 갔다. 그리고 두 달여 만에 동전 스무 닢을 모았다.

이제 정연에게 깜짝 선물을 해주고, 그 얼굴에 환한 웃음이 퍼지는 것을 보는 일만 남았다 생각하니 가슴이 설레 견디기가 어려웠다.

헌데 정연의 고운 얼굴에 살짝 주름이 진다.

"하아, 어쩌지? 오늘 못 나가."

"에?"

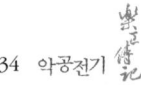

"당 아저씨가 앞으로는 혼자 나다니지 말래. 위험하다고."

"……."

석도명의 얼굴에 실망한 기색이 역력하다. 그도 그럴 것이 두 달을 기다려 온 날이 아니던가. 게다가 정연의 생일이 사흘 뒤다. 오늘이 아니면 다시 열흘을 기다려야 한다는 건데 그건 생일이 지난 다음이다. 아니, 상황을 보니 앞으로는 단둘이 외출을 하는 것 자체가 어려울 것 같다.

"오늘 가야 되는데, 잠깐이면 되는데."

"꼭 오늘 가야 돼? 그럼 당 아저씨한테 같이 가달라고 부탁해 볼까?"

석도명이 다급히 손을 내저었다.

"아니, 아니. 아저씨가 화낼 거예요."

돈을 모으려고 몰래 낚시를 다닌 사실을 당환지가 알 게 할 수는 없었다. 자신뿐 아니라 장아삼까지 경을 칠 테니 말이다.

> "아무한테도 말하면 안 된다. 잘못하면 너나, 나나 크게 혼난다고. 쫓겨날지도 몰라."

장아삼이 물고기를 팔아 생긴 돈을 건넬 때마다 신신당부를 했던 말이다.

석도명은 왠지 찜찜하면서도 장아삼을 위해서 비밀을 지켜야 한다고 믿었다.

"……오래 안 걸리는 거지?"

망설이던 정연이 마침내 마음을 정한 듯이 묻자, 석도명이 배시시 웃음을 지으며 고개를 끄덕였다.

"그럼 빨리 갔다 오지 뭐. 잠깐 나가는 건…… 아마 괜찮을 거야."

당환지의 불같은 성격을 생각하면 잠깐이라도 괜찮지 않을 것이다. 하지만 금방 환해진 석도명의 얼굴을 보면서 정연의 입가에도 어쩔 수 없다는 듯 미소가 떠올랐다.

* * *

"죄책감 느낄 필요 없다. 어차피 제 발로 화류계에 들어온 계집이다. 그저 자갈밭에 핀 꽃을 좀 더 좋은 꽃밭으로 옮겨다 놓는 거라 생각하면 되는 거다. 물론 그 덕에 네놈은 팔자가 피는 거고."

"예, 대협!"

능글맞은 막창소(鄭滄昭)의 음성을 들으며 사춘각의 주방보조 장아삼은 죄책감보다 먼저 온몸에 닭살이 확 퍼지는 것을 느꼈다.

막창소는 상당문(尙堂門) 문주 막대걸(鄭大傑)의 셋째 아들이다. 자칭 질풍검(疾風劍)이라는 별호를 쓰고 있지만 개봉에서는 낙화만발(洛花滿發)이라는 별명으로 더 유명했다.

약관(弱冠)에 불과한 나이로 벌써부터 반반한 계집을 건드리는 데 일가견이 있는지라, 그가 지나는 곳에는 항상 꽃이 우수수 떨어진다는 뜻이다. 저 음탕한 사내가 정연에게 어떤 수작을 부릴지는 상상할 필요도 없었다.
 적당히 가지고 놀다가 어디 먼 곳으로 팔아치우리라.
 '어차피, 이놈 저놈 다 겪어야 할 몸이잖아. 마음의 정절(貞節) 좋아하네.'
 장아삼은 정연의 싸늘한 음성을 떠올리며 주먹을 굳게 쥐었다.
 정연은 장아삼이 열여섯 살에 난생 처음 품어본 연정(戀情)의 상대였다. 그런 정연이 뭇 사내들의 품에 안겨 놀아날 걸 생각하니 살맛이 나질 않았다. 그래서 용기를 내어 멀리 달아나자고 했다가 단박에 거절을 당했다.

> "도명이에게 잘 해줘서 좋은 분이라고 생각했어요. 그런데 주인을 배신하자고 하니 실망이네요.
> 비록 기녀가 될 몸이지만 여인의 지조는 신의를 저버리지 않는 것이라고 배웠습니다. 어려울 때 큰 도움을 받아놓고는 이제 와서 도망을 칠 수는 없어요. 제게는 마음의 정절도 중요합니다."

 그 후로 정연은 마치 벌레라도 보는 것처럼 장아삼을 멀리했다. 구겨진 자존심이 연정을 증오심으로 바꾸는 데는 생각보다 오래 걸리지 않았다.

개봉의 껄떡쇠 막창소가 정연이 때문에 애를 태운다는 소문을 들은 장아삼은 '차지할 수 없으면 이용이라도 하겠다'고 마음을 먹었다.

"흐흐, 정연이 고 계집은 내가 알아서 호강을 시켜줄 테고, 네놈 역시 주방일을 면하게 됐으니 이게 다 여러 사람 좋자고 하는 일이다 이거지."

"예, 그렇습죠. 저는 약조대로 한 달 후에 찾아뵙겠습니다."

정연을 꾀어내는 대가로 막창소는 장아삼을 상당문의 정식 제자로 받아주겠다고 했다.

상당문이 십대문파에 견줄 만한 명문 정파는 아니지만, 개봉에서는 함부로 무시할 수 없는 문파다. 막창소가 약속대로 자신에게 특별 입문의 기회를 준다면 식칼이나 휘두르는 처량한 신세는 끝이 날 것이다.

장아삼이 한 달 후에 찾아가겠노라는 말과 함께 깊이 허리를 숙이자 막창소의 눈꼬리가 가늘어졌다.

"왜? 벌써 가려고?"

"헤헤, 아무래도 돌아가서 자리를 지키는 게 안전하겠지요?"

정연이 행방불명되는 날 바로 사춘각을 떴다가는 의심을 살 것이다. 아무 일도 없다는 듯이 한 달쯤 시간을 보낸 뒤에 조용히 사라질 계획이다.

처음부터 의심을 피하려면 사고가 나는 순간에 자신은 사춘각을 지키고 있어야 했다.

"흐흐, 앞으로 큰일을 할 녀석이 그렇게 소심해서 쓰겠냐? 내게 다 방법이 있으니 기다려라. 너도 정연이 얼굴은 마지막으로 보고 가야지."

"아닙니다. 저는 가겠습니다."

장아삼이 손사래를 쳤다. 무슨 낯짝으로 정연의 얼굴을 보겠는가?

"놈! 상전 모시는 법부터 배워야겠구나. 감히 내 말에 토를 달아?"

막창소가 인상을 구기며 으름장을 놓자 장아삼의 몸이 뻣뻣하게 굳어졌다. 어쨌거나 상대는 말 한 마디에 사람 목도 베는 무림인이다. 내키지는 않지만 영락없이 정연에게 얼굴을 보여야 할 판이다.

'제길, 자기는 복면까지 하고 나타난 마당에……'

장아삼은 어차피 강호에 발을 들이기로 했으니 더 독해져야겠노라고 마음을 다잡았다. 이왕 사고를 친 몸, 정연의 얼굴이든 저승사자의 얼굴이든 피하지 않고 마주하리라.

"헌데 그 아이들이 이리로 오는 건 확실하겠지?"

"걱정하지 마십쇼. 이거 때문에라도 꼭 옵니다."

비굴한 웃음을 지어보인 장아삼의 손바닥에서 작은 주머니가 쩔그럭거렸다.

*   *   *

　화월촌을 벗어난 석도명은 대로에서 벗어나 숲으로 길을 잡았다.
　"왜 이리 가는 거야?"
　"이게 지름길이에요. 아삼이 형하고는 늘 이 길로 다니는데."
　"그래."
　정연이 멈칫거리자 석도명이 걱정 말라는 듯이 손을 잡아끈다.
　"요 고개만 넘으면 저잣거리거든요. 그리고 가지고 갈 것도 있어요."
　이내 두 사람의 모습이 야트막하지만 제법 숲이 우거진 언덕으로 사라졌다.
　언덕을 오르는 길에 정연이 입을 열었다.
　"그런데 음악은 잘 배우고 있는 거니?"
　"그럭저럭."
　석도명이 머리를 긁적인다. 열심히 하고 있다는 말을 하기가 어려웠다. 지난 두 달 동안 틈만 나면 물고기를 잡으러 내뺐으니 말이다.
　"음악이 좋기는 한 거야?"
　"……"

정연이 한껏 근심스러운 얼굴로 묻자 석도명은 왠지 미안한 마음이 들었다. 오갈 데 없는 자신을 사춘각에서 받아들여 음악까지 가르치는 건 오직 정연 때문이다.

석도명이 정연을 만난 건 할아버지를 잃고 외로움과 두려움에 떨다가 배고픔을 견디지 못해 저잣거리에서 구걸을 하고 있을 때였다.
정연 스스로도 가족을 떠나온 슬픔을 안고 있었기 때문이었을까? 저잣거리의 소음 속에서 아무도 신경 쓰지 않던 석도명의 서툰 연주를 정연만이 귀기울여 줬던 것이다.
난생 처음 보는 어여쁜 소녀가 눈가에 눈물이 맺힌 얼굴로 말을 걸어왔을 때 석도명은 얼마나 가슴이 두근거렸던가?

정연을 생각해서라도 열심히 해야 하는데 그러질 못했으니 석도명은 선뜻 대답을 하지 못했다.
"대답이 없네."
"음악은 좋아요."
"호호, '음악은 좋은데, 연습은 싫어' 그런 뜻이야?"
"……."
석도명이 또다시 머리만 긁적인다.
꼭 연습이 싫은 건 아니지만, 솔직히 음악선생 우만호에게 배우는 게 너무 힘들었다. 할아버지는 '그저 감정에 충실하면 그뿐'이라고 했는데, 우만호는 너무 많은 걸 가르치려 든다.
 '이런 걸 왜 해야 하나?'
 그런 생각이 들 때마다 늪에라도 빠진 기분이 들어 제대로 진도를 나가지 못하는 일이 많았다. 그런 마음을 읽은 것일까? 정연이 어느 때보다 진지한 음성으로 말했다.
 "정말로 좋아하면 열심히 배워야 하는 거야. '배우기만 하고 생각하지 않으면 마음에 얻어지는 것이 없고, 생각만 하고 배우지 않으면 위태롭다(學而不思則罔, 思而不學則殆)'……그런 거래."
 "……."
 석도명이 감탄 어린 표정으로 정연을 올려다봤다.
 자신하고 불과 네 살 차이가 날 뿐인데도 정연은 모르는 게 별로 없는 듯싶다. 잘은 모르겠으나 정연의 말에 담긴 뜻이 어렴풋이 와 닿는다. 생각만 하고 배우지 않는 게 확실히 자신의 문제인 것도 같고.
 "나는 도명이가 훌륭한 악사가 되는 걸 보고 싶은데 열심히 하면 안 될까?"
 "예……, 될 게요, 훌륭한 악사. 정말이에요."
 석도명은 자신을 바라보는 정연의 눈길이 너무 따듯하고, 간절해서 몸 둘 바를 몰랐다.
 정연은 생판 남인 자신에게 왜 이렇게 잘 해주는 걸까? 언제나 묻고 싶으면서도 묻지 못한 질문이 다시 떠오른다.

'진짜 죽은 동생 때문일까?'

석도명이 아는 것은 약도 변변히 못 쓰고 병으로 죽은 정연의 남동생이 자신과 같은 나이라는 사실뿐이다.

동생 이야기만 나오면 정연의 표정이 무거워져서 한 번도 제대로 물을 수가 없었다. 동생이 어떻게 죽은 건지, 또 자신이 죽은 동생을 많이 닮기라도 한 건지.

비록 어릴망정 석도명도 한 가지는 느끼고 있었다. 사연이 어찌 됐든 정연은 세상에서 자신을 걱정해 주는 유일한 사람이고, 정연을 위해서 자신이 할 수 있는 일은 그녀의 소원대로 훌륭한 악사가 되는 것이라는 사실을.

그런 생각 끝에 가슴이 뻐근해진 석도명이 얼마 남지 않은 언덕 꼭대기까지 내쳐 달렸다.

언덕에 올라선 석도명은 커다란 나무 밑으로 다가가 땅을 파기 시작했다. 그리고 이내 당황한 기색을 감추지 못하고 허둥대기만 했다.

고이 묻어 놓은 동전 주머니가 사라지고 없었다. 여기에 돈을 묻은 사실을 아는 것은 자신과 장아삼뿐이다.

숙소에 돈을 갖다 놓았다가 잘못하면 남들의 오해를 받을 수 있다고 이야기를 해준 사람이 장아삼이었던 것이다. 헌데 누가 그 돈을 가져갔다는 말인가?

"없어, 없어."

"왜 그러는데, 뭐가 없어진 거야?"

정연이 어쩔 줄 몰라 하는 석도명에게 다가가 물었다.

석도명이 채 대답을 하기도 전에 나무 뒤에서 누군가가 나타났다.

"짜식, 놀라기는. 여기 있다."

장아삼이 석도명을 향해 작은 주머니를 흔들어 보였다.

"아삼이 형!"

석도명이 반가운 표정을 지으며 달려갔다. 돈이 그대로 있다는 반가움에 장아삼이 왜 나타났는지는 미처 생각하지도 못했다.

장아삼이 주머니를 넘겨주면서 석도명의 머리를 쓰다듬었다. 마치 칭찬이라도 해주는 듯이 말이다.

"그래, 계획대로 정연이랑 왔구나. 잘했다."

장아삼의 음흉한 시선을 받으며 정연의 표정이 딱딱하게 굳어졌다.

전후 사정은 알 길이 없으나, 두 사람의 모습만 봐서는 석도명이 장아삼에게 돈을 받기로 하고 자신을 데리고 온 모양이다. 자신이 자꾸만 피하니까 장아삼이 석도명을 이용해 꼼수를 부린 것이리라. 하지만 설령 그렇다 해도 석도명이 돈 때문에 자신을 속였다니!

"도명이 너……."

정연이 말을 맺지 못하고 스르르 넘어갔다.

그 순간 뒤에서 검은 복면인이 소리 없이 나타나 쓰러지는 정연의 몸을 받아 들었다. 복면을 하고 수풀 속에 숨어 있던 막창소가 정연의 수혈을 짚은 것이다.

"누나!"

복면인이 나타나 정연을 안아들자 석도명이 놀라 달려들었지만 장아삼의 손이 더 빨랐다. 장아삼은 어느새 석도명의 팔을 뒤로 꺾어 잡고 있었다.

"놔! 놔!"

"가만히 있어. 대협께서 정연이를 좋은 곳으로 데려가실 거야. 너도 함께 가야지."

장아삼이 그 말을 하면서 막창소를 향해 비굴하게 미소를 지었다.

막창소가 정연과 석도명을 함께 데려가는 것이 원래부터의 계획이다. 둘이 같이 사라져야만 자신이 의심 받을 여지가 남지 않을 것이다.

막창소 때문에 본의 아니게 자신의 얼굴을 드러낸 이상 석도명이 화월촌에 남아서는 절대로 안 되는 일이었다.

"흐흐흐, 암암. 좋은 곳으로 가야지."

막창소가 왼쪽 옆구리에 정연을 낀 채로 장아삼과 석도명에게 다가섰다.

장아삼이 막창소에게 석도명을 넘기려는 순간이다.

막창소가 장아삼을 향해 한쪽 눈을 깜빡였다.

"후후, 너부터 가라. 좋은 곳."

막창소가 오른 손날을 세워 장아삼의 왼쪽 가슴을 찔러왔다. 막창소의 손은 갈비뼈를 부러뜨리며 장아삼의 가슴을 파고들었다.

피가 분수처럼 솟구쳤지만 다행인지 불행인지 막창소가 노렸던 심장은 슬쩍 비껴갔다. 석도명이 몸부림을 치는 바람에 장아삼의 몸이 잠시 기울어진 탓이다.

"왜, 왜?"

가슴이 뚫린 고통에 부들부들 떨면서 장아삼이 막창소의 오른손을 잡고 늘어졌다.

"쯧쯧, 어리석은 놈. 강호에서 오래 살아남는 법을 가르쳐 주마. 뭐, 써먹을 기회는 없겠지만, 크크."

장아삼이 죽을힘을 다해 붙잡고 있음에도 불구하고 막창소의 손은 점점 깊이 장아삼의 가슴을 파고들었다. 손목을 틀어 심장을 겨눈 막창소가 비웃음 섞인 목소리를 냈다.

"강호의 법칙, 절대로 후환을 남기지 마라! 푸흐흐."

막창소는 자신의 정체를 알고 있는 장아삼을 처음부터 살려둘 생각이 없었다.

"끅……."

신음을 흘리며 장아삼의 고개가 꺾였다.

"으헉!"

그 순간 막창소의 왼쪽 손목에 날카로운 고통이 전해졌다. 장아삼에게서 풀려난 석도명이 막창소의 손목을 물고 늘어진 것이다.

그러나 그것도 잠시. 막창소가 오른손을 들어 가차 없이 석도명의 어깨를 내리쳤다. 힘없이 나동그라진 석도명이 비틀거리며 몸을 일으켜 세웠다. 왼쪽 팔이 힘없이 덜렁거리는 것을 보니 어깨를 심하게 다친 모양이다.

"누나, 놔 줘요. 제발."

"꼬마야, 너도 저 꼴이 되고 싶냐?"

석도명은 그제야 장아삼이 어떻게 됐는지를 알았다. 가슴이 피범벅이 된 장아삼의 시체를 보니 죽음의 공포가 확 밀려온다.

"흐흐, 죽고 싶지 않으면 조용히 꺼져라."

"안 돼요. 제발, 놔 주세요."

공포에 겨워 옴짝 못하면서도 석도명은 물러서지 않았다.

"흥, 꼴에 남자 노릇을 하고 싶은 게냐?"

막창소가 비웃음을 흘리면서 한 발 한 발 다가섰다.

사실 막창소의 일신 무공이면 어린애가 앞을 막든, 말든 쉽게 사라질 수 있었다.

그러나 막창소는 그러지 않았다. 마치 자신 앞에서 꿈틀거리며 반항하는 벌레를 보는 것 같은 묘한 기분이 들었기 때문이다.

막창소는 벌레를 갖고 노는 듯한 그런 기분을 은근히 즐기고 있었다.

"누나를…… 풀어, 헉!"

바람처럼 다가선 막창소가 손가락 끝으로 석도명의 명치 아래쪽을 슬쩍 찔렀다. 석도명이 경련을 일으키며 쓰러지더니 좀처럼 움직이질 못했다.

"놈, 어려서 죽이지는 않는다만 힘도 없는 게 함부로 나대지 마라. 살려주면 그저 고마운 줄 알고 열심히 사는 거다."

그래도 명색이 협객을 자처하는 막창소다. 닳고 닳은 장아삼과 달리 어린아이의 피까지 보고 싶은 마음은 아니었다. 그리고 무엇보다 이 꼬마는 자신의 정체를 꿈에도 모른다.

그뿐이랴? 오늘은 그토록 꿈꾸던 정연을 손에 넣은 기쁜 날이 아니던가.

막창소가 바닥에 떨어진 돈 주머니를 주어 선심이라도 쓰듯 석도명의 가슴 위에 떨어뜨렸다.

"흐흐, 돈이나 잘 챙겨라. 어쨌거나 정연이를 여기까지 데리고 오느라 수고 많았다."

"으으……."

숨이 꽉 막혀 한 마디도 하지 못하는 석도명의 눈에서 주룩 눈물이 흘렀다.

억울하고, 분하고 무엇보다 정연에게 미안했다. 은혜를 갚아도 모자랄 판에 오히려 자기 손으로 정연을 괴한에게 갖다 바친 꼴이다. 그러나 아무런 방법이 없다.

석도명의 눈앞이 절망감으로 까맣게 물들었다.

그때였다.

툭.

막창소의 뒤쪽에서 뭔가가 가볍게 떨어지는 소리가 들렸다. 그리고 곧이어 익숙한 음성이 이어졌다.

"흠, 피 냄새에 돈 냄새까지, 어린놈이 잘 하는 짓이다."

움찔 놀라 몸을 돌린 막창소가 상대의 얼굴을 확인하더니 이내 여유를 찾았다. 상대방이 낯설지 않은 것이다.

"흥, 누군가 했더니 고작 술값 해결사로군."

나타난 사람은 사춘각의 경비무사 당환지였다.

정연 때문에 몇 달 동안 사춘각 주위를 배회한 막창소가 경비무사 당환지를 모를 리 없다. 막창소가 아는 당환지의 실력은 그저 삼류 수준이다.

사실 기루의 경비무사라는 게 알고 보면 취객이 술값을 안 내거나, 지나치게 행패를 부릴 때 나서는 것 외에는 별로 하는 일이 없는 자리기도 했다.

'에고, 좀 성가시게 됐군.'

막창소가 혀를 끌끌 차면서 정연을 한쪽에 내려놓고 검을 뽑아 들었다.

정연을 내려놓지 않고 싸워도 이길 자신이 있지만, 시간을 끌고 싶지 않았다. 어린 것들 때문에 잠깐 지체한 것이 날파리 한 마리를 불러들였으니 이제라도 서둘러 개봉을 벗어나야겠다는 생각이 든 것이다.

"호오, 무림의 삼류 잡배에 불과한 내 얼굴을 안다? 확실히 면식범이겠구먼."

당환지가 이죽거리며 검을 뽑았다. 말과 달리 잔뜩 긴장한 태세다. 상대방은 자신을 아는데, 자신은 오직 복면밖에 볼 수 없다. 정체는 고사하고 검술 실력도 가늠할 수 없으니 이래저래 불리한 형편이다.

채채챙.

연달아 휘둘러진 막창소의 검을 막아내며 당환지는 다섯 걸음이나 뒤로 물러서야 했다.

"놈, 삼류 잡배 치고는 한 수가 있구나."

한 칼에 베어질 줄 알았던 당환지가 첫 수를 고스란히 막아내자 복면 속에서 막창소의 얼굴이 심하게 일그러졌다.

"흥, 너도 삼류 잡배랑 같은 수준인 모양이지."

"건방진 놈!"

막창소가 지면을 박차고 솟아오르며 종횡으로 요란하게 검을 떨쳐냈다. 검보다 먼저 요란한 바람소리가 허공을 덮기 시작했다. 과연 개봉에서 이름값을 하는 문파의 자제답게 매서운 솜씨였다.

'아저씨, 누나를 구해 주세요.'

바닥에 쓰러져 몸을 가누지 못하는 석도명의 눈에는 당환지가 계속해서 뒤로 물러나는 모습이 위태롭게만 보였다.

평소 그렇게 무섭기만 하던 당환지가 마치 바람에 흔들리는 나뭇잎처럼 작고 무력해 보였다.

 허공을 넘나드는 막창소와 달리 두 발을 굳건하게 땅에 붙인 자세로 당환지는 우직하게 검을 걷어냈다.

 하지만 막창소의 검은 갈수록 변화가 심해졌다.

 석도명의 눈에 당환지의 신형이 검에 뒤덮이는가 싶더니 요란한 굉음과 함께 검영(劍影) 속에서 당환지의 몸이 튕겨져 나왔다.

 "아아!"

 석도명의 입에서 놀람과 당혹감이 뒤섞인 탄식이 흘러나왔다. 당환지가 크게 당한 듯이 보였기 때문이다.

 땅바닥을 두어 차례 구른 뒤에야 몸을 바로 세운 당환지의 옆구리에서는 피가 쏟아졌다. 그런 상처쯤은 대수롭다는 듯이 당환지는 냉막한 눈으로 막창소를 노려봤다.

 "허풍무영(虛風憮影)……. 상당문에서 왔더냐?"

 "……."

 막창소는 아무 말도 하지 않았지만, 내심으로는 심한 충격에 빠졌다.

 승부를 빨리 끝내려고 과감하게 절초를 썼는데 당환지가 그걸 다 받아내고는 자신의 정체까지 유추해 낸 것이다. 허풍무영은 기루의 경비무사 따위가 받아내는 건 고사하고, 본다고 알 수 있는 초식이 아닌데 말이다.

 "상당문이냐고 물었다."

"네가 정녕 죽어야겠구나."

막창소는 정체를 감추기 위해서라도 당환지를 살려둘 수가 없다고 생각했다.

"허영무풍(虛影憮風)!"

당환지 앞에서는 더 감출 것이 없다고 생각한 막창소가 또 하나의 절초를 펼쳐냈다.

빈 그림자(虛影)가 바람을 어루만진다(憮風)는 이름처럼 막창소의 검은 아까와는 정반대로 바람소리 대신 무수한 검영을 허공에 그려냈다.

당환지는 이번에도 우직하게 검영을 하나씩 맞받아치면서 연신 뒤로 물러났다.

당환지의 등이 나무에 막혀 더 이상 물러설 수 없게 된 순간 막창소의 검 끝에서 소리 없는 바람이 쏘아졌다.

퍽!

당환지의 검이 맥없이 허공을 가른 반면, 막창소의 검에서는 처음으로 둔탁한 소리가 울려나왔다.

'걸렸다.'

막창소는 완벽하게 당환지의 허리를 잘랐음을 느끼며 회심의 미소를 지었다.

헌데 검이 무엇에 단단히 잡힌 것처럼 더 이상 움직이질 않았다. 순간 막창소는 자신의 눈을 의심해야 했다. 분명 당환지의 허리를 베고 들어간 자신의 검이 나무에 깊게 박혀 있었기 때문이다.

검을 미처 회수하기도 전에 나무 뒤에서 시커먼 그림자가 치솟더니 막창소의 어깨에 검을 박아 버렸다.

"크윽!"

이번에는 막창소가 어깨를 감싸 쥐고 뒤로 물러섰다.

"어, 어떻게……. 네놈 정체가 뭐냐?"

막창소는 말까지 더듬었다.

당환지의 수법은 살수(殺手)들이 쓴다는 환영술(幻影術)이었다. 순간적으로 주변의 사물에 자신의 환영을 덮어 씌워 상대를 혼란케 한 다음에 빈틈을 파고드는 기습 공격술이다.

당환지의 정체에 대해 걷잡을 수 없는 의문이 몰려왔지만 막창소는 지금 그걸 따질 계제가 아니었다.

어깨를 깊이 다치는 바람에 검을 계속 쥐고 있기도 버거웠다. 이대로 잡혀 복면이 벗겨지기 전에 얼른 내빼야 했다.

"제길."

막창소가 정연을 보면서 입맛을 한 번 다시더니 냅다 몸을 날려 언덕 너머로 사라졌다.

털썩.

당환지가 그제야 바닥에 무릎을 꿇으며 주저앉아 피를 한 차례 토해냈다. 그리고는 좌정하고 앉아 내기(內氣)를 고르기 시작했다.

그런 와중에 당환지보다 먼저 석도명이 몸을 움직였다. 막창소가 고통을 주기 위해 급소를 가격했을 뿐 혈도를 짚지 않은 덕분이다.

창자를 도려내는 듯한 고통이 조금씩 가시면서 석도명은 엉금엉금 기어서나마 정연에게 다가갈 수 있었다.

"누나, 누나…… 일어나봐."

정연은 고른 숨을 쉬고는 있었지만 석도명이 애타게 부르는 소리에도 눈을 뜨지 않았다. 그 바람에 마음이 다급해진 석도명은 왼쪽 팔을 쓰지 못하면서도 이를 악물고 기어갔다.

석도명이 겨우 팔을 뻗어 정연의 손을 잡으려는 순간 누군가가 석도명의 손을 밟아 버렸다.

"발싸개 같은 놈! 네놈이 고작 돈 몇 푼에 정연이를 팔아먹으려고 했더냐?"

그새 몸을 추스른 당환지다.

지금 당환지는 분노하고 있었다.

정연에게 떨어진 외출금지령 때문에 금방 돌아올 줄 알았던 석도명이 좀처럼 나타나지 않자, 두 사람이 외출한 사실을 알아채고 허겁지겁 쫓아온 길이었다.

두 사람의 흔적을 발견하고 언덕으로 올라오다가 당환지가 유일하게 들은 말이 하필이면 막창소의 마지막 한 마디였다.

"돈이나 잘 챙겨라. 어쨌거나 정연이를 여기까지 데리고 오느라 수고 많았다."

당환지는 앞뒤 따질 것도 없이 석도명이 돈 때문에 정연을 배신했다고 믿어버린 상태였다.
"아니에요. 제가 그런 게……. 이 돈은 원래 제거예요."
당환지의 오해를 눈치챈 석도명이 황급하게 두 손을 내저었다.
그러나 당환지는 들어줄 기미가 아니었다.
"됐다! 더 지껄이지 마라!"
당환지가 여차하면 머리통을 밟아 으스러뜨리겠다는 듯이 한쪽 발을 치켜들고는 버럭 고함을 쳤다.
"꺼져라! 마음 같아서는 내 손으로 쳐 죽이고 싶다만 정연이를 생각해서 살려주는 줄 알아라. 하지만 너는 오늘 죽은 거다. 돈에 눈이 멀어 은인(恩人)을 배신한 죄 값으로 비참하게 죽어서 아삼이랑 여기에 묻힌 거다. 알겠냐? 정연이, 아니 화월촌 부근에는 두 번 다시 얼씬도 마라. 내 눈에 뜨이면……, 그때는 진짜 죽어야 할 게다."
"아니에요. 저도 몰랐어요. 허엉!"
석도명이 울음을 터뜨리며 애원을 했지만 당환지는 들은 척도 하지 않고 검을 들어 땅을 팠다.
당환지는 구차한 변명 따위는 듣고 싶지 않았다. 지금이라도 귀찮은 혹 덩어리를 떼어내게 된 게 정연을 위해서 차라리 잘된 일이라는 생각이 들었다.
장아삼의 시체를 구덩이에 밀어 넣은 당환지가 다시 한 번 눈을 부라렸다.

"이게 네놈 무덤이다. 정녕 여기에 누울 거냐?"

당환지가 어서 꺼지지 않으면 당장 구덩이에 묻겠다는 듯이 엄포를 놓았다.

"흑흑, 갈게요. 흑흑."

힘들게 몸을 일으켜 세운 석도명이 비틀거리며 언덕을 넘어갔다. 억울하고 분했지만 당환지가 무서워서라도 더 이상은 어쩔 수가 없었다.

당환지는 그 모습을 지켜본 뒤에야 정연을 안아들고 사춘각을 향해 달려갔다.

그날 이후로 어찌된 영문인지 소문난 난봉꾼이었던 상당문의 막창소가 화월촌에 모습을 드러내지 않았다.

사람들은 막창소가 결국에는 임자를 만나서 발목을 잡힌 모양이라고 낄낄거렸다.

하지만 사춘각에 빌붙어 살던 장아삼과 석도명이 사라진 사실은 관심거리도 되지 않았다.

화월촌 외곽 작은 언덕에 장아삼과 석도명이 함께 묻혔다는 이야기는 사춘각 사람들끼리 쉬쉬하는 은밀한 사연으로만 남았다.

 개봉에서 북서쪽으로 200여 리(里) 떨어진 곳에 여가허(呂家墟)라는 마을이 있다. 하남성의 여가허라 하면 세인들은 무림맹(武林盟)을 먼저 떠올린다.
 동춘(東春)이라는 작은 고을의 이름이 여가허로 바뀐 것도, 무림맹이 그 자리에 들어선 것도 그리 오래전의 일은 아니었다.
 40여 년 전 무림은 천무협(天無俠)의 공격으로 대참사를 빚었다. 서역의 배화교(拜火敎)에 뿌리를 둔 것으로 알려진 천무협은 청해성의 곤륜파(崑崙派), 감숙성의 공동파(崆峒派), 섬서성의 종남파(終南派)와 헌원세가(軒轅勢家)를 잇달아 멸문의 위기로 몰아넣으며 파죽지세(破竹之勢)로 치고 들어왔다.

오랜 반목(反目)에서 헤어나지 못한 무림 정파들이 지리멸렬(支離滅裂)의 위기를 맞은 찰나에 천무협의 주력을 겁 없이 막아선 건 여씨세가(呂氏勢家)라는 신흥 세가였다.

여씨세가는 결국 가주부터 어린 제자까지 전멸을 당했고, 세가의 장원은 벽돌 하나를 온전히 남기지 못했다. 질 것이 뻔한 싸움에 나서면서 여씨 가문이 한 일이라고는 대를 이을 가주의 어린 아들 하나를 대피시킨 게 전부였다.

그 장렬한 최후가 무림인들의 의협심(義俠心)에 불을 당겼다. 마침내 손을 잡은 십대문파와 오대세가는 천모(天謀) 사마광(司馬光)의 지략을 이용해 천무협을 물리치는 데 성공했다.

이후 무림은 천무협의 저주스러운 이름을 천마협(天魔俠)으로 바꿔 불렀고, 무림의 항구적인 평화를 위해 무림맹을 설립했다.

무림맹의 초대 군사로 추대된 사마광이 여씨세가의 희생을 기리기 위해서 무림맹을 여씨 가문의 장원 자리에 세우자고 제안했을 때 이를 반대하는 사람은 없었다.

그렇게 해서 탄생한 마을이 바로 여씨 가문의 폐허, 즉 여가허다.

화월촌에서 쫓겨난 석도명은 꼬박 나흘을 걸어 여가허 부근에 이르고 있었다.

여가허가 어딘지 알고 온 걸음이 아니다. 고통과 공포에 질려 석도명은 무작정 걷고 또 걸었다.
 할아버지를 잃고 고아가 됐을 때도 이렇게 막막하지는 않았다. 내려앉은 왼쪽 어깨가 견딜 수 없이 아팠지만 가슴은 더 아팠다.
 '복면인에게 당해 쓰러진 누나는 어떻게 됐을까? 나는 잘못한 게 없는데 왜 쫓겨나야 하나? 설마 누나마저 내가 배신했다고 믿고 있는 걸까? 정말 이제 다시는 누나에게 돌아갈 수 없는 건가?'
 넋을 잃고 비칠비칠 걸어가던 석도명의 몸이 결국 여가허 외곽의 외딴 숲길에서 허물어졌다. 상처를 치료하지 못했을 뿐 아니라 제대로 먹지 못한 탓이다.
 석도명은 의식이 가물가물해지면서 '아무래도 나는 이렇게 죽나 보다' 하는 생각이 떠올랐다. 서글픈 눈물이 주룩 흘러내렸다.
 "엄마, 누나……."
 죽는다고 생각을 하니 세상에서 가장 보고 싶은 두 얼굴이 떠올랐다.
 "마음이 고향을 따르나……, 고향이 마음을 따르나……."
 석도명의 입에서 가느다란 음성이 새어나왔다. 엄마가 생전에 즐겨 부르던 추향(追鄕; 고향을 따라가다)이라는 노래다.
 왜 하필이면 그 노래를 부르게 됐는지 석도명도 알지 못했다. 아마도 정말 엄마 곁으로 가려는 모양이라고 생각하며 석도명은 까맣게 의식을 놓았다.

의식이 끊어지기 직전 석도명은 꿈결처럼 희미한 소리를 들었다.

"마음이나, 고향이나 다 지랄 같은 거지. 염병……."

그것은 너무 메말라서 도저히 사람의 것으로는 들리지 않는 음성이었다.

대체 얼마나 시간이 흐른 것일까?

석도명이 다시 눈을 뜬 곳은 낯선 방이다. 왼쪽 어깨가 시큰거리는 걸 보니 확실히 저승에 온 건 아니다.

"낄낄, 죽지는 않았구나. 살았으면 또 살아야지."

석도명이 그 목소리를 듣고 침상에서 상반신을 겨우 일으켰다. 등을 돌리고 앉은 노인의 모습이 먼저 들어왔다. 정신을 잃기 전에 얼핏 들었던 목소리의 주인이 자신을 구한 것이리라.

"감사합니다……, 억!"

구해 줘서 고맙다는 인사를 하려던 석도명이 낮은 비명을 토해냈다. 자신을 향해 돌아앉은 노인과 눈이 마주쳤기 때문이다.

노인의 눈동자는 흉측하게 뭉개져 차마 똑바로 바라보기가 어려웠다. 전체적으로 그리 흉한 얼굴이 아니었건만, 자신을 똑바로 쳐다보는 노인의 망가진 눈동자는 너무나 오싹했다.

기껏 구해다 놨더니 비명을 지른다고 역정을 낼만도 하건만 그런 반응에는 이력이 났는지 노인은 별로 개의치 않았다.

노인이 석도명에게 던진 것은 엉뚱한 질문이었다.

"음악을 했더냐?"

"예? 그걸 어떻게……."

석도명이 흠칫 놀랐다.

"네놈 손가락에 굳은살이 입으로 물어뜯어서 생겼겠더냐? 줄 세 가닥을 갖고 놀았겠지."

"예. 호금(胡琴)을 배웠어요."

장님답지 않게 날카로운 구석이 있는 노인이다.

노인의 말마따나 석도명은 악기를 배웠다. 할아버지가 남겨주신 악기가 바로 세 줄짜리 호금이었다.

"흥, 인적도 없는 숲에서 죽어가던 놈이 어울리지 않게 노래를 부르더구나. 그건 누가 가르쳤는고?"

"엄마가 좋아하던 노래예요."

노인의 질문에 대답하느라 바쁘던 석도명의 고개가 툭 떨어진다. 가족을 잃은 설움, 할아버지의 유품인 호금도 챙기지 못하고 화월촌에서 쫓겨난 억울함이 한꺼번에 북받쳐 오른 것이다.

"운 좋은 놈, 그 노래가 널 살린 줄 알아라."

석도명의 마음을 느낀 것일까? 노인은 알 수 없는 한 마디를 남기고는 훌쩍 나가 버렸다.

'노래가 날 살렸다고?'

석도명이 무거운 머리를 털어내며 노인의 말을 다시 떠올렸다.

숲에서 노래 소리를 듣고 자신을 발견했다는 것 같기도 하고, 아니면 그 노래가 '추향'이었기 때문에 구해 줬다는 의미 같기도 했다.

잠시 뒤 석도명이 방을 나섰다.

마당에 나와 보니 주변에 인가(人家)가 보이지 않는다. 노인의 집은 야트막한 언덕 발치에 오롯이 자리를 잡은 아담한 초옥(草屋)이었다.

노인을 찾아 어슬렁거리던 석도명은 뒤채가 하나 더 있음을 알게 됐다. 노인은 그곳에 있었다.

"저기요, 할아버지."

방 안에 인기척이 있는데도 노인은 대꾸를 하지 않았다.

석도명이 잠시 망설이다가 용기를 내어 문을 열었다.

"우와!"

순간 석도명의 눈이 휘둥그레졌다. 뒤채에는 생전 듣도 보도 못한 온갖 악기들이 가득히 채워져 있었다.

노인이 그제야 석도명을 향해 돌아섰다. 그러나 입은 열리지 않았다.

석도명이 조심스레 물었다.

"할아버지도 음악을 하시나요?"

"푸허허, 푸허허!"

뭐가 그리 우스운지 노인이 갑자기 폭소를 터뜨렸다. 그러나 그 웃음소리에는 유쾌함도, 불쾌함도 담겨 있지 않았다.

석도명은 노인의 음성을 들으면서 느꼈던 알 수 없는 이질감의 정체를 깨달았다.

노인의 목소리는 기이하게도 메말라 있었다. 감정이 배제된 노인의 음성에서는 '너 같은 것이 내 기분을 알 리 없다'는 차가움만이 느껴졌다.

그 순간 노인이 갑자기 웃음을 걷어냈다.

"나 보고 음악을 하냐고? 이놈아, 내 앞에서 감히 음악을 한다는 놈은 천하에 없을 게다."

"예? 할아버지 앞에서 음악을 하면 왜 안 되는데요?"

"우흐흐, 천하에서 내가 최고니까."

뻔뻔하기 짝이 없는 노인의 광오함에 석도명은 할 말을 잃었다.

앞도 못 보는 노인이 음악을 하면 얼마나 하겠는가? 게다가 천하제일의 악사라는 사람이 이런 외딴 곳에서 이렇게 초라하게 산다는 게 말이나 되는가?

"네놈은 과연 어떤 음악을 배웠더냐?"

노인은 계속 음악 이야기뿐이다. 실력이 천하제일인지는 모르겠으나 음악에 빠져 사는 노인임에는 틀림이 없나 보다.

석도명이 노인에 대해서 대충 알겠다는 듯이 고개를 끄덕였다. 그러나 정작 질문에는 어떻게 대답을 해야 할지 자신이 없었다.

"할아버지가 가르쳐 주신 건…… 그냥 잡가(雜歌)라고 하셨는데."

"잡가고 나발이고를 묻는 게 아니다. 무슨 생각으로 음악을 배웠냐는 말이다."

그러자 석도명의 머리에 문득 떠오르는 것이 있었다.

"명(明)아, 음악에는 귀천(貴賤)이 없는 거란다. 기쁘면 웃고 슬프면 우는 것이 사람 아니냐?

그런 마음만 있으면, 그런 마음을 나눌 수 있으면 누구나 할 수 있는 게 음악이야. 그런 음악을 남에게 베풀 수 있는 건 또 얼마나 복된 일이더냐?

사람들이 악사를 천하다 하지만, 이 할아비는 평생 베풀었기 때문에 부끄러운 일도, 후회하는 일도 없단다. 네가 음악을 배우겠다면 부디 그런 마음으로 시작하거라."

석도명이 제대로 음악을 배우고 싶다고 했을 때 할아버지가 했던 말이다. 어린 마음에도 그 말이 너무 근사해서 오래도록 잊혀지지가 않았다.

"저, 마음을 나누는 게 음악이라고……, 그런 생각으로 배웠는데요."

"푸헐, 마음이라……, 다들 말은 그렇게 하지. 음유심생(音

由心生)이라, 음악은 마음에서 비롯된다고. 허면 그 음악이 어디로 가는지는 아느냐?"

"……."

석도명은 꿀 먹은 벙어리가 됐다. 당최 어린아이가 알아들을 이야기가 아니다.

음악을 할 때 마음이 중요하다는 이야기는 사춘각의 음악선생 우만호에게서도 귀가 따갑게 들었다. 하지만 음악이 어디로 가는지에 대해서는 생각해 본 적도, 들어 본 적도 없다.

눈만 껌벅거리고 있는 석도명을 향해 노인이 코웃음을 쳤다.

"흥! 네놈이 모르는 건 당연하다마는, 그 당연함을 너무 당연하게 여기는구나."

노인이 갑자기 많고 많은 악기 가운데 석경 앞으로 다가가더니 짧은 나무 막대기를 들어 석도명에게 내밀었다. 한 번 쳐 보라는 뜻이다.

그새 노인의 느닷없음에 적응을 했는지 석도명이 순순히 막대기를 받아들었다.

떼엥.

묵직하면서도 맑은 돌 소리가 울렸다.

"소리가 짧다. 더 길게."

석도명이 몇 차례 더 석경을 두들겼지만 돌에서 나는 소리를 현악기처럼 마음먹은 대로 길게 늘일 수는 없었다.

가볍게 혀를 내두른 노인이 석도명의 손에서 막대기를 채갔다. 노인의 손이 석경을 슬쩍 건드리고는 허공에 그대로 멈춰섰다. 석경에서는 아까보다 훨씬 맑고 투명한 소리가 울려 퍼졌다.

떼에엥—!

'어, 이게 정말 돌에서 나는 소리야?'

석도명은 입을 다물지 못했다.

헌데 그보다 더 놀라운 건 돌에서 울려나온 소리가 끊어지지도, 가늘어지지도 않고 계속 이어지고 있다는 사실이었다. 석도명이 한껏 숨을 참을 수 있는 것보다 더 긴 시간이 흐르도록 석경소리는 조금도 달라지지 않고 계속해서 긴 공명음을 울렸다.

문득 노인이 허공에 멈춰 있던 손을 떨어뜨리자 방 안에 가득하던 석경소리가 씻은 듯이 사라졌다.

석도명의 놀라움이 더욱 커졌다. 소리를 마음대로 주무른다는 게 바로 이런 게 아닐까 싶었다.

"옛날에 말이다. 한(韓)나라 사람 한아(韓娥)가 제(齊)나라에 갔다가 먹을 게 떨어져서 옹문(雍門)에서 노래를 부르며 음식을 구걸했다. 그런데 한아가 떠난 뒤에도 그 노랫소리가 옹문의 기둥과 들보를 맴돌면서 사흘 동안 끊이질 않아서 마을 사람들은 한아가 떠난 사실을 몰랐다고 한다."

"네에……."

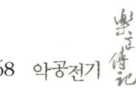

뒷짐을 지고 선 노인의 입에서 알기 어려운 이야기가 흘러나오자 석도명은 그냥 맞장구를 치는 수밖에 없었다.

"진짜 음악은 그렇게 마음으로 소리를 다스리는 게다. 마음에서 온 것은 마음을 따라 가야 하는 법이지."

여전히 알아들을 수 없는 소리였지만 '마음으로 소리를 다스린다'는 말만은 묘한 여운을 남겼다.

노인의 말이 이어졌다.

"나는 천하에 음악으로 나를 따라 올 자가 없음을 알지만 오히려 그것이 더 부끄럽구나. 아직 가야 할 곳에 이르지 못했기 때문이다."

"네에."

노인이 하는 말은 여전히 어려웠고, 석도명은 그저 '네에' 소리만 되풀이했다.

그리고 노인의 이야기는 점점 독백으로 흐르고 있었다.

"클클, 음악은 정녕 어디로 간다더냐? 어디로……. 내 평생 음악에 이끌려 여기까지 왔고, 너를 이곳에 데려온 것 또한 음악이니, 과연 이것이 인연이냐, 업(業)이냐?"

"……."

석도명과 노인 사이에 대화가 툭 끊겼다. 무엇을 생각하는지 노인은 회한 어린 얼굴로 다시 입을 열지 않았다.

떠나라는 말이 없기에 석도명은 그냥 노인의 집에 눌러 앉앉다.

 노인은 매일 뒤채에 들어가 있으면서도 악기에는 손도 대지 않았다. 석도명에게 음악 이야기를 하는 법도 없었다. 진짜로 음악을 하기는 하는 걸까, 새삼 의심이 들 정도였다.

 그렇게 며칠이 조용하게 흘러갔다.

 "으흐흐, 복(福)도 많은 놈이로다."

 노인이 저녁 밥상머리에서 웃음을 터뜨렸다. 석도명이 화월촌에서 쫓겨난 사연을 들은 직후였다.

 "흐흐, 그놈 생겨먹은 것 치고는 의외로 복덩이였구나. 크크크."

 "억울하게 쫓겨났는데 무슨 복이 많아요?"

 가족을 잃고 고아가 된 것도 서러운데, 잘못도 없이 쫓겨났다. 그게 무슨 복이란 말인가? 게다가 자신이 어떻게 생겨먹었는지는 앞도 못 보는 노인이 또 어찌 안다는 건가?

 "이놈아, 너같이 덜 떨어진 놈이 보기 드문 미소녀(美少女)의 애정을 받은 것만 해도 큰 복이거늘."

 "예?"

 "어디 그뿐이냐? 그렇게 험한 일을 당하고도 네놈은 이리 멀쩡히 살았고 그 아이도 무사하질 않느냐? 게다가 일을 꾸민 놈은 깨끗이 죽었고. 세상일이 그 정도로만 정직하게 풀려줘도 원이 없을 게다. 그깟 억울함이야 나중에라도 풀면 될 것을."

"……."

그 말을 듣고 나니 석도명의 마음에 휑한 바람이 부는 느낌이다. 가슴을 꽉 막고 있던 억울함과 분노가 뻥 뚫리는 것 같았다. 여전히 서글프고 아쉬운 마음이 한자락 남아 있기는 했지만.

"흘흘흘. 게다가 이놈아, 훌륭한 악사가 되고 싶다고?"

웃어도 웃는 것 같지 않은 얼굴로 노인이 물었다.

석도명이 물끄러미 노인을 바라보며 고개를 끄덕였다.

"거봐라. 벌써 죽었어야 할 놈이 죽지 않고 나를 만났으니 이런 걸 정녕 기연(奇緣)이라고 하는 게야. 프흐흐, 내가 네놈 머리통만 몇 번 쓰다듬어 줘도 사해(四海)가 받들어 모실 실력을 갖게 될 거다. 그 정도만 되면 정연이라는 아이가 네놈 이름을 듣고 버선발로 뛰어 올 테지."

석도명의 머리에 한 가지 생각이 떠올랐다. 노인은 자신에게 음악을 가르치겠다는 이야기를 하려는 것 같았다.

생각해 보니 노인의 말대로 천하가 알아주는 유명한 악사가 되면 정연을 만나는 것도, 억울한 오해를 푸는 것도 가능할 것만 같다.

"저, 저를 제자로 받아주실 건가요?"

며칠이 지나도록 자신의 이름 석 자도 밝히지 않는 수상쩍은 노인이기는 했지만 석도명은 노인의 제자가 되는 것도 나쁘지 않을 것 같았다. 적어도 노인이 보여준 모습, 손끝으로 소리를 다스리는 모습만큼은 대단한 것이었으니까.

"욕심도 많은 놈! 내가 아무나 제자로 거둘 것 같더냐?"

"그, 그러면……."

"흐흐, 한 가지 시험만 통과해라. 그거면 되느니."

대체 무슨 시험을 통과하라는 건지 궁금했지만 노인은 또 입을 다물어 버렸다.

다음날 새벽 석도명은 잠결에 자신을 부르는 소리를 들었다. 졸린 눈을 비비며 문밖으로 나간 석도명은 동 트기 전의 어스름 속에 서 있는 노인을 보았다.

"어서 씻고 나오너라."

노인의 지시에 따라 마당에 돗자리가 펴지고 그 위에 두 사람이 마주보고 앉았다. 흰 옷을 갖춰 입은 노인 앞에는 곱게 접힌 헝겊과 작은 병이 하나 놓여 있었다.

"정녕 내 제자가 되기를 원하느냐?"

"예."

노인이 알겠다는 듯이 고개를 끄덕이며 헝겊을 펼쳤다. 그 안에서 나온 것은 날이 시퍼렇게 선 작은 비수였다.

"이걸로 네 눈알을 파라. 힘들면 내가 해주랴? 아, 이 병에 담긴 걸 바르면 통증은 전혀 없을 테니 겁먹지 말고."

노인의 말투는 눈알이 아니라 눈깔사탕을 달라는 것처럼 무심했다.

그러나 석도명은 사시나무 떨 듯 떨기만 했다. 노인이 말한 시험이 바로 이거였던 모양이다.

"왜, 왜, 왜요?"

"왜냐고? 나도 그랬으니까. 이게 바로 내 눈을 팠던 그 칼이지. 으허허."

"으어어어."

석도명은 노인의 눈동자를 망가트린 저 흉측한 상처가 어떻게 생겨났는지를 알 수 있었다. 제 손으로 눈을 찌른 것이다. 사람이 미치지 않고서야 어떻게 그런 짓을 하겠는가?

"이놈! 뭘 그리 놀라느냐? 음악을 거저 얻을 줄 알았더냐? 어차피 죽어도 그만이었을 목숨, 눈알 두 개면 싸게 값을 치르는 게다."

"시, 시, 싫어요."

석도명이 벌떡 일어나 집밖으로 달음질을 쳤다.

노인은 굳이 잡을 생각도 하지 않고 주섬주섬 칼과 약을 챙기기 시작했다.

"헐, 그놈 겁도 많구나. 나는 마비산(痲痹酸)도 없이 맨정신에 했는데 말이야."

노인은 30여 년 전의 어느 새벽을 떠올리며 씁쓸한 미소를 지었다.

식음가(識音家)**의 마지막 장손 유월소.**

그 옛날에 스스로 지워버린 노인의 이름이었다.

마당에 혼자 남겨진 유일소가 먼 허공을 향해 쓸쓸하게 독백을 이어갔다.

"아버님……. 아직도 식음가의 이름을 되찾지 못했습니다. 저는, 저는 세상으로 나갈 수가 없었습니다."

실력이 부족해서가 아니다. 유일소가 인간의 솜씨를 뽐내고자 했다면 천하제일 식음인(識音人)의 호칭을 얻고도 남았을 것이다.

그러나 유일소는 주악천인경에 발목이 잡혔다. 조금만 더 가면 음악의 끝을 볼 수 있을 것 같아서 매달리고 매달리다 보니 덧없이 30년의 세월만 흘렀다. 지금이라도 음악의 끝, 하늘의 소리를 이루면 황제도 빼앗아 가지 못할 영원한 이름을 남길 수 있을 텐데 말이다.

유일소는 어렴풋이 느끼고 있었다. 어쩐지 자신은 결코 그 끝을 볼 수 없을지도 모른다는 불안한 예감을.

헌데 하늘은 자신에게 뭘 원하는 것인지 어린아이 하나를 덜컥 데려다 놓았다.

유일소는 석도명을 보면서 고약한 운명의 장난 같은 것을 느끼고 있었다. 마치 '네가 완성할 수 없으면 제자라도 거둬 주악천인경을 전수하라'고 놀리는 듯한.

그리고 어쩌면 석도명이야말로 자신에게 주어진 마지막 기회인지도 몰랐다.

유일소가 장탄식을 내뱉었다.
"하아, 일소야, 일소야. 너는 대체 평생 무엇을 했더란 말이냐……."

*　　　*　　　*

그 후로도 마당에 몇 번씩이나 돗자리가 다시 펼쳐졌다.
그럼에도 석도명은 유일소에게 구배지례(九拜之禮)를 올리지 못했다. 칼로 생눈을 찌를 만큼 성격이 모질지 못했기 때문이다.
결국 어느 날 유일소가 석도명을 불러들였다.
"이놈아, 아직도 눈을 포기할 용기가 나질 않느냐?"
"아뇨, 그게 아니라. 글도 좀 더 배우고 싶고, 악보 보는 법도 아직 서툰데……."
유일소에게 불려 들어온 석도명은 솔직하지 못했다.
유일소는 목소리만으로도 알았다. 눈 이야기만 나오면 석도명은 언제나 가슴을 졸였다. 몸에, 그것도 가장 예민한 눈에 칼이 닿는다는 게 무서운 것이다.
유일소가 은자를 50냥씩이나 들여 호북의 무한의당(武漢醫堂)에서 어렵사리 구해 온 마비산의 효능을 아무리 설명해 줘도 소용이 없었다.
"저, 어떻게 다른 방법은 없을까요?"

"헐, '소리를 얻으려는 자 어둠을 보라. 깨달음은 눈을 버린 다음에야 오는 법' 그게 네놈이 갈 길이다. 그걸 부정하고서 어찌 음악을 배우겠다고."

"예, 그런데 잘 모르겠는 게……. 소리는 귀로 듣는 거잖아요. 눈하고 소리하고 무슨 관계가 있어요?"

그러자 유일소가 서탁에 놓여 있던 붓을 들어 글자 하나를 썼다. 장님이라고는 믿기 어려울 정도로 힘차고 날렵한 솜씨였다.

"읽어 봐라."

"해 일(日)."

유일소가 글자 하나를 더 썼다.

"이것은?"

"소리…… 음(音)."

"겨우 몇 자는 아는구먼. 자, 빛의 근원인 해(日)가 소리(音)를 만났다. 그래서 뭐가 됐느냐?"

"……."

"바로 어두울 암(暗)이다."

"에? 그러게요."

석도명이 고개를 주억거렸다. 그런 식으로는 한 번도 생각해 보질 못했던 것이다.

"'빛은 소리를 가린다' 이 말이니라. 이 세상에 빛의 기운이 너무 강해서 사람들은 그 안에 감춰진 소리를 깊이 느끼지를 못하는 법이다. 그러니 빛을 버려야 소리를 얻을 수 있는 게야."

"네에."

알겠다고 하면서도 끝내 석도명의 입에서는 눈알을 뽑겠다는 말이 나오질 않는다.

유일소가 그럴 줄 알았다는 표정으로 두 가지 물건을 꺼내 서탁에 올려놓았다.

하나는 두건으로나 쓸직한 기다란 헝겊이고, 또 다른 하나는 과거 황궁서고에서 발견한 열두 개의 석경 가운데 하나다.

"이게 뭔데요?"

"망할 놈. 네놈에게 주어진 마지막 기회다."

마지막이라는 말에 석도명이 긴장한 표정으로 헝겊과 석경을 집어 들었다.

"눈을 뽑을 용기가 없다면 이제부터는 눈을 가리고 살아라. 그리고 그 석경에 새겨진 글자를 네놈의 손끝으로 읽어낼 수 있다면 그때 내 제자로 받아주마."

"저, 정말요. 그렇게만 하면 저를 제자로 받아주시는 건가요?"

석도명의 얼굴에 환한 웃음이 번져갔다.

유일소의 머리에는 들뜬 음성만으로도 좋아서 어쩔 줄 모르는 석도명의 표정이 환히 그려졌다.

"징그럽다 이놈아. 웃어도 너무 웃는구나. 흥, 아직 좋아하기는 이르지. 3년 안에 여기에 새겨진 글자를 읽어내라."

"헉, 3년이요? 그렇게 오래 걸리는 일이에요?"

"헐, 빠른 길 놔두고 돌아가게 만든 놈이 누군데? 당장 내 손으로 끝장을 내줄까?"

"아, 아뇨, 할게요."

"잊지 말아라. 3년이다, 3년! 그 뒤에는 눈을 뽑든지, 여기를 떠나든지 해야 할 게다."

석도명이 허겁지겁 헝겊을 들어 눈을 가렸다.

눈이 있는데도 가리고 사는 게 얼마나 갑갑할지는 지금 따질 계제가 아니다. 엄하게 장님이 되는 것보다는 눈을 가리는 게 더 나을 거라고 석도명은 쉽게 생각했다.

"명심해라. 지옥을 지나야 천당을 볼 수 있는 법이다. 악극즉우(樂極則憂), 음악이 지나치면 근심이 된다고 했다. 그 근심에 너를 묻어라. 앞으로 나와 함께 괴롭고 또 괴로울 게다."

유일소의 무거운 음성에 석도명은 묘한 전율을 느꼈다. 유일소가 말하는 그 괴로움의 끝에 상상할 수 없는 엄청난 깨달음이 있을 것 같다는 막연한 기대가 일었다.

방을 나가는 석도명을 향해 유일소의 진심 어린 한 마디가 전해졌다.

"부디 어둠 안에서 너를 만나라. 인간의 오감(五感) 가운데서 무엇이 가장 정직한 지를 알게 되면 어둠 끝에서 다시 빛을 찾게 될 게다."

쿵!

 대답 대신 들려온 것은 둔탁하게 쓰러지는 소리였다. 눈을 가리고 걸어 나가던 석도명이 유일소의 말을 새겨듣는답시고 문턱이 있는 자리를 생각하지 못한 결과였다.

* * *

 풀벌레 소리가 요란한 깊은 밤이다. 석도명이 눈을 가린 뒤로는 일체 등불을 밝히는 법이 없어 집안 전체가 캄캄했다.
 그 어둠 속에서 석도명은 방문을 활짝 열어 놓고 앉아 제 손바닥을 열심히 쓰다듬고 있었다.
 "스물일곱, 아니 서른한 갠가?"
 석도명의 왼손에는 좁쌀이 들려 있었다. 지금 오른손을 부지런히 놀려 손끝에 짚이는 좁쌀 숫자를 세는 중이다.
 유일소는 석경에 쓰인 글자가 '당장은 좁쌀보다 작겠지만 나중에는 수박만큼 크게 느껴질 것'이라고 했다. 좁쌀보다 작은 글자를 느끼는 거라면 우선은 좁쌀부터 시작해 보자는 게 석도명의 생각이었다.
 그러나 좁쌀이라고 만만히 볼 것은 아니었다. 이를 악물고 정신을 모아 봐도 검지와 중지 밑에 깔린 좁쌀 숫자는 확실히 느껴지지 않았다.
 "전체는 삼백사십칠. 손가락에 깔린 건 스물아홉."

사립문 밖에서 들려온 음성이다. 초저녁에 외출을 했던 유일소가 어느 틈에 나타나 있었다.
 석도명은 이번에도 입을 다물지 못했다. 발자국 소리조차 남기지 않는 유일소의 귀신같은 걸음걸이는 새삼스러울 것도 없다. 헌데 어떻게 자신도 모르는 손바닥 위의 좁쌀 개수까지 헤아린단 말인가?
 "그, 그걸 어떻게 아세요?"
 "헐, 멍청한 놈 같으니. 이놈아. 좁쌀 부스럭거리는 소리가 십리 밖까지 요란하더라. 무딘 인간들이야 그렇다 쳐도, 귀 밝은 온갖 짐승을 다 깨울 작정이더냐?"
 다가온 유일소의 입에서는 술 냄새가 진동을 했다. 한두 달에 한 번 유일소는 말없이 나가서 밤늦게 들어오곤 했다. 돈을 벌기 위해서라고 했다.
 음악밖에 모르는 노인네가 돈을 벌 곳이라곤 잔칫집 아니면 술자리뿐이리라.
 "오늘도 돈 벌러 갔다 온 거예요?"
 다른 때 같으면 따로 챙겨온 음식이라도 던져 줄 법했지만 유일소는 방 안으로 들어와 석도명의 침상에 털썩 누워 버렸다.
 "어린놈이 밝히기는. 네놈이 빨리 음악을 배워서 나를 먹여 살려야지, 언제까지 이 늙은이를 부려먹으려고? 쯧쯧, 대체 네놈 실력으로 어느 세월에……. 에구, 내가 네놈 나이 때는 천하가 알아주는 천재였는데."

유일소의 입에서 자기 이야기가 나오기는 처음이다.

"정말요? 할아버지는 어릴 때 누구한테 음악을 배웠는데요?"

"……."

유일소는 아무 말도 하지 않았다.

석도명이 유일소의 경지에 올라 눈 없이도 세상을 볼 수 있었더라면, 아니 석도명이 눈가리개를 하지 않고 방 안에 등불이라도 켜져 있었다면, 유일소의 얼굴에 가득한 짙은 회한을 읽을 수 있었을 것이다.

술김에 엉뚱한 소리가 나오기는 했지만 유일소에게 과거란 결코 떠올리고 싶지 않은 것이다. 적어도 석도명이 자신의 모든 지식과 식음가의 한을 떠안을 자격을 갖추기 전까지는 단 한 마디도 하지 않을 생각이었다.

어색한 침묵 끝에 유일소가 자조(自嘲) 섞인 음성으로 입을 열었다.

"그놈의 달빛 한 번 밝구나. 허허, 술에 취한들, 달빛에 취한들 무슨 소용이 있으리오. 이르기를 어리석음보다 더한 그물은 없고, 헛된 집착보다 더한 강물은 없다 했거늘. 으허허!"

석도명이 눈가리개를 한 눈으로 고개를 들어 바깥 하늘을 올려다봤다.

'장님이 달빛까지 본다고?'

뭔가 앞뒤가 맞지 않는다.

"저기요. 달빛은 소리가 안 나는데 어떻게 달이 밝은지 아세요?"

"헐, 이놈아! 눈을 잃으면 또 다른 눈이 열리는 게다. 네놈의 몸뚱아리는 정녕 느끼지 못하는 게냐? 천지사방에 가득한 만월(滿月)의 기운을 말이다. 허긴, 길을 알려 줘도 가지 않으려는 어리석은 황소가 지고(至高)한 자연의 이치에 대해 뭘 알겠더냐? 에잉, 술만 깬다, 깨."

유일소가 투덜거리며 일어나 자기 방으로 돌아간 뒤에도 석도명은 멍하니 앉아 있었다.

"눈을 잃으면…… 또 다른 눈이 열린다. 정말일까?"

생각해 보면 멀쩡하게 앞을 보면서도 제구실을 하지 못하고 사는 사람이 많다. 헌데 유일소는 도저히 장님 같지가 않았다. 가끔 터무니없는 행동이 수상쩍기는 했지만 유일소의 정식 제자가 된다면 놀라운 세상을 만날 수 있을 것 같았다.

문제는 오직 하나. 눈만 뽑으면 되는데 말이다.

툭툭 투둑.

골똘하게 생각에 잠겨 있는 석도명의 귓가에 뭔가가 마당을 두드리는 소리가 들리기 시작했다. 그 소리는 걷잡을 수 없이 커져 온 세상을 뒤덮었다.

쏴아.

거센 폭우가 쏟아져 내린다. 빗줄기가 얼마나 거센지 삽시간에 방 안에 들이친 빗방울이 문간에 앉아 있던 석도명의 바지를 흠뻑 적실 정도다.

"뭐야? 보름달이 떴다더니."

뒤통수를 크게 얻어맞은 기분이다. 감동을 받고 믿음이 생길만 하면 이런 식으로 기대를 산산이 허물어 놓는다. 이런 유일소를 어디까지 믿어야 하는 것일까 싶다.

그날 밤 석도명은 세상이 씻겨 내려갈 듯한 요란한 빗소리를 들으며 깊은 꿈을 꾸었다.

꿈속에서 석도명은 빗물을 타고 장강(長江)을 지나 대해(大海)로 흘러들어갔다. 큰 바다를 헤쳐가는 석도명의 몸은 작은 가랑잎일 뿐이었다.

그리고 세월도 그렇게 흘러갔다.

제3장
마음을 지키는 법
(暗中守心)

 한 청년이 오늘도 여느 때처럼 집을 나서고 있다.
 허름한 옷차림에 평범한 체구, 그러나 보통 사람과는 확연히 다른 모습이다. 두 눈은 검은 안대로 가렸고 왼손에는 맹인용 지팡이가 부산하게 흔들리고 있다. 그리고 구멍을 뚫어 줄에 꿴 나무대접 하나가 허리춤에서 덜렁거리고 있다.
 올해로 스무 살이 된 석도명의 외출 차림새다.
 "사부님, 다녀오겠습니다."
 석도명이 유일소의 방문을 향해 넙죽 허리를 숙였다.
 "흥!"
 방 안에서 대답 대신 코웃음 소리가 먼저 들려왔다.

"이놈아, 가긴 어딜 가? 냉큼 들어오너라!"

석도명의 얼굴이 굳어진다. 사부가 오늘은 또 무슨 변덕을 부릴지 걱정스러운 것이다.

함께 지낸 세월이 벌써 10년. 유일소가 변덕을 부려서 심신(心身)이 평온했던 기억이 없다.

'음, 좋지 않은데.'

방문을 열면서 석도명은 주저하는 기색이 역력했다. 사부는 언제나 두려운 존재였기 때문이다.

석도명은 유일소와의 약속대로 3년 만에 석경에 새겨진 글귀를 읽어내고 정식 제자가 됐다.

제자가 되기도 어려웠지만, 제자가 된 뒤로는 더욱 힘겨운 삶의 연속이었다.

맞아가면서 글을 배우고, 온갖 음악이론을 머리에 억지로 담았다. 그리고 세상에 있는 온갖 악기를 손에 잡아야 했다.

식음가의 천재였던 유일소가 평생에 걸쳐 깨우친 것을 우겨 넣기에 바빠 '마음이 어떻고, 생각이 어떻고' 따위는 따질 겨를도 없었다.

그러나 정말로 석도명을 힘들게 한 것은 그저 눈만 가리는 게 아니라 '세상의 소리를 온몸으로 듣고, 소리로 세상을 보라'는 주문이었다.

그런 이유로 유일소는 틈만 나면 석도명에게 온갖 물건을 집어던져 머리통을 터뜨리기 일쑤였다. 소리를 듣고 피해 다니라는 이야기였다.

 폭우가 쏟아지는 밤이면 깊은 산속으로 끌고 가 빗소리를 듣고 집을 찾아오게 하고, 눈이 쏟아지면 맨발로 벌판을 헤매게 했다.

 석도명이 온갖 소리에 제법 적응을 하자, 1년 전부터는 저잣거리로 쫓아냈다.

> "인간은 대지(大地)를 밟고 살아가는 존재다. 사람이 자연과 함께 산다고 하는 것은 두 발로 땅을 밟는 행위로 시작되는 거지. 발걸음이야말로 인간이 세상을 만나는 가장 솔직한 방법이다. 그 소리를 들어 봐라. 세상에 얼마나 많은 삶이 있는지 알게 될 거다."

 유일소의 말이 무슨 뜻인지는 쉽게 와 닿지 않았지만 석도명은 비가 오나 눈이 오나 하루도 빠짐없이 성실하게 저잣거리로 나가 발걸음 소리를 들었다.

 헌데 무슨 바람이 불었는지, 사부가 갑자기 자신을 부른 것이다.

 "동물 소리를 들어야겠다."

 유일소는 밑도 끝도 없이 한 마디를 던졌다.

 "예? 동물 소리요? 저, 아침저녁으로 듣는 게 산에서 새 울고, 논에서 개구리 우는 소리가 아니던가요?"

 "그런 거 말고 좀 더 큰 놈들 있잖아. 마음 같아서는 호랑이나 곰이 좋겠는데."

"예? 호랑이요?"

석도명의 이마에 땀이 맺히기 시작했다. 유일소가 농담처럼 던지는 말이 농담으로 끝나는 법이 별로 없었다. 듣다듣다 못해서 이제는 호랑이 소리까지 듣고 다니라는 말인가?

"클클, 그만한 일을 가지고 뭘 그리 놀라느냐?"

"사부님……, 진심이십니까?"

"멍청한 놈, 마음 같아서는 그렇다고 했질 않느냐? 네놈 수준에 맞게 개나 소나 아니면 돼지라도 찾아봐라. 능력이 되면 진짜 호랑이를 찾아보던지, 크크크."

"예, 예. 알겠습니다."

석도명이 연신 고개를 꾸벅였다. 하지만 그 일을 왜 해야 하는 지는 정작 깨닫지 못하고 있었다.

* * *

여가허 남쪽 끄트머리에 허름한 집 몇 채가 인가와는 제법 거리를 두고 모여 있다. 백정들이 모여 사는 곳이다.

살아있는 짐승의 명줄을 끊는 곳이라서 그런지 집집마다 어른 키보다 약간 높은 목책이 세워져 있어 왠지 살풍경한 느낌을 준다.

그 가운데 구도(狗屠; 개백정)로 제법 이름이 난 염씨 노인의 집 앞을 석도명이 기웃거리고 있었다.

"계신가요?"

더듬더듬 대문을 찾아낸 석도명이 안에 대고 사람을 불러봤지만 돌아오는 것은 오직 요란한 개 짖는 소리뿐이다. 몇 번을 더 불러봤으나 개 짖는 소리가 워낙 시끄러워서인지 대답은 들리지 않았다.

"사람이 없는 건가, 아니면 개 때문에 내 목소리를 못 듣는 건가?"

석도명이 혼잣말을 하며 문을 조심스럽게 밀어봤다.

덜그럭.

안에서 빗장이 흔들리는 소리가 들려왔다. 석도명은 소리를 듣고서 빗장이 꽤나 헐겁게 질러져 있다는 것을 알았다.

조심스레 더듬어보니 문 사이에 제법 틈이 벌어져 손가락으로 겨우 빗장을 밀어낼 수 있었다.

컹컹, 컹컹.

석도명이 문을 열고 안으로 들어서자 개 짖는 소리가 더욱 요란해졌다.

"계신가요? 저……."

안쪽에 대고 사람을 부르던 석도명의 입이 갑자기 얼어붙은 듯 움직이지 않았다.

앞은 볼 수 없지만 개들이 부산하게 움직이는 소리를 들으면서 불현듯 뭔가를 깨달은 것이다.

'헉, 개들이 갇혀 있는 게 아니잖아!'

 석도명은 개들이 당연히 우리에 갇혀 있거나, 최소한 줄에는 묶여 있을 거라고 생각했다. 그래서 거리낌 없이 문 안으로 발을 들여놓을 수 있었다.

 그러나 지금 사방에서 들려오는 소리는 석도명을 중심으로 원을 그리고 있었다. 한곳에 개를 모아 가둬 놓은 게 아니라는 뜻이다. 게다가 그 원은 점점 좁혀 들었다.

 석도명은 손가락 하나 꼼짝하지 못한 채 숨을 죽이고 뒤로 주춤주춤 물러났다.

 얼마 지나지 않아 개 짖는 소리가 서서히 잦아들었다. 그리고 석도명은 자신의 정면에서 낮게 으르렁거리는 소리를 들을 수 있었다.

 으르릉.

 낮지만 유독 힘이 실린 소리다. 석도명은 직감적으로 알았다. 이 소리의 주인공이 바로 우두머리 개라는 사실을. 그리고 '짖는 개는 물지 않는다'는 말이 동시에 떠올랐다. 그러면 짖지 않고 으르렁거리는 개는 뭐란 말인가?

 '헉, 큰일 났네.'

 더 이상 꾸물거릴 틈이 없었다. 석도명이 몸을 돌려 냅다 뛰기 시작했다.

 쿵.

 황급히 돌아선 석도명이 문에 부딪쳐 그대로 튕겨 나왔다.

너무 당황한 나머지 안으로 당겨야 열리는 문을 온몸으로 밀어버린 것이다.

그 순간 석도명의 허벅지가 불타는 것처럼 뜨거워졌다. 우두머리 개가 쏜살같이 달려들어 석도명의 허벅지를 뒤에서 물고 늘어졌다.

"으악! 사람 살려! 으아악!"

석도명이 손에 든 지팡이를 휘두르며 발광을 해댔다. 허벅지를 물린 고통보다 개에 물렸다는 공포가 더 컸다.

피 냄새를 맡은 다른 개들까지 흥분해서 더욱 날뛰기 시작했다. 개 한 마리가 지팡이를 물고 늘어지는 바람에 석도명의 움직임이 크게 줄어들자 사방에 허점이 드러났다.

또 다른 개 한 마리가 마침내 허옇게 드러난 석도명의 목덜미를 향해 뛰어들었다.

석도명은 거친 입김이 목에 닿는 것을 느끼며 아득히 정신을 잃었다. 마지막 순간 귓가에 가물거리며 들려온 것은 누군가가 '이놈들!' 하고 야단을 치는 소리였다.

"쯧쯧, 아무리 앞을 못 봐도 그렇지. 아니, 앞이 안 보이니 더 조심을 했어야지."

어렴풋이 의식을 되찾은 석도명은 웬 노인이 자신의 허벅지에 붕대를 감고 있음을 알았다. 볼 것도 없이 개백정 염씨 노인이리라.

기절을 하는 순간에 들은 음성은 때 맞춰 나타난 노인의 소리였던 모양이다.

"으으, 염씨 할아버지신가요? 고맙습니다."

"허, 내 집에서 변고를 당했는데 뭐가 고마워? 내가 한 걸음만 늦었어도 정말 사단이 났을 게야. 이만하기가 천운(天運)인지 알라고."

석도명이 힘겹게 몸을 일으키며 목덜미를 쓰다듬었다. 걱정과 달리 목에는 작은 상처도 없었다.

사람을 물어뜯을 정도로 흥분했던 개들이 노인의 외침에 즉각 물러난 게 분명했다. 단 한 마디로 짐승을 제압할 수 있는 노인의 솜씨가 범상치 않음이다.

"헌데 내 집에는 왜 왔어? 어디 개고기 쓸 일이라도 있나?"

"아닙니다. 저는 석도명이라 하고, 음악을 배우는 악사입니다."

"악사? 악사가 왜?"

"그게……. 사부님이 시키셔서."

스스로 생각해도 어이가 없는지 석도명이 계면쩍게 말꼬리를 흐렸다.

석도명이 사부의 명령으로 동물 소리를 들으러 왔다는 말에 염씨 노인은 어이가 없다는 반응이다.

"으허허, 별일이야 별일. 하긴, 뭐 개 짖는 소리도 소리는 소리겠지. 그래도 내 육십 평생에 음악을 배우려고 개 소리를 듣는다는 건 듣도 보도 못했네."
 한바탕 웃어재낀 염씨 노인이 갑자기 엄한 얼굴이 됐다.
 "죽고 싶지 않으면, 다시는 찾아오지 말게."
 사실 염씨 노인의 집은 위험하기로 유명했다. 도축할 개를 마당에 그냥 풀어놓고 지내기 때문이다.
 인간들을 위해서 목숨을 내놓아야 하는 불쌍한 개들을 마지막 순간까지 우리에 가두거나 묶어 두고 싶지 않다는 게 염씨 노인의 고집이었다.
 눈빛 하나만으로 개를 제압하는 염씨 노인이지만 엄한 장님이 자기 집을 기웃거리다가 사고가 나는 것이 반가울 리 없다.
 "잘 가게."
 서둘러 석도명을 문 밖으로 떼밀어 낸 염씨 노인이 매정하게 문을 닫아걸었다.

* * *

 "정말 호랑이라도 만나고 왔더냐? 아주 피 범벅이 돼서 돌아왔구나."
 석도명이 절뚝거리며 집에 들어서기가 무섭게 유일소가 달려 나와 물었다.
 멀리서부터 질질 끌리는 발걸음 소리에, 피 냄새가 진동을 했으니, 귀신같은 유일소가 석도명에게 변고가 생겼음을 모를

리 없다.

"아닙니다. 호랑이는 아니고 개에게 물려서."

"쯧쯧, 개를 잡아 오라고 시킨 것도 아니고, 고작 소리를 듣고 오랬더니 그 꼴이냐? 미련한 놈 같으니라고."

다치고 놀라서 진이 빠진 석도명은 당장 방에 들어가서 드러눕고 싶은 마음뿐이다.

하지만 밖에 나갔다 오자마자 뭘 들었고, 뭘 느꼈는지를 세세하게 보고하지 않으면 밥도 못 먹게 하는 유일소다. 하물며 오늘같이 눈에 띄는 대형 사고를 쳤으니 전후사정을 고하지 않을 수가 없었다.

"에라, 이 모자란 놈아!"

자초지종을 들은 유일소가 버럭 고함을 지르며 석도명의 손에서 지팡이를 채갔다.

퍽, 퍽, 퍽.

석도명의 어깻죽지와 목덜미에 지팡이가 잇달아 떨어졌다.

"어구구, 사부님 왜 이러십니까?

"왜 이러냐고? 이 정신 나간 놈아, 고작 개 소리 따위에 놀라? 그 순간에 네놈 마음은 대체 어디에 내팽개친 거냐?"

그 말을 하면서도 유일소는 모진 매질을 멈추지 않았다. 지팡이는 이제 팔, 다리며 얼굴을 가리지 않고 떨어져 내렸다.

매타작을 피해 땅바닥을 뒹굴던 석도명은 그제야 유일소가 불같이 화를 내는 이유를 알 수 있었다.

어둠 안에서 네 마음을 지켜라(暗中守心).
그 속에서 다시 마음을 볼 것이다(暗發心現).

 소리를 얻기 위해서는 마음을 먼저 지켜야 한다는 가르침을 잊었다는 질책이었다.
 "으윽. 암중수심(暗中守心)…… 그걸 잊었습니다. 으으, 잘못했습니다."
 석도명이 스스로의 잘못을 깨닫자 비로소 유일소가 지팡이를 내던졌다.
 "무릇 소리는 돌멩이에서도 나고, 물에서도 나고, 바람에서도 난다. 허나 그 많은 소리 가운데 가장 얻기 힘든 것이 사람의 소리다. 사람의 마음이란 것이 바람같이 흔들리고, 물같이 흐르며, 때로는 돌처럼 굳게 닫히기 때문이다. 네놈이 몇 년 동안 저잣거리에서 헛수작을 한 게 그 이치를 품지 못했기 때문이다. 헌데 고작 동물이 짖는 소리에 겁을 먹고 다녀서야 언제 사람의 소리를 얻고, 종국에는 하늘의 소리에 도달하겠느냐?"
 "죄송합니다. 그런 뜻이 담겨 있는 줄은…… 몰랐습니다."
 석도명은 쥐구멍에라도 들어가고 싶을 정도로 부끄러웠다.
 '암중수심'이라는 구절을 입에 달고 살았으면서도 그 뜻을 너무 가벼이 새겼다.
 그저 수련을 할 때 자신을 관조하라는 의미인 줄 알았지, 이렇게 황당하고 돌발적인 상황에서 적용되는 이야기라고는 생각도 못했다.

"한심한 놈! 두 눈이 아까워서 벌벌 기고, 허벅지 좀 물렸다고 질질 짜고. 너는 그 잘난 몸뚱이만 위하다 늙어 죽을 생각이더냐? 죽어서도 시체는 아주 곱겠구나. 장의사가 좋아하겠다."

"제가 생각이 짧았습니다."

"지금 내가 생각을 탓하고 있더냐? 지난 10년 간 네놈이 대체 뭘 했느냐? 손으로 느끼고, 머리로 외우고, 내가 깨우친 모든 것을 전해 받지 않았느냐? 그런데 왜? 왜, 그 가르침을 네 것으로 만들지 못하는 거냐? 바로 네놈 몸에 그걸 새기지 못했기 때문이다. 그놈의 몸뚱아리는 대체 뭐로 만들었기에 그 모양이냐 말이다."

유일소는 더디기만 한 석도명의 성장에 인내심을 잃어가고 있었다.

분명히 필요한 것은 다 가르쳤다. 한 번도 입 밖에 내놓은 적은 없지만 적어도 일신의 기량만으로는 석도명이 젊은 날의 자신에게 뒤지지 않는다고 생각했다.

그러나 주악천인경의 오의(奧義)에 대해 석도명은 좀처럼 눈을 뜨지 못했다.

어서 첫 물꼬를 텄으면 하는 바람에서 저잣거리에도 보내고, 동물 소리도 들으라고 한 것인데 석도명은 실망스러운 모습만 보이고 있는 것이다.

유일소가 절레절레 고개를 흔들며 석도명 앞에 지팡이를 세

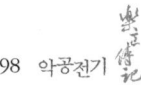

차게 던졌다.
 이만큼 맞았으면 정신을 차렸을까? 매가 부족하면 언제고 보태주리라 생각하면서 유일소는 석도명에게서 등을 돌렸다.

 다음날 아침, 석도명은 절뚝거리며 염씨 노인의 집을 다시 찾았다.
 문을 열어주던 염씨 노인이 석도명을 보자마자 목청을 높였다.
 "뭐야? 나는 개는 잡아도 사람은 잡지 않아. 정 죽고 싶으면 딴 데 가서 해결하라고!"
 "그게 아닙니다. 오늘은……."
 "아니긴 뭐가 아니야? 지금 이 소리가 안 들려? 어제 너 때문에 피 맛을 본 개들이 난리를 치고 있잖아. 죽고 싶은 게 아니면 어서 꺼지라고!"
 염씨 노인은 한 팔을 문 밖으로 뻗어 석도명을 거칠게 밀어냈다. 석도명이 다급하게 그 팔을 잡고 늘어졌다.
 "영감님께 개에 대해서 좀 배워보려고 왔습니다. 제발 도와주십시오."
 도와달라는 말에 마음이 약해졌는지 염씨 노인의 음성이 약간 누그러졌다.
 "어제는 개 소리를 들으러 왔다더니, 그새 용건이 바뀐 건가?"

"아닙니다. 개를 모르고 무작정 소리만 들으려는 게 잘못이었습니다. 개에게도 마음이 있을 텐데 그걸 헤아리지 못했다고 사부님께 혼이 났습니다."

"뿌헐, 혼이 났다는 게 그 모양인 게로군. 악사라더니, 혹시 백정을 사부로 모시나? 어떻게 사람에게 이런 짓을 해?"

석도명의 몰골을 위아래로 훑어보던 염씨 노인이 혀를 차며 고개를 내저었다.

"……."

"그래, 마음이란 말이지? 자네의 고약한 사부가 보라는 게?"

염씨 노인이 마음이라는 말에 흥미를 느꼈는지 고개를 갸웃거리더니 석도명을 문 안으로 들였다.

그리고 보름 가까운 시간이 흘렀다. 석도명은 매일 염씨 노인의 집을 찾아갔다. 그리고 날마다 흙투성이가 되어 돌아가기를 반복했다.

오늘도 석도명은 염씨 노인의 집 마당에 앉아 있다. 물론 십여 마리나 되는 개에 둘러싸인 상태다.

개들은 전혀 짖지 않는다. 하나같이 낮게 으르렁거리기만 할 뿐이다.

석도명은 안대로 가려진 두 눈을 질끈 감고 앉아 긴 호흡에 빠져 들었다.

'소리도, 기운도 아니다. 마음이다, 마음.'

자신을 향해 살기를 내뿜으며 으르렁대는 개들의 동작이 한 마리, 한 마리 고스란히 느껴졌지만 석도명은 마음을 다잡느라 애를 쓰고 있었다.

> "글쎄, 구체적으로 마음이란 걸 생각해 본 일은 없지. 기운이라고 하나, 기세라고 하나? 하여간 '내가 개보다 독하다' 그런 자세를 온몸으로 내뿜는 거야. 혹시 기(氣) 같은 거냐? 내가 무슨 무공을 하는 줄 아냐? 그냥 몸으로 버티는 거라니까."

말 한 마디로 낯선 개까지 다스리는 비결이 뭐냐고 물었을 때 염씨 노인은 그렇게 대답을 했다. 자신이 개보다 강한 존재라는 걸 몸으로 내뿜어 기세 싸움에서 먼저 이기고 들어가야 한다는 설명이었다.

그 말을 이해해 보려고 석도명은 날마다 마당에 앉아 개들과 기 싸움을 벌였다.

결과는 연전연패(連戰連敗).

곧잘 버티다가도 마지막 순간에 무너져 떼로 공격을 받기 일쑤였다. 염씨 노인이 늘 지켜보고 있다가 개들을 제지했음에도 불구하고 석도명은 수시로 물리고 채여 땅바닥을 나뒹굴어야 했다.

석도명은 그러면서 끈질기게 주악천인경을 수련했다. 개로

인한 공포, 소리에서 시작되는 두려움을 깨기 위한 발버둥이었다.

그렇게 열흘이 넘는 시간이 흐르면서 석도명은 마음속에 작은 불꽃 하나를 피워냈다. 그 불꽃이 어둠 속에서 다시 보게 된다는 자신의 마음인지, 아니면 두려움을 이기고 싶다는 열망이 만들어 낸 관념의 허상인지는 알 수 없었다.

한 가지 확실한 건 석도명이 공포에 짓눌리는 순간 그 불꽃은 여지없이 꺼진다는 사실이다.

사박, 사박.

석도명의 정면에서 개 한 마리가 천천히 다가왔다.

염씨 노인의 집에 있는 개들 가운데 우두머리인 천장구(天長狗)라는 개다.

천장구는 이름 그대로 하늘처럼 오래 사는 개, 도살간에 살면서도 도살되지 않는 개였다.

염씨 노인은 도살간에 실려 오는 개들과 일일이 기 싸움을 하기가 싫어서 천장구를 기른다고 했다. 가장 독하고 강한 개가 다른 개들을 장악하고, 자신은 오직 그 한 마리만 이기면 된다는 이치다.

도살간에 오면 본능적으로 죽음을 느끼고 사나워지는 개들을 언제나 단숨에 제압하는 천장구를 이길 수만 있으면 석도명 역시 개의 공포에서 완전히 해방될 수 있을 터였다.

그러나 첫날 천장구에게 허벅지를 물리며 공포에 질린 석도명에게는 기 싸움을 뒤집기가 결코 쉽지 않았다.

사실 천장구의 눈으로 보자면 석도명은 이미 초장에 꼬리를 말고, 고개를 숙인 허접한 잡견(雜犬)에 지나지 않았다.

오늘도 천장구는 석도명에게 여지없이 이를 드러내고 있다. 으르렁대는 소리는 물론, 발걸음에 한 치의 흐트러짐이 없다. 기 싸움에서 석도명은 여전히 상대가 되지 않는다는 태도다.

'하나, 둘······.'

천장구가 점점 자신에게 다가오자 석도명이 속으로 발걸음을 세었다. 그 숫자가 열을 채우면 개가 자신에게 달려들 것이다. 그 생각을 하니 온몸에 바늘이 꽂힌 듯 신경이 곤두섰다. 그러자 석도명이 마음속에 피워 올린 불꽃이 세차게 흔들리기 시작했다.

'또, 안 되는 건가?'

석도명은 눈앞이 캄캄해졌다. 불꽃은 이미 허망하게 꺼져 버린 뒤다.

순간 석도명의 귓가에 유일소의 비웃음 소리가 크게 들려왔다. 이 꼴로 집에 가면 오늘도 유일소에게 '개만도 못한 놈'이라는 시달림을 받게 될 것이라 생각하니 마음이 더욱 어두워졌다.

"멍청한 놈, 개에게 마음이 있냐고? 네놈이 말하는 마음이라는 게 오욕칠정(五慾七情)에 사로잡혀 번뇌가 끊이지 않는 것이라면 개에게 그런 게 있을 턱이 있겠냐? 하지만 느낀 대로 반응하고, 살고자 애쓰는 거라면 누구보다 진실한 마음을 갖고 있을 게다."

유일소의 말을 떠올린 석도명이 이를 악물고 주악천인경의 처음 열여섯 자를 다시 되뇌었다.

> 음유심생(音由心生), 소리는 마음에서 비롯된다.
> 악극즉우(樂極則憂), 음악 끝에 근심이 있나니
> 암중수심(暗中守心), 어둠 속에서 마음을 지켜라.
> 암발심현(暗發心現), 그 속에서 다시 마음을 보리라.

문득 천장구의 으르렁거림이 다르게 들려왔다. 이유 없이 남을 괴롭히려고 소리를 내는 게 아니다.
살아남기 위해서, 지지 않기 위해 최선을 다하는 진실한 마음, 바로 본능이었다.
유일소가 평생을 걸고 주악천인경을 완성하려고 애쓰는 마음이나, 정연을 생각하며 훌륭한 악사가 되겠다던 자신의 마음 역시도 진실하기 때문에 의미가 있는 것이다.
그동안 스승이 던져주는 엄청난 가르침의 무게에 짓눌려 스스로 처음에 가졌던 그 진실한 마음을 잊은 것은 아니었을까?
'그래, 소리가 마음이고 마음이 소리야!'
석도명이 문득 호흡을 낮추고 마음을 가라앉히자 귀, 아니 머릿속이 온통 천장구의 거친 숨소리와 낮은 으르렁거림으로 가득 찼다.

지난 며칠 동안 개의 소리를 들으면서 '화가 났는지', '두려움을 느끼는지' 따위를 헤아려 보려고 머리를 쥐어짜던 것은 모두 잊었다.

지금 이 순간 석도명은 스스로 공명판(共鳴板)이 되어 천장구가 내는 모든 소리를 자신의 몸 안에서 극대치로 키우고 있었다. 석도명의 세포 하나하나가 그 소리를 따라 함께 울려댔다.

"으르르릉."

마침내 석도명의 목울대가 묵직하게 떨리더니 도저히 인간의 것이라고 할 수 없는 소리가 울려나왔다.

천장구가 그 소리에 흠칫 놀라 제자리에 우뚝 멈춰서고 말았다.

석도명이 내는 소리가 점점 높아지자 천장구와 다른 개들이 겁을 먹은 듯 꼬리를 말고 주춤주춤 물러났.

그런 변화를 아는지, 모르는지 석도명의 으르렁거림이 서서히 잦아들더니 한없이 부드러운 소리로 바뀌었다.

이번에는 모든 개들이 꼬리를 흔들며 석도명에게 다가들어 코를 부비기 시작했다. 갓 태어난 강아지가 어미를 따르는 듯한 모습이다.

'뭐, 뭐야 이건?'

조금 전까지만 해도 개를 뜯어 말리러 뛰어나갈 준비를 하고 있던 염씨 노인이 눈앞에 펼쳐진 뜻밖의 광경을 보고는 입을 다물지 못했다.

개 소리를 흉내내는 사람은 꽤 봤지만 진짜로 개 소리를 내는 인간은 처음이었다.

'허, 이놈이 정말 개놈일세.'

염씨 노인은 자신이 눈으로 보고도 도저히 믿을 수 없다는 표정으로 도리질을 쳤다.

한편, 안대에 가려진 석도명의 눈가에는 뜨거운 눈물이 맺히고 있었다.

'이거였구나. 내 몸 안에 소리를 받아들인다는 게.'

주악천인경을 접한 지 10년.

석도명은 이제야 하늘로 가는 소리의 세계에 겨우 첫걸음을 들여놓았다.

그리고 그 봄이 끝나가도록 석도명은 매일같이 염씨 노인의 집을 드나들었다.

제4장
일도양단(一刀兩斷)

 여가허에서 가장 성업(盛業)을 이루는 업종이 대장간이다. 천하 무림의 중심이라는 무림맹을 지척에 두고 있으니 당연한 일이었다.
 하지만 무림맹에서 칼을 차고 있는 사람이 모두가 고수는 아니듯이 여가허에 있는 모든 대장간이 다 호황은 아니었다.

 "허참, 세상에 죽으라는 법은 없다는데."
 대장장이 왕문(王雯)이 로(爐)에서 끓고 있는 쇳물을 보면서 한숨을 내쉬었다. 쇳물만 끓이면 뭘 하는가? 일감이 없는데 말이다.

왕문은 여가허에서 보기 드물게 배를 곯는 대장장이였다.

3년 전 거란족의 침입으로 쑥대밭이 된 고향을 떠나서 여가허에 오게 된 것은 순전히 철물상 곽가 놈의 말 때문이다.

'선비는 책이 많은 곳으로 가고, 대장장이는 철(鐵)이 많이 팔리는 곳으로 가야 한다'는 이야기를 덥석 믿어버린 것이다.

그러나 30년 가까이 낫이나 곡괭이만 만들던 왕문이 병장기 말고는 달리 주문이 없는 여가허에서 제대로 일을 할 수 있을 리가 없었다.

수심 가득한 얼굴로 앉아 있던 왕문이 문득 인기척을 느끼고 반색을 하며 달려 나갔다.

"하이고, 대협! 무엇을 만들어 드릴까요?"

외모로 보아 나이는 서른쯤 됐을까? 우락부락한 생김새에 옷차림 역시 평범한 사내가 들어서고 있었다.

"무인이 칼 말고 또 뭐가 필요하겠는가? 우하하!"

다소 과장된 왕문의 너스레가 마음에 들었는지 사내는 호탕한 웃음을 터뜨리면서 손에 들고 있던 검 한 자루를 내밀었다.

"이런 검을 한 열 자루 정도 만들 수 있겠나?"

칼을 만드는 데 별로 자신이 없는 왕문이 조심스럽게 검집에서 검을 빼들었다. 그 얼굴에 슬그머니 미소가 떠올랐다.

'되게 낡은 검이네. 무지하게 투박하구먼. 헐, 잘하면 밭도 갈겠어.'

사내가 들고 온 검은 낭창낭창할 정도로 날렵하면서도 날카롭고 단단해야 명검(名劍) 대접을 받는 요즘 유행과는 달리 거칠고 투박하기만 했다.

검신에도 아무런 장식이 새겨져 있지 않아 열심히 두드리기만 하면 자신의 솜씨로도 큰 어려움이 없을 듯했다.

"아아, 정말로 보기 드문 명검입니다."

가격을 조금이라도 높여 보려는 뻔한 수작으로 왕문이 일단 검에 대한 칭찬부터 늘어놓았다.

"우하하! 과연 검을 볼 줄 아는구먼. 이게 대대로 물려 내려오는 가보거든. 제대로 만들 수 있겠나?"

"물론 만들 수야 있지요. 문제는 제작비가 얼마나 들어가느냐 하는 건데 역시 재료가……."

나중에라도 딴소리를 안 들으려면 가격 흥정에 앞서 재료부터 확인을 해야 하는 법이다.

"보다시피 그리 좋은 철로 만든 게 아닐세. 선친(先親; 돌아가신 아버지)께 전해 듣기로는 솜씨 있는 장인(匠人)이 잡철을 모아다가 닷새 동안 두드리고 두드려서 만들었다고 하셨지. 그 정도 정성만 기울여 주면 되는 게야. 우하하!"

사내가 웃음소리만큼이나 시원시원하게 이야기를 하자 왕문은 부쩍 자신감이 붙었다.

잠시 머릿속으로 이것저것을 따져보던 왕문이 입을 열었다.

"보자, 한 자루에 닷새씩 열 자루면 최소 오십 일이라…… 뭐, 재료는 중간 정도로 쓰는 걸로 하고, 오십 일을 작업해서

이 정도의 검을 만들려면 최소한 한 자루에 은자 석 냥은 내셔야……."

"아, 좋소, 좋아. 거 실력만큼 인심도 넉넉한 명인(名人)을 만났구먼."

사내는 길게 흥정할 생각이 없다는 듯이 말을 마치기가 무섭게 품에서 돈주머니를 꺼내 건넸다.

왕문이 주머니를 열어보니 은자 열 냥이 들어 있다.

"선금일세. 나머지 스무 냥은 검을 받을 때 주지."

왕문은 입이 찢어질 지경이었다.

'아이고, 이게 웬 횡재냐? 선금으로 은자 열 냥이라니.'

왕문 같은 무명의 대장장이가 보통 장검 한 자루로 은자 한 냥을 받기도 쉽지 않은 일이다. 헌데 그 세 배를 불렀는데도 사내는 군말 없이 응한 것이다.

오십 일 동안 일하면 무려 은자 삼십 냥을 벌 수 있다. 낫이나 곡괭이 따위를 만들어서는 일 년은 걸려야 만져 볼 수 있는 거금이다.

"하이고, 대협 정말로 화통하십니다. 아, 존함이라도 알려주셔야……."

"내 이름은 단호경(丹昊驚), 무림맹 외찰대(外察隊)의 조장이시지. 우하하!"

"오, 단 대협이시군요."

"강호에서는 나를 일컬어 일도양단(一刀兩斷)이라고 한다네.

음하하!"

"하하, 별호도 성격답게 화통하십니다. 일도양단······."

손님 비위를 맞추기에 열을 올리던 왕문의 고개가 잠시 외로 꼬였다.

"저, 그런데 도(刀)가 아니라 검을 쓰시는 분 아닌가요?"

"어허, 이 사람. 만류귀종(萬流歸宗; 모든 것은 하나로 통한다)도 모르나? 무예를 하는 사람이 어찌 검과 도에 구분을 두는가? 내 가는 길이 일도양단이라 이거지. 마(魔)를 따르는 자도 일도양단, 약자를 괴롭히는 치사한 놈들도 일도양단, 그리고 한 입으로 두말하는 놈들도 일도양단! 보라고, 일검양단 이건 어감이 별로잖아. 음하하!"

"오, 그런 심오한 뜻이었군요."

왕문이 덩달아 고개를 끄덕였다. 들어 보니 과히 틀린 말도 아닌 것 같았다. 아니, 또 틀리면 어떻단 말인가? 돈만 많이 벌게 해주면 고마운 손님인 게지.

용건을 마치고 밖으로 나가던 단호경이 몸을 돌려 왕문에게 한 가지를 물었다.

"그러고 보니 주인장 성명은 어찌 되나?"

"예, 왕문입니다."

"내 그 이름을 잘 기억함세. 앞으로 내가 아는 무림맹 사람들에게 전부 이 집을 소개해 주지. 푸하하!"

왕문은 갈수록 단호경이 마음에 들었다. 대체 이렇게 고마운 손님이 어디에 숨어 있다가 이제야 나타난 건가 말이다.

"그래 주시면 정말 감사합죠. 저희가 대장간은 이렇게 작아도 오직 성실과 신용으로 거래를 한답니다. 헤헤헤."

"암, 그렇고말고. 자고로 상거래는 이렇게 작은 업소에서 신뢰를 바탕으로 하는 게 최고지. 좀 이름 있고, 장사가 된다 싶으면 바가지나 씌우려고 들지 않겠나."

"예, 예 그렇지요. 저야말로 신용을 생명으로 한답니다."

"좋아, 좋아. 자고로 신용자(信用者)는 일언(一言)에 목숨을 건다고 했지. 한 입으로 두말하면 안 되는 거야."

호방하게 웃기만 하던 단호경이 갑자기 굳은 표정으로 돌변했다. 그리고는 자기 손을 들어 목을 긋는 동작을 취했다. 약속을 못 지키면 죽을 줄 알라는 무언의 경고다.

"예예, 일도양단입죠."

왕문은 알 수 없는 불안감을 느끼면서 문 밖까지 쫓아나가 단호경을 배웅했다.

밖으로 나간 단호경은 왕문의 인사를 받는 둥 마는 둥 하면서 길 건너편의 대장간을 노려봤다.

"에이, 도둑놈들. 어떻게 은자 석 냥이면 되는 걸 스무 냥이나 부르냐고."

그 소리를 주워들은 왕문이 소스라치게 놀랐다.

그 도둑놈이란 다름 아닌 여가허 최고의 대장간이라는 포철방(鋪鐵房)을 가리키는 것이었다.

* * *

챙 채앵— 챙챙.

염씨 노인이 주문해 둔 도살용 칼을 대신 찾아다 주려고 대장간에 들린 석도명이 안에서 들리는 쇳소리에 묘한 얼굴이 되었다.

대장간에서 쇳소리가 들리는 게 뭐 그리 이상한 일이겠는가? 그러나 쇠를 다루는 소리가 아니었다.

석도명은 대장간에 술 냄새가 진동을 하고 있음을 느꼈다. 그리고 들려오는 귀에 익은 음성.

"풍진(風塵)이 연월(沿月)하여…… 흥흥…… 몽중몽(夢中夢)이로구나…… 흥흥."

대장장이 왕문은 술에 취해 노래를 부르고 있었다. 그것도 어울리지 않게 세상을 등진 선비들의 노래라는 희망매가(希望昧歌; 희망이 없음을 한탄한 노래)였다. 어디서 주워들었는지 가사도 곡조도 제멋대로였지만 말이다.

묘한 쇳소리는 왕문이 마치 반주라도 하듯이 탁자에 놓인 물건을 나무젓가락으로 두드리는 소리였다.

석도명은 그것이 검에서 나는 소리라는 것을 금방 알아챌 수 있었다.

"아니, 대낮부터 웬 술을 이리 드셨어요?"

"어, 도명이 우았냐? 우히히, 내가 좀 추이했냐, 아니 취했던가?"

"무슨 안 좋은 일이라도 있으신 모양이네요."

"아, 으안 좋은 일…… 이웃지, 이웃지 무알고. 훌쩍……."

목이 맨 건지 술이 과해 호흡이 곤란해진 건지 잠시 훌쩍이던 왕문이 주절주절 이야기를 쏟아내기 시작했다. 석도명과는 그저 안면이나 익힌 사이에 불과했지만 누구라도 붙잡고 하소연할 사람이 필요했던 모양이다.

그런데 워낙 혀가 꼬인데다가 두서마저 없어서 석도명이 겨우 알아들은 건 말끝마다 따라붙는 '이 망할 놈의 검'과 '나 같은 머저리는 죽어야 돼'라는 소리뿐이다.

"이 검에 무슨 문제가 있는 건데요?"

"무운제? 크흐흐, 내가 은자 서억 냥……. 서억 냥을 받거든…… 그은데 포, 포치얼브앙은 스무울을…… 불르우었다는 거 아니냐, 끅."

석도명이 사정을 알 것 같다는 표정을 지었다. 남들이 스무 냥에 만드는 검을 석 냥을 받기로 했다면 한 자루에 무려 은자 열일곱 냥을 손해 보는 것이니 속이 쓰릴 만도 했다.

"속상하시겠네요. 하지만 좋은 검을 남들보다 싸게 만들 수 있는 것도 좋은 일이잖습니까? 그렇게 해서 평판이 좋아지면 손님도 많이 늘어날 거구요."

"으허엉, 느애가 몬 무안들어……. 몬 한다고."

왕문이 갑자기 석도명을 끌어안고 대성통곡을 하는 바람에

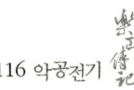

대화는 더 이어지지 못했다. 어느새 왕문은 탁자에 고개를 박은 채로 잠이 들어 버렸다.

술에 취한 사람을 팽개쳐 두고 가기엔 석도명의 마음이 모질지 못했다.

잠든 왕문 옆에 한참을 무료하게 앉아 있던 석도명이 손을 뻗어 검을 들었다. 생각보다 묵직한 무게감을 느끼며 석도명이 자리에서 일어났다. 검을 잡고 보니 괜히 한 번 휘둘러 보고 싶은 생각이 든 것이다.

좌우로 한 차례씩 검을 휘둘러 본 석도명이 두 손을 모은 자세로 검을 천천히 치켜들었다. 기분이 우쭐해지는 게 마치 절정고수라도 된 것 같은 기분이었다.

그 기분에 취한 석도명의 입에서 낮은 음성이 흘러나왔다.

검유심생(劍由心生), 검은 마음에서 비롯된다.
검극즉우(劍極則憂), 검 끝에 근심이 있나니
암중수검(暗中守劍), 어둠 속에서 검을 지켜라.
암발검현(暗發劍現), 그 속에서 다시 검을 보리라.

주악천인경의 구결을 슬쩍 글자만 바꿔본 것이다.
"검유심생이라……. 호오, 이거 제법 말이 되는걸."
처음 잡아보는 검이 마음에 들었는지 석도명은 한참 동안 검을 어루만졌다. 그러다가 문득 유일소라면 검으로도 음악을 연주할 수 있지 않을까 하는 엉뚱한 생각이 들었다.

그리고 자신은 어떤 소리를 낼 수 있을까 하는 호기심이 들어 손가락으로 조심스럽게 검면을 퉁겨보았다.

지잉—

투박한 생김새와 달리 검은 오래도록 울었다.

주악천인경을 되새기며 그 소리를 몸 안으로 빨아들인 석도명의 얼굴에 경탄이 떠올랐다. 왕문이 만들 수 없다고 울먹이던 이유를 조금은 알 것 같았다.

다음날 석도명은 염씨 노인의 집 대신 왕문의 대장간부터 찾았다.

"제가 검은 잘 모르지만 정말로 공을 들여 만든 검이더군요."

"후우, 그렇지? 나 같은 건 죽었다 깨도 못 만들겠지?"

왕문이 절망스럽게 머리를 싸맸다.

왕문은 단호경이 가자마자 검을 싸들고 포철방으로 달려갔었다. 어떻게 이런 검을 은자 스무 냥이나 받을 수 있는지 궁금해서 견딜 수가 없었다. 아니, 뭔가 일이 잘못 됐다는 불안감을 견디지 못해서다.

"검을 보는 안목도 없이 무슨 검을 만드느냐"는 핀잔과 함께 포철방 사람들에게 들은 이야기는 절망스러운 것이었다. 스무 명이 넘는 포철방의 일류 대장장이들 가운데서도 그런 검을 만들 수 있는 사람이 없다고 했다. 오직 포철방의 주인인 괴월(壞鉞)만이 할 수 있는 고난도의 작업이라 은자 스무 냥 밑으로는 어림도 없다는 설명이었다.

놀란 왕문이 여가허에서 내로라하는 대장간을 모두 찾아가 봤지만 거기서도 대답은 마찬가지였다.

"쇠는 별로 좋은 게 아닌데, 그렇기 때문에 엄청나게 단련을 해야 그런 검이 만들어진다는 거야. 그것도 모르고 덥석 열 자루나 주문을 받아놨으니…… 이젠 완전히 망한 거라고."

왕문의 이야기를 들은 석도명이 무겁게 고개를 끄덕였다.

자신이 소리를 듣고 느낀 그대로였다. 값싼 재질 자체의 탁성(濁聲)이 수도 없이 두드려 맞고 맞아서 비단처럼 아주 촘촘하고 고르게 짜인 느낌이었다.

석도명이 생각하기에도 파리만 날리고 있는 왕문의 솜씨가 그 정도에 미칠 것 같지는 않았다.

"할 수 없잖아요. 아깝기는 하지만 포기해야죠."

"이봐, 선금이 은자 열 냥이라고. 두 배를 물어내야 하는데 내가 돈이 어디 있어?"

"아, 그런 문제가 있군요. 저, 솔직히 사정을 털어놓고 양해를 구하면 어떻게 되지 않을 런지. 약자를 돕고 산다는 정파의 무림인인데…… 설마 없는 돈을 내놓으라고 하겠습니까?"

"에휴, 세상모르는 소리 그만해라. 무림인들이 어떤 사람인데, 게다가 그 사람이 한 입으로 두말하면 일도양단하겠다고 엄포를 놓고 갔단 말이야."

 왕문이 땅이 꺼지도록 깊은 한숨을 내쉬었다. 제 앞가림도 못하는 장님을 앉혀놓고 신세타령을 한다고 뭐가 달라지겠는가 싶어서다.

 역시 어두운 얼굴로 앉아 있던 석도명이 염씨 노인 집으로 가려는지 주섬주섬 자리에서 일어났다. 헌데 석도명이 잠깐 망설이는 듯하더니 뜻밖의 말을 꺼냈다.

 "저, 아저씨. 이 검 제가 하루만 가져갔다 오면 안 될까요? 보여드리고 싶은 분이 있는데 혹시 도움이 될지도……."

 "모르겠다. 그놈의 검 꼴도 보기 싫어, 마음대로 해라."

 어차피 자포자기 상태의 왕문이다. 설령 석도명이 이 길로 검을 들고 사라진다 해도 대세에는 지장이 없을 것이다.

 검을 챙겨든 석도명의 발걸음은 염씨 노인의 집이 아니라 자기 집, 그러니까 유일소에게 얹혀 사는 초옥으로 향하고 있었다.

* * *

 "요즘 네놈 몸에서 간간이 불 냄새가 나더니 대장간을 들락거렸다고?"

 "예, 오가는 길에 짬짬이 들렸습니다. 왠지 쇳소리가 자꾸 마음을 잡아당기는 것 같아서요."

자신이 허락한 행동반경에서 조금만 벗어나도 난리를 떠는 유일소다. 또 불호령이라도 떨어질까 해서 석도명이 얼른 이유를 둘러댔다.

"멍청한 놈, 그래도 귀는 뚫렸답시고."

유일소는 석도명이 대장간에 들락거리는 일을 대수롭지 않게 여기는 것 같았다.

하긴, 지난 봄 염씨 노인의 집에서 개에 물려가며 몸 안에 소리를 받아들이는 법을 깨우친 뒤로는 석도명을 대하는 유일소의 태도가 한결 부드러워져 있기는 했다.

"헌데 이놈아, 쇳소리가 왜 예사롭게 들리지 않는지 그 이유는 아느냐?"

"글쎄요, 악기 중에 쇠로 만드는 것이 꽤 있어서 그런 걸까요?"

"에휴, 멍청한 놈이 달리 멍청할까? 이놈아, 천하에 쇳소리만큼 오행(五行)이 잘 어우러진 소리가 있다더냐?"

"오행……"

석도명이 언뜻 알아듣지 못하는 기색을 보이자 유일소가 답답하다는 듯이 입을 열었다.

"헐, 너도 제발 생각이라는 것에 힘을 기울여 봐라. 흙(土)에서 쇠(金)를 뽑아, 나무(木)로 불(火)을 지펴 달구었다가 물(水)로 식히기를 반복하며 때려대니 오행이 모두 그 안에 있다 이거다."

"아, 그렇군요."

"클클클, 사람과 쇠의 공통점이 뭔지 아느냐?"

"글쎄요."

"많이 두드려야 좋아진다는 거지. 네놈도 내가 그만큼이나 두드려 준 덕분에 사람 구실을 하게 된 거 아니더냐. 하, 이 정도로 두드리려면 아직 멀었어."

유일소가 손에 든 검을 가볍게 좌우로 저으면서 입맛을 다셨다. 마치 석도명을 좀 더 두들겨 팼어야 하는데 그러지를 못해서 아쉽다는 듯한 표정이다.

"하아…… 사부님, 저는 쇠가 맞아서 죽었다는 이야기는 아직 못 들었습니다만."

"됐다, 이놈아. 이왕 대장간에 드나들 거면 가서 멍청히 앉아 있지만 말고 오행의 기운을 제대로 느껴보라는 거다."

"예, 그리 하겠습니다. 사부님, 헌데……."

석도명이 말을 채 맺기도 전에 유일소가 다시 입을 열었다. 석도명이 묻고자 하는 바를 알기 때문이다.

"악기로 치자면 이건 사람의 피리, 즉 인뢰(人籟)다."

자신이 들고 온 검에 대한 이야기였지만 석도명은 바로 알아듣지를 못했다.

"검을 두고 인뢰라고 하시면……."

"놈! 인뢰가 뭐더냐?"

"그거야 장자(莊子)께서 음악에는 천(天), 지(地), 인(人)의 삼뢰(三籟)가 있다고 하신 말씀 가운데 인뢰는 사람의 음악을 일컫는 거지요."

"그렇지. 이 검은 하늘도 땅도 아닌, 바로 사람이 완성한 것이라는 뜻이다. 땅에서 나는 천고의 재료에 의지해서 만든 검도, 신묘한 하늘의 기운을 끌어다 만든 검도 아니라는 거지. 재료나 기운은 보잘것없지만, 검에서 울리는 소리로 보아 보통 정성으로 만든 게 아니야. 허면 네놈은 이 검에서 어떤 소리를 들었더냐?"

"예, 소리의 바탕은 천(淺; 얕음)하면서 탁(濁)하기 그지없지만, 그 탁함을 꿰뚫는 한 줄기 청명함이 끝까지 살아남는 느낌이었습니다."

"클클, 귓구멍이 한 번 뚫리더니 제법이구나."

칭찬에 인색한 유일소로서는 드문 칭찬이다.

"사부님, 이런 검을 만드는 게 많이 어려울까요?"

"멍청한 놈, 이래 봬도 내가 칼은커녕 낫 한 번 들지 않고 곱게 자라신 몸이다. 물을 걸 물어라."

"그래도, 소리는 뭐든지 아시지 않습니까? 칼로 이런 소리를 내는 게 그렇게 어려운 일인가요?"

"에라, 이 한심한 놈아. 네놈이 무슨 대단한 보검을 들고 온 줄 아는구나. 굳이 비교를 하자면 제일 밑바닥의 탁음(濁音)을 벗어나 겨우 청음(淸音)에 들어선 경지니, 아마도 지금 네놈의 연주 실력이 딱 이쯤일 게다."

"제 연주 실력이 이쯤 된다고요?"

"공은 들였으되 여전히 볼품은 없다 이거지."

석도명은 뭔가 실마리가 잡히는 기분이었다. 멀리 갈 것도 없이 딱 자신 정도의 수준이라지 않는가.

유일소가 들고 있던 검을 석도명에게 내밀었다. 흥미를 잃었으니 들고 나가라는 의미다. 물어봐도 더 이상 해줄 말도, 해줄 생각도 없다는 뜻이기도 했다.

방문을 나가려는 석도명에게 유일소가 불쑥 물었다.

"대체 그 따위 검으로 뭘 할 거냐?"

"당분간 쇳소리를 들어 볼까 하는데 괜찮겠습니까? 처음에는 물건에서 나는 소리가 동물 소리보다는 듣기 쉬운 줄 알았는데 꼭 그렇지 만도 않은 것 같아서요."

"푸하하! 그놈 참, 당연한 소리를 꽤나 진지하게 떠드는구나. 이놈아, 동물의 소리에는 동물의 마음이 담겼고, 사람이 만든 물건에는 사람의 마음이 담기는 게다. 쯧쯧, 멍청하기는……. 오냐, 네놈이 대체 뭘 얻어올지 한 번 지켜보자꾸나."

석도명이 나가고 난 뒤 유일소는 골똘히 생각에 잠겨 들었다. 차 한 잔 마실 정도의 시간이 흘렀을까?

"멍청하고 답답한 줄만 알았더니 뭔가를 꾸며보겠다 이거지? 대장간에서 두 달이라…… 나쁘지는 않아."

석도명은 왕문이 검을 완성할 때까지 두 달 동안 옆에서 지켜보게 해달라고 부탁을 했고 유일소는 그러라고 했다.

석도명이 혼자서 뭔가를 해보겠다는 생각을 한 것도, 유일소가 그걸 허락한 것도 전에 없던 일이다.

돌이켜보면 석도명이 배운 것이 아니라, 유일소가 가르치기에 바빴던 세월이다.

유일소는 자신의 평생이 담긴 가르침을 쏟아 부으면 석도명이 단기간에 주악천인경을 완성할 수 있을지도 모른다는 조급함이 있었다.

그래서 지난 10년간 석도명을 옆에 잡아 두고 일거수일투족을 일일이 간섭하고 감시했던 것이다.

그런데 역설적으로 석도명이 뒤늦게나마 깨우침의 싹을 틔운 건 유일소에게 떠밀려 세상으로 나간 다음이다.

유일소는 생각했다.

대장간이든 도살장이든 결국 석도명의 마음이 가는 곳에 최후의 실마리가 있으리라.

* * *

다음날 석도명이 찾아갔을 때 왕문의 대장간에서는 힘찬 망치 소리가 들려왔다.

전날까지만 해도 곧 목숨이라도 끊을 듯이 좌절해 있던 왕문이 굵은 땀방울을 쏟아내며 검을 만들고 있었다. 이른 시간이었는데도 검의 형태가 어느 정도 잡힌 걸 보니 밤을 샌 듯했다.

"아저씨, 열심이시네요."

"어쩌겠냐. 집에 딸년 둘이서 혼기를 꽉 채우고 있는데. 내 죽어도 그것들 시집은 보내고 죽어야지. 하하."

왕문은 한바탕 웃어재낀 후에 다시 망치질에 몰두했다. 호쾌한 웃음과 달리 왕문의 음성이 너무 비장해서 석도명은 말을 붙이기가 어려웠다.

'가족을 위해서라. 아저씨, 힘내세요.'

하루가 다 가도록 석도명은 그저 옆에 앉아서 왕문이 작업하는 모습을 지켜보기만 했다. 물론 눈이 아니라, 귀로 말이다.

석도명이 온몸을 열자 왕문이 쇠를 두드리는 소리가 폭포수처럼 쏟아져 들어왔다. 석도명은 그 소리를 거부하지 않고 천천히 받아들였다.

땅땅 땅땅.

왕문의 망치 소리는 고르고, 맑았다. 생각 외로 왕문이 쇠를 다루는 솜씨는 훌륭했다.

그러나 그 소리에 몸을 실은 석도명의 표정은 정작 밝지 않았다.

'망치 소리는 좋은데 쇳소리는 영 좋지 않구나.'

마치 두드리는 놈은 신명이 나서 두드리는데 맞는 놈이 시원하게 울어줄 생각이 없는 것 같다는 느낌이 들었다. 그런데 정작 뭐가 문제인지를 정확하게 이야기해 줄 재주는 자신에게도 없었다.

그렇게 닷새가 흐르는 동안 석도명은 아침 일찍 대장간에 나와서 저녁까지 앉아 있다가 들어가기를 되풀이 했다.

그리고 닷새 후 드디어 첫 번째 검이 완성됐다.

슉, 슈욱.

왕문이 오른손으로는 단호경의 검을, 왼손으로는 자신이 만든 검을 동시에 휘휘 돌리며 제법 만족스런 표정을 지었다.

"흠, 무게도 딱 적당하고, 중심도 잘 잡혔고…… 괜찮아, 괜찮아. 그렇지?"

며칠 동안 옆을 지켜준 것이 고마워서일까? 석도명을 대하는 왕문의 태도는 제법 친근했다.

왕문은 양손에서 느껴지는 느낌이 전혀 차이가 없다고 해도 좋을 만큼 같다는 데서 희열을 맛보고 있었다.

검에 손을 댄 지는 얼마 되지 않았지만, 손에 못이 박이게 쇠를 만진 30년의 세월이 헛되지만은 않았던 모양이다.

왕문은 석도명에게 검을 건네주고는 기대 어린 얼굴로 평가를 기다렸다.

석도명은 성의 없게 잠깐 검을 휘둘러 보더니 손가락으로 퉁겨 소리를 듣기 시작했다.

"외형은 비슷한지 모르겠으나, 전혀 다른 검입니다."

"무슨 소리야? 그럴 리가 없다고. 30년 가까이 쇠를 만진 이 손이 같다고 하는데……."

왕문이 펄쩍뛰면서 그럴 리 없다고 하자, 석도명이 아까보다 조금 더 세게 검면을 두드렸다.

지—잉— 지—잉—, 칭 칭.

그 소리는 확연히 달랐다. 단호경의 검이 여운을 끌며 길게 운 반면, 왕문의 검은 소리가 툭툭 끊겼다.

왕문이라고 그 차이가 의미하는 바를 모르지 않았다.

"어, 어떻게?"

왕문이 비칠비칠 석도명에게 다가가 검을 넘겨받았다. 그리고는 입술을 깨문 채 있는 힘을 다해 검으로 검을 맞받아쳤다.

챙그렁.

왕문의 검이 여지없이 허리가 잘려 나갔다.

왕문은 다리가 풀린 듯이 허망하게 주저앉아 일어나지를 못했다. 나이도, 창피함도 잊고 뜨거운 눈물이 왕문의 눈에서 흘러내렸다.

"그래, 그렇지. 나같이 형편없는 놈이…… 흉내를 내서 될 게 아니었어. 애초에…… 이놈의 동네에 오는 게 아니었다고. 으헝!"

석도명은 왕문이 울음을 그칠 때까지 이 각이 넘도록 기다린 뒤에야 자기가 느낀 문제점을 이야기할 수 있었다.

"그러니까 망치는 신이 났는데, 쇠가 맞고 싶어 하지를 않는다고?"

"예, 아마도 때려야 할 최적의 상황을 만들지 못했기 때문이겠죠."

석도명의 이야기를 들은 왕문의 얼굴이 한층 어두워졌다. 스스로 짚이는 구석이 있었다.

"나로서는 가장 듣기 좋은 쇳소리를 냈다고 생각했는데. 결국은 물과 불, 쇠의 궁합을 맞추지 못한 거야. 젠장, 그게 안 되니까 언제나 이 모양 이 꼴이잖아."

생각해 보면 지난 3년 동안 죽어라고 매달려도 해결하지 못한 문제다. 며칠 노력했다고 금방 해결이 되면 그게 더 이상한 일이다.

"후, 다 끝났어. 다 끝났다고."

자신의 문제점을 실토한 다음에 왕문은 모든 것을 체념한 얼굴이었다.

"그 궁합이라는 것 말이에요, 결국은 요령 같은 건데 지금이라도 배울 수는 없나요? 저는 아저씨의 솜씨에 문제가 있다고는 생각하지 않거든요. 남들이 다 아는 걸 배울 기회가 없었을 뿐이죠."

왕문이 딱하다는 눈빛으로 석도명을 바라봤다.

"푸흐, 말이라도 고맙구나. 내 솜씨에는 문제가 없다니."

"염씨 할아버지가 늘 그러셨거든요. 아저씨가 요령을 몰라서 헤매는 거지, 쇠를 다루는 솜씨나 정성은 나쁘지 않다구요."

"후, 이런들 어떻고 저런들 어떻겠냐? 그 요령이라는 게 다들 밥줄이랍시고 아무리 애타게 물어봐도 누구도 가르쳐 주지 않는 걸."

왕문이라고 처음부터 혼자 머리를 싸매고 있었던 것은 아니다.

여가허에 처음 정착했을 때 병장기와 농기구가 너무 달라 힘이 든다는 걸 알고는 사방으로 쫓아다녔다. 이웃의 대장장이를 따로 불러내 밥도 사고, 술도 사봤지만 누구도 기술을 가르쳐 주지는 않았다.

그런 사람들이 이제 와서 자신의 형편이 딱하다고 갑자기 도와줄 마음이 생길 리 없었다.

고개를 절레절레 흔들고 있는 왕문의 귓가에 석도명의 한마디가 날아들었다.

"배울 수 없으면, 빌려야죠."

그 소리가 하도 엉뚱해서 왕문이 입을 다물지 못했다.

"그게 무슨 소리냐?"

"포철방의 괴월이라는 분은 이런 검을 만들 수 있다면서요? 그분이 작업하는 곳에 저를 보내주세요."

왕문이 그 뜻을 알아들었다.

괴월이 일하는 모습을 보면 방법을 알 수 있지 않겠냐는 발상이다. 그러나 세상을 몰라도 너무 모르는 이야기다.

"헐, 세상이 그리 호락호락한 게 아니란다. 괴월의 작업실에는 포철방의 대장장이들도 절대 들어갈 수가 없거든. 그 영감이 얼마나 철저한 사람인데. 남들이 볼까봐 밤에만 혼자 일을 한다고 하더라. 솔직히 기회만 있었으면 내가 벌써 백 번은 들어갔을 거다."

왕문의 실망 어린 푸념을 들으면서 석도명의 얼굴은 되레 밝아졌다.

"하하하, 잘 됐네요. 조용한 밤에 혼자 일을 하는 거, 정말이죠?"

뭐가 그리 즐거운지 석도명은 한참을 웃어대기만 했다.

"이 소린가?"
"아니죠."
"그럼 이 소리는?"
"아니죠."
"이건 어때?"
"맞습니다."
"이거라고?"
"예, 맞습니다."

한여름의 뜨거운 열기 속에서 불이 벌겋게 달궈진 대장간 안은 그야말로 지옥이 따로 없을 정도로 더웠다. 그 더위를 참아가며 석도명과 왕문은 연신 큰 소리로 대화를 주고받고 있었다.

왕문이 쇠를 두드리면 석도명이 그 소리를 듣고 계속 지적을 해주는 모습이다. 그런 식으로 최상의 소리를 찾아내려는 것이다.

괴월이 늦은 밤 혼자서 일을 한다는 이야기를 들은 석도명은 괴월의 작업장에서 가장 가까운 뒷담까지 데려다 달라고만 하고는 말없이 사라졌다가 사흘이 지나서야 다시 나타났다.

석도명은 괴월의 작업장에서 들려온 모든 소리를 기억에, 아니 몸에 새기고 돌아왔다. 쇠를 두드리는 소리뿐 아니라 불을 피우는 소리, 풀무질의 강도와 횟수까지 꼼꼼하게 몸에 담아온 것이다.

그때부터 왕문은 석도명이 원하는 소리를 내기 위해 진땀을 흘려야 했다. 석도명과 왕문은 그렇게 소리를 되살리는 방법으로 새로운 공정을 만들어 냈다. 그 과정을 마치는 데만 꼬박 이틀이 더 걸렸다.

검을 만들 방법을 찾아냈다고 확신한 두 사람이 기쁨에 겨워 서로를 부둥켜안은 것은 단호경과 약속한 오십 일 가운데 벌써 열흘이 흘러간 다음의 일이었다.

　　　　　*　　　*　　　*

　단호경은 정확한 날짜에 다시 나타났다.
　왕문의 대장간에 들어선 단호경은 후끈 밀려오는 대장간 특유의 열기가 싫은 듯 잔뜩 인상을 썼다. 안에 들어서기 전부터 우람한 단호경의 목덜미는 이미 땀으로 흥건히 젖어 있는 상태였다.
　하지만 단호경의 얼굴은 왕문이 내민 검 한 자루를 받아든 뒤에 더욱 흉하게 구겨졌다.
　"뭐야? 계집애 같은 이 검은 대체 뭐냐고?"
　투박하고 무거운 단호경의 검에 비해 왕문이 만든 검은 검신이 좁고 무게도 덜 나갔다. 손에 들어 볼 것도 없이 생김새부터가 확연히 다르니 단호경이 화를 내는 것은 당연했다.
　"아, 그게 어쩔 수가 없습니다. 대협께서 맡기신 검은 아주 오래전에 만들어진 겁죠. 지금하고는 제철(製鐵; 쇳물을 만듦)이나 단련(鍛鍊; 쇠를 두드려 단단하게 함)의 방법이 달라서 같은 모양이 나올 수가 없습지요. 죄송합니다, 죄송합니다. 그래도 검이 아주 잘 나왔지요. 써보시면 분명히 만족하실 겁니다."
　"뭐가 어쩌고 어째? 내가 누군지 알아? 나 일도양단 단호경이야! 경고했을 텐데, 한 입으로 두말하지 말라고."
　단호경이 버럭 소리를 지르며 왕문이 건넨 검을 거칠게 집어 던졌다.

왕문이 하얗게 질린 얼굴로 주춤주춤 뒷걸음질을 쳤다.

사실 검을 만들기 시작한 뒤로 가장 마음에 드는 작품을 만들어 낸 자신의 솜씨가 내심 자랑스럽기까지 했다. 그러나 모양까지 똑같이 만들지 못한 건 정말 어쩔 수 없는 일이다.

문제는 세상이 아니, 눈앞의 손님이 그걸 이해해 줄 것 같지가 않았다.

"아, 아니 대, 대협. 그런 게…… 아닌데……."

왕문이 도움을 청하는 눈길로 한쪽을 애타게 바라봤다.

단호경이 그 시선을 따라 고개를 돌려보니 장님 하나가 바닥에 떨어진 검을 주워 정성스레 닦고 있었다. 물론 석도명이다.

두 사람의 시선이 자신을 향하고 있음을 느꼈는지 석도명이 몸을 일으켜 세우며 입을 열었다.

"대협, 죄송합니다만 아저씨께서는 최선을 다하신 겁니다. 모양만 보고 역정 내지 마시고 한 번 써보시지요."

"허, 갈수록 가관이구나. 네놈들이 감히 나한테 검을 가르치려 들어? 나 일도양단 단호경이야!"

단호경은 어이가 없었다. 대장장이 따위가 무인에게 검이 어쩌고저쩌고 하는 게 가당키나 한가 말이다. 단호경이 금세 석도명에게 다가가 멱살을 움켜잡았다.

"네놈이 눈에 뵈는 게 없다고 아무한테나 들이댈 생각이었다면 오늘 상대를 정말 잘못 골랐다. 난 말이 통하지 않는 놈하고는 긴말을 하지 않거든."
 단호경이 짜증스러운 표정으로 석도명을 들어 내팽개쳤다.
 석도명이 땅바닥을 한 차례 구르자 단호경은 두 손으로 허리를 짚고 씩씩거리기만 할뿐 더 이상 움직이지 않았다.
 말과 달리 무공을 모르는, 게다가 앞도 못 보는 사람에게 과하게 손을 쓰기가 난처했던 것이다.
 몸을 일으켜 세운 석도명이 오른손을 들어 단호경에게 내밀었다. 바닥을 구르면서도 놓지 않았던 왕문의 검이 석도명의 손에 굳게 잡혀 있었다.
 "대협께서 원하신 건 검의 형상입니까, 아니면 검의 진체(眞體)입니까?"
 "허! 이놈아, 세상에 어떤 무인이 검의 형상을 원하겠느냐? 당연히 검의 굳고 날카로움을 바라는 거지."
 단호경은 검의 외형이 아니라 본연의 기능이 중요한 게 아니냐는 석도명의 질문을 알아듣기는 했다.
 하지만 모양이 달라도 어지간히 달라야 변명을 할 여지가 있는 법이다. 계집애들 장난감을 만들어놓고 진체 운운하는 것은 얄팍한 변명이라는 생각밖에는 들지 않았다.
 "그런데 말이다, 이런 야리야리한 검이 대체 뭔 구실을 하겠냐? 이 따위 검은 계집들 허리에나 장식 삼아 차고 다니면 딱 좋겠구나. 아니, 근데 쓰벌. 네놈이 뭔데 나서서 지랄이냐고?"

단호경이 눈을 부라리며 석도명을 노려보다가 왕문을 향해 돌아섰다. 어쨌거나 검을 이렇게 망쳐 놓은 놈은 따로 있질 않은가!

"야, 대장장이! 만든 놈이 책임을 져야지, 안 그래?"

하지만 왕문은 기둥 뒤에 숨어서 눈치만 볼뿐 아무런 대답도 하지 않았다.

"죄송합니다. 만들기는 분명히 아저씨가 직접 하셨지만, 검이 그리 된 것은…… 예, 분명 제 책임입니다. 형상을 버리자고 한 것은 저니까요. 정말 죄송합니다."

등 뒤에서 다시 석도명의 음성이 들려오자 단호경의 고개가 홱 돌아갔다.

"오냐, 이 잡놈아! 그럼 네가 책임을 져라. 앞도 못 보고 무공도 모르는 놈이라 봐주려고 했는데 아예 반성을 모르는 놈이구나."

단호경이 살기를 풀풀 날리며 석도명에게 다가갔다.

'성가신 놈. 적당히 피를 봐야 정신을 차리겠구나.'

단호경은 정말로 석도명이 성가셨다. 말끝마다 죄송하다고 하면서도 꼬박꼬박 할 말은 다 하질 않는가. 자고로 대놓고 덤비는 것보다 더 짜증스러운 게 고분고분한 것 같으면서 제 주장을 꺾지 않는 족속들이다.

사실 따지고 보면 석도명의 집요한 태도는 유일소에게 맞으면서 배운 데 원인이 있었다.

유일소는 사납게 몰아치면서 옳은 답이 나올 때까지 석도명을 괴롭히고 또 괴롭혔다.

유일소의 교육 방식을 한 마디로 설명하자면 '나는 팰 테니, 너는 생각을 말해라'였다. 그러니 주눅이 들수록 더욱 논리를 펼치게 되는 게 석도명의 버릇이다.

어쨌거나 짜증이 날대로 난 단호경은 더 이상 석도명을 두고 볼 수가 없었다.

"네놈은 무림맹의 무사가 공무에 쓰기 위해서 주문한 검을 제대로 만들지 못했다. 그것도 모자라 계속 허언(虛言)으로 말꼬리만 잡고 있으니 무림맹의 공무집행을 방해한 거다. 내가 네놈의 죄를 묻지 않을 수 없구나."

"하이고, 나리! 공무집행 방해라니요? 잘못했습니다. 한 번만 봐주십시오."

기둥 뒤에 숨어 있던 왕문이 먼저 달려 나와 단호경 앞에 털썩 무릎을 꿇었다. 무림맹에, 공무집행 방해라는 말까지 나오자 기겁을 한 것이다.

정파의 무인들은 무공을 익히지 않은 사람에게는 좀처럼 힘을 쓰지 않는다. 그렇다고 해서 항상 그런 것은 아니다.

명백한 잘못이 있다고 판단이 되거나, 자존심에 상처를 입으면 가차 없이 단죄를 하는 게 무림인들의 생리다.

"흥, 이제 겨우 사태 파악을 했구먼. 헌데 너무 늦었다고 생각되지 않나?"

단호경이 한 쪽 발을 들어 왕문을 옆으로 밀쳐 버렸다. 일단은 석도명부터 손을 봐줄 생각이다.

"아이고, 도명아! 너도 어서 대협께 빌어라. 어서!"

석도명은 왕문의 애타는 음성에도 꼼짝하지 않았다.

상황이 생각보다 복잡해져 석도명도 난처하고 당황스럽기 그지없었다. 그러나 가슴 한편에 알 수 없는 막막함이 더 크게 느껴졌다.

어차피 행패를 부리려고 마음을 먹은 상대에게 울고불고 매달려 봐야 결과는 달라지지 않는다. 이왕 당할 거라면 가슴에 담긴 것이라도 속 시원히 털어내는 게 나으리라.

석도명이 안대에 가려진 두 눈을 다시 감았다.

서서히 호흡을 다스리자 어둠에 어둠이 더해지는 느낌이다.

세상에 석도명이 기댈 수 있는 유일한 의지, 주악천인경의 구결 가운데 암중수심(暗中守心; 어둠 속에 마음을 지킨다)이다.

석도명이 단호경 앞에서 느리게 몸을 움직였다. 그와 함께 양손에 왕문의 검과 단호경이 맡긴 검을 잡았다.

석도명이 검을 뻗쳐 든 채로 단호경을 향해 뚜벅뚜벅 다가갔다.

그 기세가 너무 진지해서 단호경은 자신도 모르게 손을 허리에 가져가고 있었다.

두 사람을 지켜보는 왕문의 얼굴에서 핏기가 사라졌다.

"도, 도명아. 아, 안 돼."

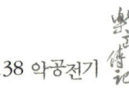

죽을 생각이 아니라면 어찌 무림맹의 무사에게 검을 치켜든다는 말인가? 단호경이 허리에서 검을 뽑는다면 다음 순간 피를 뿌릴 사람은 볼 것도 없이 석도명이다.

만류에도 아랑곳하지 않고 석도명의 두 손이 허공에서 엇갈렸다.

왕문이 절망 어린 표정으로 눈을 질끈 감아 버렸다.

하지만 정작 단호경은 석도명의 행동을 보면서 조금도 움직이지 않았다. 석도명의 어설픈 동작이 자신을 겨눈 것이 아님을 알았기 때문이다.

"자, 보십시오. 이 검은 이런 검이고, 이 검도 이런 검입니다."

석도명은 양손에 검을 잡은 상태에서 검지를 교대로 움직여 왕문이 만든 가느다란 검과 단호경의 투박한 검을 잇달아 퉁겼다.

지—잉, 지—잉.

투박하지만 끝내는 맑은 여운으로 사라지는 묘한 소리가 연달아 울려 퍼졌다. 석도명의 말대로 같은 음향의 소리다.

단호경은 어이가 없다는 듯이 입을 벌렸다.

검을 들고 덤비기에 남자답게 끝장을 보자는 뜻인 줄 알았더니 고작 소리를 들려 주려는 것이었다.

"아주, 생 지랄을 하는구나. 검이 무슨 종이냐? 소리로 뭘 하라고? 끝까지 장난하냐?"

전혀 다르게 생긴 두 검에서 똑같은 소리가 난다는 건 신기했지만, 그렇다고 쉽게 납득이 가지도 않았다.
 석도명이 다시 부러진 검 하나를 들어 단호경에게 내밀었다.
 "처음에는 이런 모습이었습니다."
 이번에는 단호경이 혀를 내둘렀다.
 허리가 잘린 그 검이야말로 자신의 검과 똑같이 생겼기 때문이다.
 "이게 뭐냐? 이건 반쪽짜리잖아. 네놈이 나를 계속 희롱하자는 거냐?"
 단호경이 핏대를 세웠다.
 하지만 허리에 붙어 있던 손은 어느새 멀리 떨어져 있었다.
 왠지 자신이 말려든다는 느낌을 지우지 못했지만, 대체 석도명이 보여주려는 게 뭔지 궁금증이 앞섰다.
 "처음에 아저씨께서 만든 검이지요. 무게도, 모양도 같지만 대협의 검에 이렇게 잘렸습니다. 지금의 기술로는 옛날처럼 똑같은 모양에 똑같은 성능을 내는 게 불가능합니다. 그래서 어쩔 수 없이 모양을 버려야 했습니다."
 "내 검에 잘렸다고?"
 계속해서 소리를 지르던 단호경의 어조가 슬그머니 누그러졌다. 검을 생명처럼 여기는 무인이다 보니 역시 느껴지는 게 있고, 그래서 생각이 많은 눈치다.

단호경이 뭔가를 생각해낸 듯 불쑥 한 마디를 던졌다.
"모양은 달라도 같은 검이라고 했겠다. 그러면 이 검은 부러지지 않겠구나?"
단호경은 말을 끝내기가 무섭게 석도명의 손에서 자신이 맡긴 검을 뺏어 높이 치켜 올렸다. 다른 손에는 어느새 왕문의 검이 들려 있었다.
"안 됩니다! 대협, 그러지 마십시오. 검이 상합니다."
석도명이 다급하게 손을 내저었지만 단호경은 오히려 쓴웃음을 지었다. 한껏 진지하게 떠들더니 고작 칼 한 번 내려치는 걸로 호들갑을 떤다. 뭔가 뒤가 구린 것이 틀림없다.
"이놈! 어설픈 말장난이었다면 진짜 책임을 져야 할 게다."
단호경의 팔이 힘차게 허공을 가르며 자신의 검으로 왕문의 검을 내리쳤다.
쨍그렁!
검날이 허무하게 잘려나가 바닥에 떨어졌다.
"으헉! 아이고, 아버지."
단호경의 얼굴에서 순식간에 핏기가 빠져나갔다.
우람한 덩치에 어울리지 않게 털썩 무릎을 꿇은 단호경은 채 말을 잇지 못하고 부들부들 떨기만 했다.
잘려나간 것은 왕문이 만든 가녀린 검이 아니라, 단호경의 두껍고 투박한 검이었다.
"이, 이걸 어째. 산동의 명문, 구화문(九火門)의 신물…… 흑화검(黑火劍)이…… 7대 문주인 나, 단호경의 대에서…… 으아악!"

생긴 것과 다르게, 그리고 지금까지 보여준 거친 언행과 전혀 어울리지 않게 단호경이 부러진 검을 들고 오두방정을 떨어댔다.

놀라기는 석도명이나 왕문도 마찬가지였다. 검이 부러진 것도 그렇지만 호들갑스런 단호경의 반응도 전혀 예상 밖의 전개였다.

"……."

할 말을 잃은 석도명과 왕문의 얼굴에 짙은 당혹감이 서렸다.

제5장

선배(先輩)의
도리(道理)

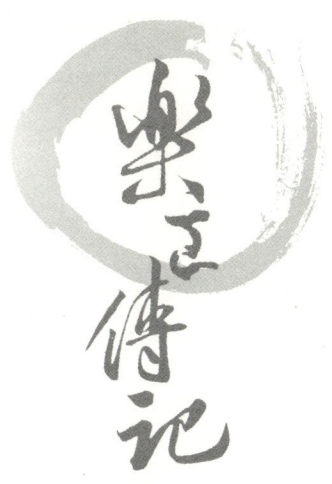

"야 이놈아, 빨리 좀 걸어라."
"헉, 헉!"
단호경이 눈을 부라리며 짜증을 부렸다.
하지만 석도명은 대답을 할 기운조차 없었다.
비틀거리는 석도명의 양 어깨에는 흰 천으로 둘둘 말아 줄을 매어 놓은 기다란 보퉁이가 하나씩 걸려 있다. 한 보퉁이에 검 네 자루씩 모두 여덟 자루를 메고 가는 중이다.
애초에 대장간 일꾼도 아닌 석도명이 짐꾼 노릇을 하게 된 것은 순전히 단호경의 심술 때문이다.

"좋아, 그래 좋다고. 이 비루먹은 것 같은 검이 내 검보다 훌륭하니까 모양 같은 건 잊어줄 수 있어.

내 검이 부러진 거? 그것도 내 잘못이라고 해두자고. 그런데 말이야, 검이 왜 여덟 자루 뿐이냐고? 지금 장난해? 뭐든지 자기들 형편대로 대충 하면 그만이야?"

검이 잘려나가 좌절하던 단호경은 그리 오래지 않아 스스로를 추슬렀다. 그리고는 석도명이 대체 검에다 무슨 짓을 한 건지를 추궁해 댔다.

자초지종을 듣고 난 뒤에는 무슨 이유에선지 검의 모양이 달라진 것도, 자기 검이 부러진 것도 모두 이성적으로 받아들이겠다고 대범하게 말했다.

왕문이 감격에 겨워 연신 머리를 조아려댔고, 석도명 역시 안도의 한숨을 내쉬었음은 물을 것도 없는 일이다.

헌데 그렇게 대범한 척 하던 단호경이 치졸하게도 왕문이 약속한 기한을 지키지 못한 것을 트집 잡고 나섰다. 단호경은 아예 그걸 빌미로 석도명을 여기까지 끌고 왔다.

약속 불이행에 따른 사과 차원에서 최소한 배달이라도 해줘야 한다는 논리였다.

그리고 나머지 검이 완성될 때까지 열흘 동안 석도명이 따로 자신을 도울 일이 있다고 했다. 그 속셈을 알지 못했지만 석도명은 그냥 끌려 올 수밖에 없었다.

단호경이 애지중지하던 검을 잃은 것도 미안했고, 왕문이

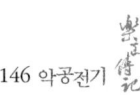

곤욕을 치르는 것도 보고 싶지 않아서다.

"제길, 이러다가 해 넘어가겠다. 내 지고한 경신술이면 눈 깜짝할 사이에 가는 건데."

단호경은 계속해서 심술을 부려댔다.

사실 자기 말마따나 경신술이 그리도 지고하다면 검 여덟 자루쯤이야 솜털보다 가벼울 텐데 무공의 '무' 자도 모르는 석도명에게 떠맡길 필요가 없지 않은가.

석도명은 아무런 대꾸도 하지 않았다.

유일소에게 뼈저리게 배운 교훈이 있다면 '상대가 괴롭히려고 작정을 한 다음에는 대책이 없다'는 것이다.

그러나 궁금하기는 했다.

'아주 나쁜 사람은 아닌 것 같은데 대체 뭘 하려는 걸까?'

부러진 검은 분명 단호경에게 소중한 물건인 듯했다. 그런 검이 부러졌는데도 자기 잘못이라고 순순히 인정을 했으니 의외로 대범한 구석이 있는 사내이리라.

하지만 이렇게 치사하게 심술을 부리는 걸로 봐서는 뒤끝도 간단치 않을 모양이다.

문제는 이 사내가 자신을 대체 왜, 어디로 끌고 가는지 감을 잡을 수 없다는 것이다.

침묵으로 일관하던 석도명이 드디어 입을 열었다.

"헉헉. 잠깐만, 잠깐만 쉬어 가죠."

길은 어느새 산으로 이어지고 있었다. 무림맹 소속이라는 단호경의 말과 달리 무림맹으로 가는 길은 절대 아니다.

단호경의 속셈이 무엇이든 간에 석도명은 다리가 후들거려서 더 이상은 걸을 수가 없었다.

"느리다, 느리다 하니까 이젠 아예 쉬어 가자고?"

퉁명스런 말과 달리 단호경은 바로 걸음을 멈췄다.

휘잉.

인적 없는 산속에서 두 사내가 나란히 앉아 있자니 어색한 침묵이 먼저 찾아든다.

"험, 험. 형장(兄丈)은 원래 앞을 보지 못했나?"

웬일인지 석도명에 대한 호칭이 이놈, 저놈에서 형장으로 바뀌어 있었다.

"열 살 때 눈을 잃었습니다."

누군가가 눈에 대해 물을 때마다 항상 둘러대는 이야기다. 뭐, 주악천인경을 익히려면 눈을 버려야 한다는 이유로 장님 노릇을 하고 있으니 크게 틀린 말도 아니질 않는가. 버린 거나 잃은 거나 그게 그거지.

"쯧, 사고 같은 거였나? 안 됐군, 젊은 나이에."

"글쎄요, 버리면 얻는다고 하질 않습니까? 다 살아가는 방법이 있는 거겠죠."

단호경의 말투가 변해서일까, 석도명도 담담하기 그지없는 음성이다.

"버리면 얻는다……. 그래서 얻은 게 소리로군. 흐흐, 가문의 검을 버린 나는 이제 뭘 얻게 될까?"

단호경이 바람 빠지는 것같이 힘없는 웃음을 흘렸다.

석도명은 그 소리가 왠지 처연하다는 느낌을 지울 수 없었다.

"검이 부러진 건 죄송합니다. 제가 좀 더 조심을 했어야 했는데."

"푸하하! 아이고, 소심하기는. 일도양단이면 회복불능이야. 빨리 잊으란 말이지. 으허허!"

그 한 마디에 단호경의 웃음소리가 다시 커졌다.

석도명의 얼굴에 이채가 떠올랐다. 처음에는 몰랐는데 자꾸 듣다보니 단호경의 호방한 웃음이 이상하게 거슬렸다.

찬찬히 새겨보니 마음이 호방해서 호방하게 웃는 것이 아니다. 필요에 따라 의식적으로 지어낸 웃음, 분명 그렇게 들렸다.

그리고 지금은 뭔가 하고 싶은 말이 있는데 어색해서 꺼내지 못하는 기색이 느껴졌다.

아니나 다를까? 단호경이 주저하며 입을 열었다.

"험, 험. 말일세. 자네가 검을 너무 날카롭게 만든 바람에 가문의 보물인 검이 부러진 것도 그렇고…… 따지고 보면 자네와 나는 보통 인연은 아닌 게야. 그래서 말인데, 대체 어디까지 들을 수 있는 건가?"

두서없는 이야기지만 질문의 요지는 간단했다.

소리만으로 검을 가려내고, 새로운 공정까지 만들어 냈다는 석도명의 재주가 궁금한 것이다.

"모르겠습니다. 지금은 그저 세상의 소리를 배우고 있을 뿐입니다. 눈이 보이지 않으니 그 만큼 더 들리는 정도가 아닐까 그렇게 알고 있습니다."

모호한 질문에 역시 모호한 대답이다.

이번에는 단호경이 보다 직설적으로 묻고 나선다.

"혹시, 무공도 들을 수 있나?"

"예?"

"그러니까 누군가가 무공을 펼치면 그 소리를 듣고 뭔가를 알 수 있지 않나……, 그거지."

석도명의 얼굴에 놀라움이 스쳐갔다.

한 번도 생각해 보지 못한 일이다. 사람이나 동물의 움직임을 소리로 듣고 머릿속에 그려보는 건 날마다 하고 있는 일이다. 하지만 고도의 수련을 통해 인간의 잠력(潛力)을 이끌어 낸다는 무공은 좀 다른 문제다.

인간의 움직임이되 인간의 것일 수 없는 그런 세계를 자신의 귀로 엿볼 수 있을까? 사부인 유일소라면 어떨까?

"글쎄요, 아마도 어려울 겁니다. 제가 무공에 대해서는 전혀 아는 게 없어서요. 아는 만큼 들리는 거라고 배웠습니다만……."

석도명이 말꼬리를 흐리더니 뭔가를 곰곰이 생각하는 눈치다.

무엇이 그리 답답한지 제 가슴을 주먹으로 툭툭 쳐대는 단호경 역시 알 수 없는 얼굴이다.

'어렵다. 역시 그런가?'

어렵다고 했지만, 또 반대로 생각하면 들을 수 있다는 대답이기도 하다.

아는 만큼 들린다고 하니 먼저 무공을 익혀야 한다는 전제가 성립된다. 허나 장님에게 무공을, 그것도 고수의 무공을 알게 하려면 대체 얼마를 가르쳐야 한다는 말인가?

"자, 그만 가자고!"

잠깐의 호기심을 그새 접은 건지 단호경이 벌떡 일어나 길을 재촉했다.

석도명이 벗어놓은 짐 보따리 두 개는 어느새 단호경의 손에 들려 있었다. 역시나 짐을 배달해 달라고 한 건 석도명을 불러내기 위한 핑계였던 것이다.

"저, 어디로 가는 건지요? 무림맹은 아닌 것 같은데."

"내가 언제 무림맹에 간다고 했나? 나 무림맹 외찰대 조장이야. 외찰대가 뭐냐면, 바깥을 살피는 거잖아? 우린 무림맹 밖에서만 놀아. 그러니 바깥으로 갈 수밖에."

단호경이 그 말을 던져놓고는 앞장서서 걷기 시작했다.

선배(先輩)의 도리(道理) 151

*　　*　　*

　석도명은 험한 길을 꽤 오래 걸은 기분이었지만 실제 두 사람이 도착한 곳은 여가허 외곽에서 겨우 낮은 야산 하나를 넘어간 숲 속의 공터였다.
　숲에서 단호경을 기다리고 있는 것은 열 명의 사내들이었다.
　"다들 온 건가?"
　"조장도 참, 딱 보면 아는 거지. 조원이 얼마나 된다고."
　"나이로 보나, 도착한 순서로 보나 조장이 꼴찌요."
　"그러게. 늦게 태어난 거야 부모 탓이라 해도 말이지……. 일찍, 일찍 다닙시다."
　단호경의 한 마디에 사내들이 왁자지껄하게 대답을 쏟아냈다. 들어 보니 분명 수하들인데 하나같이 빈정대는 말투다.
　"야야, 나한테 엉기지 마라. 해보자는 거냐?"
　단호경이 예의 험악한 인상으로 목청을 높였다.
　"아이고, 또 내기라도 하자는 거요? 이젠 술값도 없는데."
　"조원들 돈만 따먹으려는 조장을 누가 좋아하겠냐고?"
　구시렁거리면서도 사내들은 어느덧 일렬로 줄을 맞춰 서고 있었다. 나이 어린 조장이라 은근히 엉겨 붙으면서도 내심 단호경이 두려운 것이다.
　"우하하, 멍청한 것들. 나이 많은 게 자랑이냐? 그래서 어린

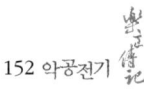

나한테 맨날 두드려 맞고 사냐? 억울하면 실력부터 길러라. 언제고 도전은 받아줄 테니까. 음하하하!"

수하들 앞에 서자 단호경의 호방한 웃음소리가 더욱 커졌다.

실력을 기르라는 말에 사내들의 대답이 쑥 들어갔다.

"야, 이놈들아! 내가 니들 돈 따서 술이나 퍼먹을 줄 알았냐? 이거나 먹고 떨어져라."

단호경이 손에 들고 있던 보퉁이를 사내들에게 집어 던졌다. 보퉁이를 펴든 사내들이 또 요란하게 떠들어댔다.

"제길, 남의 검을 한 칼에 아작을 내놓을 때는 언제고."
"그러게 병 주고 약 주냐고."
"오, 그래도 검은 쓸 만한데."

그 어수선한 모습에 석도명이 혀를 내둘렀다.

'허, 무림맹의 무사들이라더니.'

단호경과 수하들의 수작은 정말로 뜻밖이다. 무림맹에 속한 정파의 무인들이라면 절도와 기강으로 이름이 높았다. 헌데 이들의 이 어수선한 행동은 뭐란 말인가?

정황을 보아하니 나이가 어리다고 수하들이 은근히 단호경을 깔봤던 모양이고, 단호경이 성질을 못 이겨 힘으로 찍어 누른 듯했다.

일도양단이라고 큰소리를 치더니 수하들의 검까지 몽땅 잘라 놓았던 것이다.

수하들이 새 검을 들고 만족한 표정을 짓자 단호경이 잊지 않고 생색을 내기 시작했다.
 "우하하, 이게 그 유명한 포철방에서 은자 스무 냥을 받는다는 검이다. 석 냥씩 내놓고 스무 냥짜리를 받았으면 감사할 줄 알아야 하는 거 아니냐?"
 "오, 포철방!"
 "과연, 때깔이 다르다 했어."
 덩치와 다르게 교묘한 단호경의 말솜씨다.
 틀린 말은 아니지만 듣는 사람 입장에서는 단호경이 직접 포철방에 은자 스무 냥을 주고 만들어 온 검이라고 믿을 수밖에 없다.
 사내들의 입이 자연스레 찢어졌다.
 나이도 한참 어린 게 어느 날 갑자기 조장이라고 나타나서 거드름을 피우는 건 꼴사나웠지만, 은자 스무 냥짜리 검을 선뜻 던져 줄 정도로 화통한 것까지 싫어할 수는 없는 법이다.
 "험험, 고맙수다."
 "뭐, 굳이 고맙다는 소릴 듣겠다면야…… 나도 그런 줄 아쇼."
 "아씨, 근데 여덟 자루 뿐이잖아? 이걸 어떡하라고?"
 "진짜네. 이왕 쓰는 거 제대로 쓰지, 쪼잔하게."
 마지못해 감사의 말을 쏟아내던 사내들 사이에서 다시 불만이 터져 나왔다.

단호경이 두 손을 번쩍 들어 사내들의 입을 막았다.

"열 자루를 주문했는데 대장간에서 납기를 못 맞췄다. 그러니 열흘 만 기다려라. 쯧, 알지도 못하면서 감히 누굴 보고 쪼잔하다고."

"쪼잔하다는 말 취소요. 헌데 저 장님은 뭔 잘못을 했다고 데려 왔소?"

단호경을 쪼잔하다고 했던 사내가 석도명을 가리켰다. 수하들 가운데 가장 선임인 천리산(千罹散)이라는 자다.

천리산의 손을 따라 사내들의 시선이 일제히 석도명에게 꽂혔다. 처음부터 궁금하기는 했지만 언제나처럼 단호경하고 입씨름을 벌이느라 이제야 질문이 나온 것이다.

"나 일도양단이다. 한 입으로 두말하는 거 못 참아. 열흘이나 손해를 보게 했으니 응당 몸으로라도 보상을 해야 하지 않겠냐? 그래서 이자가 앞으로 열흘 동안 우리를 위해서 몸으로 때울 거다."

"아따, 사내놈 몸을 어따 써먹으라고? 조장 혹시 이상한 취미 있소?"

비꼬는 게 취미인지 천리산이 또 삐딱하게 질문을 던졌다. 그 말에 다른 사내들이 왁자지껄하게 헛소리를 해대기 시작했다.

"흐흐, 안 그래도 그놈 제법 곱상하게 생겼구먼. 조장 다음에는 나야, 나!"

"우씨, 너도 그런데 취미가 있었냐? 징그럽다. 저리 가."

단호경이 머리를 절레절레 흔들었다.

"이런 우라질 놈들, 머릿속에 든 게 그런 거뿐이지? 우리의 무공수련을 도울 거란 말이다."

그 말에 모두의 입이 딱 벌어졌다.

석도명도 마찬가지다. 검이 완성될 때까지 열흘 동안 매일 한 시진씩 시간을 내라는 요구가 설마 이런 건지는 상상도 못했다.

사내들 역시 맹인이 수련을 돕는다는 말에 어이가 없다는 반응이다.

"우와, 하다하다 별짓을 다 시켜요."

"아씨, 또 뭘 하라는 건데?"

이번에도 투덜거리기부터 한 사내들 사이에서 한 사람이 갑자기 박수를 쳐댔다.

"아, 알았다. 요즘 수련이 너무 고되니까 조장이 머리를 썼구먼. 이봐, 저 친구 저거 분명히 안마사야."

"아하! 그렇군. 그렇지 않아도 여기저기 근육이 뭉쳐서 죽겠는데 잘 됐네."

"어이쿠, 이게 웬 호강이냐? 명품 검에, 전속 안마사까지."

두뇌구조가 생각보다 단순한지 사내들은 석도명을 쉽게 안마사로 단정해 버렸다. 사실 그것 말고는 달리 떠오르는 게 없기도 했다.

"어이, 자네 안마 잘 하나? 경력이 얼마나 됐는고?"

석도명의 신분을 굳이 단호경에게 물어볼 필요도 없다는 듯이 사내들 가운데 하나가 석도명에게 묻고 나섰다.

석도명은 난처한 표정으로 쉽게 입을 열지 못한 채 단호경을 향해 고개를 돌렸다. 일을 벌인 당사자가 직접 설명을 해줬으면 하는 바람에서다.

그러나 단호경은 뒷짐을 진 채로 딴청만 피운다. 석도명의 반응이 궁금했기 때문이다.

"죄송합니다. 저는 안마사가 아닙니다."

"엥? 그럼 뭔데?"

"저는 악사입니다."

단호경의 수하들이 다시 웅성거리기 시작했다. 아무리 언행이 도깨비 같다고는 하나 조장이 악사를 데려와 함께 수련을 하라고 할 줄은 꿈에도 예상치 못한 일이다.

수하들 사이에서 음악에 맞춰 춤이라도 추라는 거냐고 다시 원성이 쏟아졌지만 단호경이 이번에도 손을 번쩍 들어 모두의 입을 막았다.

"자자, 그만! 아까운 수련 시간을 수다나 떨다가 보낼 건가? 대열부터 갖춰라."

단호경이 손짓을 하자 사내들이 익숙한 동작으로 기민하게 움직이더니 방사형으로 늘어섰다.

영문을 모르고 서 있던 석도명은 주변의 공기가 갑자기 달라졌음을 느꼈다.

 조금 전까지 시비조로 웃고 떠들던 모습은 어디로 갔는지 바람 한 점 빠져나가지 못할 것 같은 치밀한 기도가 공터를 가득 채우고 있었다.

 무림맹.

 과연 그 이름을 가슴에 달고 살아가는 무사들다웠다.

 '손 하나를 움직여도 아까하고는 소리가 다르다. 이게 무공인가?'

 석도명이 조용히 한쪽 구석으로 물러났다. 사내들을 방해하지 않는 거리에서 지켜보고 싶어서다.

 그동안 갖은 소리를 다 듣고, 받아들였지만 무공의 소리는 처음이다. 은근히 가슴이 두근거렸다.

 "구엽! 석도명! 앞으로!"

 난데없이 울려 퍼진 것은 단호경의 외침이다.

 "예에! 앞, 으, 로!"

 구엽이라는 무사가 먼저 대답을 하며 앞으로 걸어 나왔다. 대답도, 걸음도 느릿느릿하다. 악사 따위와 함께 불려 나온다는 게 기분 나쁘다는 기색이다.

 "석도명! 앞으로!"

 석도명이 놀라서 머뭇거리기만 하자 단호경이 다시 이름을 불렀다. 석도명이 어쩔 수 없이 바삐 걸어 나왔다.

 "예, 갑니다."

"나머지는 쉬어!"

두 손으로 검을 곧추세워 준비동작을 취하고 있던 사내들이 단호경의 구령에 일제히 검을 늘어뜨리고는 불려나온 두 사람을 번갈아 쳐다봤다. 뭔 일이 벌어질지 모르지만 재미있겠다는 표정들이다.

석도명과 구엽을 앞으로 불러 세운 단호경이 쩌렁쩌렁한 음성으로 입을 열었다.

"모두들 한 번은 들어 봤을 게다. 궁극의 경지에 도달하려면 심안(心眼), 즉 마음의 눈을 열어야 한다고 말이다. 말은 쉽다만 마음의 눈을 어떻게 여는 건지 나도 너희들도 모른다. 그리고 무림맹에 백날 있어 봐야 아무도 그걸 가르쳐 주지 않을 거다. 왜?"

단호경이 잠시 말을 멈췄다. 질문을 한 거지만 이번에는 누구도 대답하지 않는다. 심안이라는 단어가 나오자 은근히 긴장하는 분위기다.

단호경이 스스로 던진 질문에 스스로 대답을 했다.

"왜냐하면, 아는 놈도 없고, 알려 줄 방법도 없기 때문이다."

"거 그러면 조장이 가르쳐 줄 거요?"

"야, 일단 들어 보자고."

"그래, 이런 건 일단 듣자고."

중간에서 사내 하나가 뜨악하게 시비를 걸었지만 다른 사내들에게 금방 제지를 당했다.

다른 것도 아니고 밥보다 중요한 무공 이야기 아니던가. 결과적으로 단호경이 '아는 놈' 운운한 것이 무림맹의 상전, 즉 맹주와 주요 문파의 수장들이었음에도 웃는 얼굴은 없었다.

사실 천하에 고수가 즐비하다지만 그들 가운데 누가 심안을 얻었는지는 알 수 없는 일이다.

심안을 얻으면 무공 최후의 경지라는 심검(心劍)으로 가는 길이 열린다는데 작금의 무림에서 심검을 쓰는 사람이 있다는 이야기는 전혀 들리지 않았다.

게다가 심검이든 심안이든 스스로 깨닫는 것이지, 누군가가 말이나 몸으로 가르칠 수 없다는 것도 모두 알고 있는 사실이다.

왠지 모를 기대로 가득 찬 사내들의 얼굴을 둘러보며 단호경이 말을 이어갔다.

"그러면 심안이란 무엇이냐? 나라고 알겠냐만, 세상을 좀 달리 보는 게 아닐까 싶다. 그래서 이 자리에 우리와는 전혀 다른 방법으로 세상을 보는 사람을 데려온 거다. 알겠냐? 이 조장님의 심모원려(深謀遠慮)를, 우하하!"

사내들이 한편으로는 고개를 갸우뚱하면서 또 한편으로는 알겠다는 듯이 고개를 끄덕였다.

석도명이라는 저 평범한 사내가 뭘 보여 줄지는 모르겠지만 적어도 단호경이 시도하려는 게 뭔지는 어느 정도 짐작한 것이다.

그 순간 석도명은 속으로 꽤나 놀라고 있었다.

'세상을 달리 본다고? 마음의 눈이라고?'

단호경의 이야기는 석도명이 장님으로 살아가는 이유를 마치 꿰뚫기라도 한 것처럼 들렸다.

물론 단호경이 석도명의 사정을 알 리 없다.

그런데도 유일소와 비슷한 이야기가 단호경에게서 나왔다는 것은 결국 궁극의 지향점이 같다거나, 아니면 사물을 인지하는 논리가 일맥상통한다는 의미일 게다.

본시 만류귀종을 입에 달고 사는 무림인들의 사고방식으로는 자연스러운 판단이었지만, 음악에만 미쳐 산 석도명에게는 그 한 마디가 신선한 충격이었다.

어쩌면 자신이 가는 길이 무공의 길과도 맞닿아 있을지 모른다는 생각에 석도명의 가슴이 뜨거워졌다.

그러나 석도명의 감흥은 오래 이어질 수 없었다. 곧이어 들려온 단호경의 음성 때문이다.

"구엽, 발검! 수법은 태산압정, 횡소천군!"

"예—엣! 태—산압—정에 횡—소천—군."

구엽이 여전히 느린 말투, 느린 동작으로 검을 치켜들었다. 조장이 하라니까 준비 자세를 갖추기는 했지만 무공도 모르는 장님에게 손을 쓸 생각은 없다는 기색이다.

"예? 자, 잠깐만요. 태산압정은 너무……."

험한 일이라면 지겹게 겪은 석도명이지만 당황하지 않을 수 없다. 단호경의 명령은 분명히 자신을 향해 검을 뽑으라는 것이질 않은가.

빈손으로 무림맹 무사의 검을 맞으라는 것도 황당한데, 태산압정에 횡소천군이라니? 이름만 들어도 기가 질리는 살벌한 초식이다.

단호경이 하얗게 질린 석도명의 얼굴을 보며 빙긋 웃었다.

사실 태산압정이나 횡소천군은 요란한 이름과 달리 별것 아닌 초식이다. 그저 검을 들어 아래로 내리치면 태산압정이고, 옆으로 그으면 횡소천군이다.

"푸흐흐, 겁은 많아 가지고. 설마 진짜로 벨까봐 그러나? 아주 단순한 동작이니까 그냥 소리를 들어 보라고. 그래도 겁이 나면 귓구멍 청소라도 좀 하든지."

단호경의 설명을 들은 구엽이 몸 풀기 동작으로 가볍게 검을 휘둘렀다.

휙, 쐐액.

단순한 동작이었지만 공기를 잡아 뜯는 듯한 날카로운 파공성이 울려 퍼진다.

단호경의 속셈이 뭔지 알 수 없지만, 장님 앞에서 검을 휘둘러 보라는 말에 은근히 자존심이 상한 상태다. 어차피 몸을 상하게 할 게 아니니 잔뜩 겁을 줘서 오줌이라도 지리게 만들자는 심산이다.

석도명이 그 소리를 듣고 움찔대며 뒤로 두 걸음을 물러났다. 무방비 상태에서 본능이 먼저 몸을 움직인 것이다.

'하아, 아직도 멀었구나. 나는······.'

자신의 실책을 깨달은 석도명이 자책과 함께 자세를 바로잡았다. 소리를 다루는 자가 아직도 소리를 무서워하다니, 부끄러웠다.

'그래, 검이든 짐승의 이빨이든 마음부터 지키면 되는 거겠지.'

석도명이 암중수심의 구결을 끌어올렸다.

휙.

구엽의 검이 수직으로 곧게 허공을 가르더니 연이어 옆으로 그어졌다. 태산압정에 이은 횡소천군이다.

이번에는 석도명이 반응을 보이지 않자 구엽이 작심이라도 한 듯이 십여 차례에 걸쳐 태산압정과 횡소천군을 잇달아 펼쳐냈다.

단순한 초식이었음에도 한순간 석도명의 상반신이 검 그림자에 가려 사라지는 듯했다. 그러나 단 한 걸음도 움직이지 않은 상태였다.

구엽이 이만하면 됐냐는 얼굴로 단호경을 쳐다보며 검을 멈춰 세웠다.

"그래, 뭘 좀 주워들었냐?"

단호경의 질문이다. 잠시 뜸을 들이던 석도명이 자신 없는 음성으로 입을 열었다.

"잘 모르겠습니다."

단호경의 얼굴에는 실망이, 구엽과 다른 무사들의 얼굴에는 비웃음이 스쳐갔다.

그러나 석도명의 말은 아직 끝나지 않았다.

"이유는 잘 모르겠는데, 소리가 검 끝에서만 들립니다. 날카롭지만 무겁지 않은 소리군요."

단호경의 얼굴이 반갑게 펴진 것과 달리 구엽의 얼굴이 사납게 우그러진다.

평소 검 끝의 변화가 요란한데 비해 무거움이 없다고 단호경에게 구박을 받던 구엽이다. 석도명은 정확하게 그 점을 지적하고 있었다.

"휘—익! 제법인데."

"설마, 소경이 문고리 잡은 거겠지."

"아냐, 저놈는 원래 검이 가볍잖아."

사내들 사이에서 가벼운 탄성과 농담이 뒤섞여 쏟아졌다.

아무리 구엽이 단순하게 검을 휘둘렀다고 해도 석도명이 그 소리를 저런 식으로 들은 건 의외였다.

그 모양을 지켜보면서 천리산은 은근히 부아가 터졌다. 나이 어린 조장에게 줄줄이 개망신을 당한 것도 모자라 이제는 장님에게까지 창피를 당하다니!

단호경이 조장으로 부임한 것은 석 달 전이다.

아무리 무인은 실력으로 말하는 거라지만, 근본도 알 수 없는 어린 녀석이 조장이라고 갑자기 나타나니 곱게 보일 리가 없다.

나이가 좀 많던지, 아니면 하다못해 명문 정파의 속가제자 나부랭이라도 됐으면 다들 쉽게 수긍을 했을 텐데 말이다.

초장에 군기를 잡아보자고 비무를 핑계로 떼로 덤볐다가 모두들 힘도 못 쓰고 단칼에 검이 잘리는 수치를 맛봤다.

그 뒤로 날마다 '나이만 처먹고 실력도 없는 것들'이라는 핀잔을 받으며 시달리고 있다.

주먹을 굳게 쥔 천리산의 손이 가늘게 떨렸다.

그런 천리산의 가슴에 불이라도 지르려는지 요란한 단호경의 음성이 들려왔다.

"모두들 봤냐? 나도 이런 건 처음 본다만, 자고로 고수는 검끝이 요란해서 고수가 아니다. 너무나 단순해서 눈으로 보고, 귀로 들을 수 있는데도 피할 수 없는 게 고수의 칼이다. 태산압정 하나만 봐도 구엽의 검에는 분명히 문제가 있다. 아니, 니들 모두가 마찬가지다……. 우씨, 뭐야?"

열변을 토하던 단호경의 말이 갑자기 끊겼다. 천리산이 불쑥 앞으로 나섰기 때문이다.

천리산은, 그러나 단호경이 아닌 석도명을 바라보고 있었다.

"너, 제법이구나."

"아닙니다. 소리가 곧고 맑아서 잘 들렸을 뿐입니다."

석도명은 천리산이 자신의 실력을 인정해 준 것으로 알고는 황급히 고개를 숙였다.

"곧고 맑다. 결국은 단순하다 이거지?"

천리산이 혼잣말처럼 내뱉은 한 마디에 구엽의 얼굴은 벌겋게 달아올랐다.

석도명은 자기 재주가 뛰어난 게 아니라는 겸양의 뜻으로 한 말이었는데, 그게 듣기에 따라서는 꽤나 치욕적인 의미였다.

"조장, 이왕 시야를 넓혀 줄 거면 나도 혜택을 좀 봅시다."

천리산은 단호경의 대답을 듣지도 않고 벌써 검을 치켜들었다.

"후후후, 그러시든가 말든가."

단호경의 웃음에 천리산이 속으로 이를 악물고는 한 발을 앞으로 내딛었다. 천리산이 펼친 건 태산압정의 수법뿐이다.

그렇게 몇 차례 검이 위아래를 오간 다음이다. 천리산이 풀쩍 뛰어 올랐다 내려앉으며 빠르게 검을 휘둘렀다.

연이어 휘둘러진 천리산의 검에서는 구엽과 달리 붕붕거리는 무거운 소리가 위협적으로 쏟아졌다.

머리를 갈라놓을 듯이 힘차게 떨어지던 검이 머리 한 올의 차이로 비껴가는 순간 석도명이 털썩 주저앉아 버렸다.

어찌된 영문인지 천리산의 검은 그 뒤에도 허공을 세 번 더

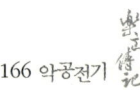

가른 뒤에야 멈춰 섰다.

사내들 사이에서 그러면 그렇지 하는 가벼운 탄성이 흘러나왔다.

"내 검도 가볍더냐?"

"……"

석도명이 미처 일어나지 못한 자세로 고개를 저었다. 오직 태산압정의 한 초식뿐이었지만, 확실히 천리산의 검은 구엽과는 많이 달랐다.

"조장은 이런 도깨비짓으로 고수가 될 생각이오? 그러려면 혼자나 하시오."

"헐, 이봐 아저씨! 무공도 모르는 사람한테 좀 과했어. 진짜 다쳤으면 어쩌려고?"

"검에는 눈이 없는 법. 애꿎은 장님을 앞세운 누군가의 잘못 아니겠소?"

제자리로 돌아가던 천리산이 석도명에게 낮지만 험한 음성으로 한 마디를 던졌다.

"너, 아무 데나 나서는 거 아니다. 자기 분수를 알아야지."

"……"

보란 듯이 어깨를 으쓱하고 걸어가는 천리산의 등에 이번에는 단호경의 웃음이 날아가 꽂혔다.

"우하하! 좋아, 좋아. 누가 한 수를 보여준 건지는 말이야 보면 아는 거야, 암 볼 수 있으면 안다고."

천리산은 단호경의 말이 왠지 묘하다는 생각이 들었다. 그러나 그 뜻을 채 새겨보기도 전에 단호경의 말이 이어졌다.

"야, 시간 없다. 수련해야지, 수련! 막강 외찰대는 그냥 만들어지는 게 아니라고. 어이, 니들은 거기 쓰러진 거부터 어디다 치워라."

자신이 벌여놓은 민망한 상황을 수습하려는지 단호경이 갑자기 호들갑을 떨면서 석도명을 치우라고 했다. 그 말에 사내 하나가 석도명을 거칠게 일으켜 세우더니 가까운 나무 밑으로 등을 떠밀었다.

단호경의 수하들이 여느 때처럼 무공수련을 시작하면서 숲 속의 작은 공터는 금방 사내들의 기합 소리와 검이 허공을 가르는 소리로 가득 채워졌다.

"후우……."

나무 밑으로 옮겨진 석도명은 긴 숨을 내쉬었다. 아찔했던 순간이 다시 떠오른 것이다.

한순간, 정말로 천리산의 검이 머리 위에 떨어지는 줄 알았다. 거기서 주저앉지 않았더라면 무슨 일이 생겼을지 자신할 수 없었다.

복잡한 얼굴로 조금 전의 상황을 머릿속으로 그려보던 석도명의 귓가에 누군가가 다가오는 발걸음 소리가 들렸다.

무턱대고 걷는 것처럼 거칠지만 철저하게 절제된 걸음. 호방한 척하는 웃음소리만큼이나 잘 짜여진 단호경의 걸음이다.

"우흐흐, 아는 만큼 들린다고? 그래, 뭘 좀 알았나?"

"예, 검에는 눈이 없지요. 저도 눈이 없고요."

석도명이 천리산의 말을 가져다 썼다. 칼날 밑으로 자신을 밀어 넣은 단호경을 은근히 원망하는 말투다.

"오호, 깨우침이 빠르군. 대성하겠네. 우흐흐!"

단호경이 스스럼없이 다가와 석도명 옆에 털썩 주저앉았다.

두 사람 사이에 다시 잠깐의 침묵이 이어졌다. 단호경은 또 뭔가를 묻고 싶은 것이다.

"험. 그래, 천리산의 검에서는 뭘 들었나?"

단호경이 기대 어린 눈빛으로 석도명을 바라봤다.

"열두 번, 열두 번 울었습니다."

단호경의 얼굴에 잠시 놀람이 떠올랐다 사라졌다.

"낙격연화(落擊連化)라는 수법이야. 시작이 끝이고, 끝이 시작이지. 내리는 것이 올리는 것이고, 올리는 것이 내리는 것이다. 검술에서는 가장 초보적인 변화야."

본시 태산압정이라는 초식은 검을 들어서 내리치는 것이 한 번의 동작이다. 하지만 낙격연화는 들어올리는 동작에도 힘을 줌으로써 단순한 초식에 강약(强弱)과 허실(虛實)의 변화를 주는 방법이다.

천리산은 모두 일곱 번을 내리쳤지만 그 가운데 두 번을 빼고는 들어올리는 동작에도 전부 기세를 실어 순간적으로 석도명의 주의를 흩었다.

 석도명이 착각, 그러니까 검이 머리에 떨어질 것이라고 느낀 것은 그런 갑작스런 변화 때문에 검 끝을 놓친 탓이다.

 석도명이 주저앉은 다음에도 천리산이 계속 허공을 내리친 것은 낙격연화의 변화를 중간에 멈출 수 없기 때문이었다.

 '변화는 읽었으나 따라잡지는 못했다, 이거군.'

 단호경은 석도명이 천리산의 검을 피하려고 뒤로 한 걸음 물러서면서 움찔대던 모습이 좀 묘하다고 느꼈었다.

 그저 겁을 먹은 게 아니라, 다음의 변화를 읽었지만 그걸 정확히 따라가지 못한 게 아닐까 하는 막연한 짐작이 들었다.

 단호경이 '누가 한 수를 보여준 건지는 볼 수 있다면 알 것이다'라고 한 말은 바로 그런 의미였다.

 그의 짐작대로 과연 석도명은 정확하게 열두 번의 변화를 읽었던 것이다.

 "낙격연화, 시작과 끝……, 변화……."

 단호경의 놀람과는 상관없이 석도명은 혼자 중얼거리며 생각에 빠져들었다.

 그 옆에 앉은 단호경 역시 뭔가를 깊이 고민하는 눈치다. 자연히 두 사람 사이에는 다시 대화가 끊겼다.

 어쩌면 지금 석도명보다 더 깊은 생각에 빠진 것은 바로 단호경인지도 모른다.

 설마 하는 마음으로 석도명을 여기까지 끌고 와 수하들하고 붙여봤다. 그러면서도 석도명이 이런 재주를 보여줄 줄은 몰랐다. 그래서 단호경은 마음이 어지러웠다.

"이 검을 자르는 자를 네 사부로 모셔라!"

오랫동안 기억에 잠겨 있던 그 한 마디가 단호경의 뇌리에서 떨쳐지지 않았다.
"에휴, 어쩌라고……."
단호경이 허리에 차고 있던 반 토막이 난 검을 쓰다듬으며 깊은 한숨을 내쉬었다.
한숨이 깊어질수록 단호경은 괴롭고 또 괴로웠다. 그것은 뿌리가 깊은 괴로움이었다.

*   *   *

다음날에도 석도명은 나무 밑에 앉아 단호경과 수하들의 수련을 지켜보고 있었다.
단호경은 '잘 들어 봐라'는 그 한 마디만 남기고는 수하들과 어울려 오래도록 검을 휘두르기만 했다.
"야, 이 자식들아. 고작 이거밖에 안 되냐? 덤비라고!"
숲 속에는 단호경의 고함 소리가 쩡쩡 울려 퍼졌다.
그에 화답하는 것은 여기저기서 들리는 신음소리뿐이다.
"아이고, 제발 그만 합시다."

"그래, 조장 세다. 인정한다고."

"끄응. 우리 오늘 야간 순찰조요."

"쓰벌, 죽겠는데…… 야간 순찰은 무슨……."

단호경의 수하 열 명이 하나같이 흙투성이가 된 채로 바닥을 구르고 있었다.

무슨 바람이 불었는지 단호경은 실전 비무를 한다며 목검을 들었다. 그리고 반 시진이 넘게 수하들을 두들겨 패댔다.

자신이 알고 있는 초식은 모두 쏟아내겠다는 듯이 온갖 검법을 다 펼쳐내면서 말이다.

뭐에 화가 났는지, 가슴이 답답한 일이라도 생긴 건지 단호경은 잔뜩 골이 난 얼굴로 무자비하게 목검을 휘두르고 또 휘두르기만 했다. 무공을 모르는 석도명이 느끼기에도 정상적인 수련은 도무지 아닌 것 같았다.

수하들이 좀처럼 일어날 기미를 보이지 않자 단호경은 소리를 버럭 질렀다.

"니들이 이리 허약해서 내가 언제 출세를 하겠냐, 앙? 내가 무림맹주가 되면 니들이 한몫을 거들어야 할 거 아니냐고?"

"무림맹주가 되든…… 헉헉, 무림의 구성(救星)이 되든…… 혼자 하슈……. 헉헉."

"그러게. 언제 우리가…… 출세하겠대? 지금 수련을 핑계로…… 앙갚음하는 거 아뇨?"

악에 받친 것일까? 쓰러져 있던 사내들 가운데 두 사람이 억지로 몸을 일으켰다.

 최고 선임자인 천리산과 바로 그 다음 순서인 이광발(李光發)이다.

 단호경의 수하들이 지금까지도 마음으로 따르는 사람은 오랜 세월을 함께해 온 천리산과 이광발이다. 게다가 천리산에게는 내심 조장 승진을 기대하다가 헛물을 켠 앙금이 남아 있었다.

 이들은 단호경이 공식 일과 외에 매일 한 시진씩 따로 시간을 내서 무공수련을 하자고 했을 때부터 탐탁지 않았다. 치사하게 수하들을 힘으로 길들이려는 수법이라고 생각해서다.

 사실 처음 수련이란 걸 시작할 때 단호경이 늘어놓은 포부는 너무나 황당한 것이었다.

> "강호는 넓고 인재는 많다. 그러나 천하를 구하는 건 언제나 명문정파라고 한다. 정말 그러냐? 나나 너희들처럼 명문정파 출신이 아니면 평생 따까리나 하다가 종치는 거냐? 난 아니라고 본다. 우리도 할 수 있다.
> 멀리 갈 것도 없다. 현재 무림맹주이신 청공무제(靑空武帝)도 혈혈단신(孑孑單身)으로 녹림 18채를 싹쓸이하고 그 자리에 올랐다 이거다. 너희들은 왜 사냐?
> 나 단호경은 장차 무림맹주가 되기 위해서 산다. 내가 무림맹주가 되는 날, 천하를 너희들에게 주마. 우리 함께 무림을 구하고, 협의를 세우자. 우하하!"

그 뒤로 단호경은 입만 열면 무림맹주가 되겠다고 열을 올렸다.

천리산과 이광발은 그 말을 믿지 않았다. 다른 조원들도 그저 꿈이 웅대하다 못해 유치찬란하다고 웃었지만 시간이 가면서 개중에는 정말로 단호경이 나중에 뭔가 되지 않겠냐는 이야기를 하는 사람이 하나 둘 생기고 있었다.

천리산은 그마저도 마음에 들지 않았다.

'망할, 내 나이가 낼 모레면 사십인데…… 무림맹주는 개뿔.'

천리산은 숨을 몰아쉬면서 단호경을 노려봤다.

젊은 날 포부가 없지는 않았다. 장강(長江) 어귀의 촌구석에서 태어나 이름 없는 무관의 제자로 무림맹에 들어온 것도 그만한 포부와 뼈를 깎는 노력의 결과였다.

하지만 어려서부터 체계적으로 무술을 배운 명문정파 제자들과의 격차는 노력한다고 좁혀지는 게 아니었다. 아니, 시간이 갈수록 도저히 넘을 수 없는 높은 벽이 자신과 그들 사이에 있다는 사실만 절감했다.

소림이나 무당, 화산 출신들 가운데 자신과 비슷한 또래들이 강호에 명성을 떨치고 있지만, 자신은 십 년 전이나 지금이나 여전히 하급 무사일 따름이다.

이제 와서 나이 어린 조장 놈에게 두드려 맞으면서 노력할 이유가 없는 것이다. 무림맹주가 되든 말든 혼자 하라는 말은 그런 마음이었다.

헌데 단호경은 오늘 수련을 핑계로 수하들에게 대놓고 가혹 행위를 하고 있다.

천리산은 자신이 어제 석도명을 무참하게 밟아 버려서 단호경의 자존심에 상처를 낸 탓이라고만 생각했다.

"뭐, 혼자 하라고? 내가 지금 앙갚음을 한다고?"

"그렇소. 솔직히 그동안에 우리가 어린 조장을 다소 무시했다고 이러는 거 아니오? 말끝마다 장부 운운하면서 이러지 맙시다. 조장이 나보다 계급도 높고 무공도 위지만, 죽어도 변하지 않는 게 있소. 나이로는 내가 조장의 큰형님이 되고도 남는다는 거요."

"그래서? 그 잘난 나이로 나를 누르면 뭐가 되는데?"

"되긴 뭐가 되겠소? 마흔이 코앞인데. 아니, 이 마당에 나이 어린 사람에게 맞아가면서까지 되고 싶은 것도 별로 없소이다. 내가, 내가 관두면…… 되는 거 아니오. 다른 사람들은 그만 봐주시오."

천리산이 말끝에 목검을 손에서 놓아 버렸다. 칼을 버린다는 것, 무림맹을 그만 두겠다는 의미다.

"아따, 형님 생각 잘하셨소. 시골에 내려가서 나랑 같이 무관이나 하나 냅시다."

이광발의 손에서도 목검이 떨어졌다.

"천 선배, 이 선배 그러시면……"

"아니, 이건 아닌데……."

다른 사내들이 잠시 술렁였지만 아무도 말을 더하지 못했다. 천리산을 편들자니 같이 무림맹을 관둬야 할 판이고, 단호경을 따르려니 천리산과 함께 한 세월이 마음에 걸렸다.

단호경이 답답하다는 얼굴로 자기 가슴을 펑펑 두드렸다.

"나 단호경은 이 가슴에 의협(義俠), 그 두 글자밖에 없는 사람이야. 내가 치사하게 앙갚음이나 한다고? 으허허!"

"헐, 수련을 핑계로 수하들을 잔인하게 두드려 패는 게 의(義)고 협(俠)이오? 아니, 수련이라고 칩시다. 헌데 이렇게 개처럼 두드려 맞는 걸로 고수가 되는 무공이 있다는 이야기는 내 들어 보질 못했소이다."

"형님, 고만하쇼. 어차피 저 잘난 맛에 사는 사람, 이런다고 듣겠소? 우리가 조용히 떠나면 그만이지."

이광발이 천리산에게 다가가 조용히 소매를 잡아끌었다.

가슴에 담긴 말은 많지만 남겨질 후배들을 생각해서라도 묻어 두는 게 상책이다. 가뜩이나 잔뜩 독이 오른 단호경에게 시비를 걸어봐야 좋은 꼴을 볼 리가 없질 않은가.

"그래, 가자고. 절이 싫으면 중이 떠나야지. 허허."

천리산이 씁쓸하게 웃으면서 이광발과 함께 걷기 시작했다.

자신들의 검을 챙겨 떠나가는 두 사람을 향해 단호경이 거구를 흔들며 발작하듯 소리를 질렀다.

"야, 이 개자식들아! 이 비겁한 자식들아!"

천리산이 멈칫 걸음을 멈췄다.

명색이 검을 든 무사다. 아무리 실력이 부족하다고 해도 이런 노골적인 욕설까지 참을 수는 없다.

"후우, 동생. 출중하신 조장께서 우릴 곱게 보내 줄 생각이 아닌 모양이다. 무관은…… 아무래도 동생 혼자 해야겠네."

몸을 돌려 세운 천리산이 천천히 검을 뽑아들었다.

사내는 때로 질 줄 알면서, 또 때로는 죽을 줄 알면서도 검을 뽑아야 한다고 배웠다.

나이는 어리지만 실력은 외찰대 조장 50명 가운데 최고라는 자신의 상관에게 덤비다가 죽는 게 그런 경우에 해당하는지는 잘 모르겠지만 천리산은 자신의 검에 마지막 자존심을 실을 수밖에 없었다. 사내의 자존심이란 원래 그런 것이다.

단호경도 주저하지 않고 검을 뽑아 들었다. 그리고 천리산을 향해 가볍게 허공으로 날아올랐다.

천리산은 그때서야 보았다. 단호경의 투박한 검이 허리가 잘려 있는 것을.

'놈, 끝까지 나를 능멸하는구나.'

천리산은 반 토막이 된 검으로 자신을 상대하겠다는 단호경의 오만함에 치를 떨면서도 최선을 다해 맞서야 했다.

그렇다 해도 이길 자신이 없을 만큼 실력 차이가 뚜렷했기 때문이다.

천리산이 단호경에 맞서 발을 구르며 제마환검(制魔幻劍)을 펼쳐냈다.

　제마환검은 무림맹을 결성한 뒤 몇 개 문파의 고수들이 머리를 맞대고 짜 맞춘 검법이다. 상승 무공이 되기에는 군데군데 허점이 많아서 명문정파의 제자들은 쳐다보지도 않는다는 검법이다.

　그러나 천리산이 아는 검법 가운데 그나마 내세울 수 있는 건 제마환검뿐이다.

　유감스럽게 천리산은 그 잘난 제마환검도 단 일 초식밖에는 펼쳐 보일 수가 없었다. 단호경의 검이 단칼에 자신의 검을 타고 들어와 검신을 잘라 버렸기 때문이다.

　그것으로도 부족했는지 단호경의 검은 어느새 천리산의 목덜미에 닿아 있었다. 천리산의 목에서 붉은 피가 주르륵 흘러내렸다. 단호경이 조금만 더 깊이 찔렀더라면 바로 동맥이 끊어졌을 터였다.

　그 짧은 순간 어처구니없게도 천리산은 단호경에게서 받은 은자 스무 냥짜리 검을 숙소에 두고 오기를 잘했다는 생각을 먼저 떠올렸다.

　"흐흐흐……."

　스스로 생각해도 얄팍하기 짝이 없는 속물근성에 천리산이 허망한 웃음을 쏟아냈다.

　무림맹에서 꿈을 버린 지 오래인데도 지금까지 떠나지 못한 건 오로지 벌이가 좋아서다. 언제부턴가 전장(錢莊)에 차곡차곡 쌓여가는 은자를 헤아리는 게 젊은 날의 푸른 꿈을 대신하고 있었다.

단호경은 천리산을 더 깊이 찌르지는 않았다. 그러나 부러진 검도, 서슬 퍼런 눈길도 치우지 않았다. 그리고 화가 난 얼굴로 퍼부어댔다.

"중이…… 절을 지켜야지, 왜 떠나? 왜 떠나냐고! 내가 왜 이렇게 발광을 하는지 알아? 십 년, 이십 년 뒤에 당신처럼 어린놈에게 두드려 맞으면서 살고 싶지 않거든. 당신 후배들이 대충 살다가 당신처럼 되면 좋겠어? 선배면 선배답게 살아야지. 나이만 처먹으면 선배야? 겁나면 대충 내빼는 게 그게 선배야? 당신같이 못난 놈들 때문에라도 무림맹주, 나 그거 꼭 한다. 하고 말거라고. 에이 썅!"

혼자 열을 내며 주절대던 단호경이 격하게 몸을 돌려 숲 속으로 들어가 버렸다. 단호경의 모습이 사라진 뒤에도 숲에서는 한동안 거친 욕설이 들려왔다.

"흐흐흐, 검도 건지고 목숨도 건진 건가? 으흐흐……."

단호경이 사라진 뒤 천리산은 청승맞게 웃어대기만 했다.

"형님, 조장은 역시 꼴통이오. 그냥 잊읍시다."

이광발이 천리산의 어깨를 감쌌다. 다른 사내들도 하나 둘 천리산에게 다가와 말없이 손을 잡거나 등을 두드렸다.

모두들 단호경보다는 나이가 많고, 천리산보다는 어리다.

단호경이 느끼는 후배의 갑갑함도, 천리산이 겪는 선배로서의 모멸감도 그들에게는 모두 자신의 일 같아 마음이 착잡하기만 했다.

"험험, 저는 이만……."

어색하고도 서글픈 침묵을 깨고 어디선가 헛기침 소리가 들려왔다.

모두의 고개가 돌아간 곳에는 석도명이 엉거주춤 인사를 하고 있었다.

이광발은 눈에 띄게 주춤대는 석도명의 태도에서 문득 뭔가가 느껴졌다. 지금 이 분위기에서 석도명이 자리를 피하는 건 자연스럽다 못해 당연한 일이다.

헌데 굳이 헛기침까지 해가면서 '나 갑니다' 하고 알릴 필요가 있을 것 같지는 않다. 아마도 뭔가 가슴에 담아 둔 말이 있으리라.

"뭐냐? 너도 이 자리에서 한 마디 거들고 싶은 거냐?"

"예, 제가 함부로 나설 일은 아니겠지요."

'예'라고 답해놓고는, '아니겠지요'라고 끝을 맺은 기이한 답변이다. 어제 천리산에게 '아무 데나 나서지 말라'는 경고를 받았기 때문인지 석도명의 자세는 조심스러웠다.

"됐다. 우리 상황은 네가 본 그대로다. 이왕 추하게 까발려진 거 할 말 있으면 얼른 하고 꺼져라."

석도명이 그 말에 용기를 얻은 듯 한 차례 헛기침을 하고는 입을 열었다.

"그 사람에 대해서는 저도 잘 모릅니다만, 제 귀에는 웃음소리도, 발걸음 소리도 모두 꾸민 것으로만 들렸습니다. 목청은 크지만 진짜 마음은 드러내지 않는 아주 솔직하지 못한 사람이라고 생각했습니다."

"솔직하지 못하다고? 형님, 거 보슈. 제3자도 그렇게 느꼈다지 않소. 단 조장은 그런 사람이 틀림없는 게요."

단호경을 두고 '솔직하지 못하다'라고 한 석도명의 말에 이광발의 음성에는 은근히 힘이 실렸다. 이래저래 후배들 앞에서 추한 꼴을 보였지만 그래도 결국 나쁜 놈은 단호경이 아니겠는가 싶어서다.

"하지만 말입니다……."

석도명의 말은 끝난 게 아니었다.

"오늘은 발걸음에도, 검을 휘두르는 소리에도 온통 허점이더군요. 적어도 오늘만큼은 그는 솔직한 사람입니다."

석도명은 그 말을 끝으로 조용히 몸을 돌려 단호경이 사라진 방향으로 걸음을 옮겼다.

장님 노릇을 충실히 하느라 어수선하게 지팡이를 두드려대고 있지만 한 줌의 아쉬움도 묻어나지 않는 후련한 발걸음이었다.

제6장
구화진천무
(九火振天武)

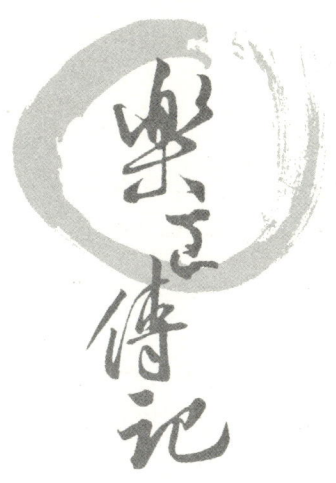

 숲으로 들어간 석도명은 어렵지 않게 단호경을 찾을 수 있었다. 우거진 수풀 안쪽에서 끝없이 욕설이 들려왔기 때문이다.
 "망할 놈, 앞도 못 보면서 귀신같이 찾아왔네."
 작은 바위에 걸터앉아 있던 단호경은 석도명을 별로 반기지 않았다.
 "저 들으라고 하신 욕이 아니던가요? 그 소릴 듣고 왔습니다만."
 단호경이 솔직하다고 느껴서일까? 석도명이 어울리지 않게 먼저 웃음을 지어보였다.

"헐, 내가 오늘 너보고 욕이나 들으라고 했냐? 정작 들어 보라는 건 제대로 안 듣고……."

"듣기는 들었습니다."

단호경은 분명 수하들과 수련을 시작하기 전에 잘 들어 보라고 했다. 석도명이 자신의 검을 어디까지 듣고, 또 무엇을 알아낼지 궁금했던 것이다.

"그래, 뭐가 들렸냐?"

"글쎄요, 어제 일러주신 대로 변화에 대해서 귀를 기울여봤습니다만 도저히 따라갈 수가 없었습니다. 소리란 가볍고 무거움과 멀고 가까움, 맑고 탁함이 제대로 잡혀야 들었다고 할 수 있는 것인데, 변화가 너무 빨라서……."

"너무 빨라서 모든 게 뒤죽박죽이다?"

"예, 그렇지요."

단호경이 실망스럽다는 듯이 고개를 떨어뜨렸다. 무공을 전혀 모르는 사람을 붙잡아 놓고 자신의 검술을 눈으로 보라고 한다면 아마 같은 대답을 할 것이다.

'하긴, 눈으로 보는 것도 어려운데. 그리고 내 검도 이놈이 자른 건 아니잖아. 공연히 집착할 거 없어.'

단호경은 자신이 쓸데없는 곳에 너무 큰 기대를 걸었던 모양이라고 생각했다. 세상에서 언제 누군가가 자신에게 도움을 준 적이 있던가? 세상은 역시 혼자 가는 것이다.

그때 석도명이 자신 없는 목소리로 한 마디를 던졌다.

"그런데…… 불이 아닌가 하는 생각이 들더군요."

"뭐? 불이라고? 너, 너, 너 대체 무슨 소리를……."

불이라는 말에 단호경이 갑자기 펄쩍 뛰었다. 얼마나 놀랐는지 덜덜 떠느라 채 말을 맺지 못했다.

석도명은 역시 자신의 느낌이 틀리지 않았음을 알았다. 그리고 그 사실이 단호경에게는 굉장히 중요한 일인 듯했다.

"소리는 혀에서 나와 귀로 들어가는 것 같지만 사실은 온몸으로 만들고, 또 온몸으로 느끼는 겁니다. 만물에 오행(五行)이 있듯이 소리에도 오성(五聲) 혹은 오음(五音)이라고 하는 다섯 가지 소리가 있습니다."

"소리에도 오행이 있다는 건가?"

"그렇습니다. 대협의 검에서 나는 소리를 궁(宮), 상(商), 각(角), 치(徵), 우(羽)의 오음으로 따지자면 치의 소리라고 하는 게 옳을 겁니다. 치는 심장에서 나와 이(齒)와 물려 나는 소리로 화음(火音)에 해당하지요. 그 성질은 매섭고 밝게 비치는 것이 특징입니다. 바로 불이지요. 이유는 알 수 없지만 저는 대협의 검에서 줄곧 그 소리를 들었습니다."

"저, 정말인가? 불이라고? 불이란 말이지?"

단호경은 뭐가 그리 놀라운지 주먹을 불끈 쥐고는 제자리에서 왔다 갔다 하면서 가만히 있지를 못했다.

웃다가 한숨을 쉬다가 또 가끔 욕까지 해대는 단호경의 모습은 제정신을 놓은 듯했다.

석도명은 그런 모습이 곤혹스러웠지만 그냥 서서 기다리는 것 외에는 달리 방법이 떠오르지 않았다.

시간이 좀 지난 뒤에야 겨우 진정을 했는지 단호경이 조용히 석도명 앞에 섰다. 스스로 생각을 정리한 끝에 더 묻거나, 하고 싶은 말이 있으리라.

잔뜩 고민스러운 표정으로 단호경이 한 마디를 내뱉었다.

"너, 일단 맞아야겠다."

단호경은 말이 끝나기가 무섭게 솥뚜껑만 한 손을 들어 석도명의 뺨을 후려갈겼다.

석도명은 눈앞에서 불이 번쩍이는 듯한 충격을 받으며 휘청거렸지만 단호경은 한쪽으로 돌아간 석도명의 고개가 다시 반대편으로 돌아왔다가 또 돌아가도록 연달아 손을 휘둘렀다.

"커헉, 왜……."

삽시간에 따귀 석 대를 맞은 석도명은 코에서 뜨듯한 액체가 흘러내리는 걸 느끼며 말을 잇지 못했다.

대체 자신이 무슨 잘못을 했다고 이러는지 이해할 수가 없다. 들으라기에 들었고, 뭘 들었냐고 묻기에 들은 그대로를 성실하게 설명해 준 게 잘못이라는 말인가?

석도명이 채 정신을 차리기도 전에 단호경이 버럭 소리를 질렀다.

"왜냐고? 너 같은 놈을 사부로 모시는 게 화가 나서 그런다!"

연신 흘러내리는 코피를 닦아내던 석도명의 손이 충격을 받아 그대로 멈춰졌다.

사부라니? 누가 누굴 사부로 모신다는 말인가?

"설마…… 저를 두고 하시는 말씀입니까?"

"그래, 이놈아! 구화문(九火門)의 흑화검(黑火劍)을 자른 게 네놈이니까 책임을 지라는 말이다."

"저, 그 문제는…… 이미 정리가 된 거 아닌가요? 대협께서 책임을 지시고 칼 값은 받지 않는 걸로……."

"누가 너 보고 돈을 내놓으라고 했어? 넌 그냥 내 사부가 되면 되는 거라고!"

석도명이 하도 어이가 없어 대꾸를 하지 못하자 단호경은 달려들어 아예 석도명의 멱살을 잡아 버렸다.

"할 거야, 말 거야? 아니지, 무조건 해야지!"

석도명은 혹시 단호경이 미친 게 아닌가 하는 생각이 들었다. 해괴하고 괴팍하기로는 유일소가 천하에 으뜸인 줄 알았더니 여기 그보다 더한 놈이 있을 줄이야.

뜬금없이 사부가 되라는 것도 말이 안 되지만, 대체 사부로 모시겠다면서 말끝마다 '이놈 저놈' 하는 건 뭐고, 멱살을 잡는 건 또 무슨 작태란 말인가?

"저, 고정하시고. 무슨 이유인지는 모르겠으나……."

"이유는 개뿔, 아버지의 유언이 그런 걸 어쩌라고?"

아버지라는 말에 스스로 울컥했는지 단호경이 멱살을 놓고는 바위 위에 털썩 주저앉았다.
 그리고 석도명은 단호경으로부터 이 해괴한 소동의 전말을 들을 수 있었다.

 산동 50대 무관 구화문.
 단호경은 자신의 가문을 그렇게 소개했다.
 석도명으로서는 천하도 아닌, 산동에서 50대 무관에 든다는 게 어떤 의미인지 도통 짐작이 가지 않았다.
 사실은 강호에 나가 그렇게 이야기를 한다고 해도 알아들을 사람은 없었다.
 구화문이 산동 50대 무관이었던 것은 지금으로부터 200여 년 전, 그러니까 구화문 초대 문주인 단호경의 조상이 맹활약을 하던 시절의 일이다.
 작은 무관을 키워서 언젠가는 번듯한 문파를 만들어 보겠다는 뜻에서 구화문이라는 번듯한 간판을 내건 초대 문주의 꿈과 달리, 지금은 제자 하나 없이 오직 단호경만이 그 명맥을 잇고 있는 보잘것없는 처지였다.
 대대로 나무꾼 노릇을 하던 단호경의 가문이 무림에 발을 디딘 것은 초대 문주인 단호접이 비를 피해 들어간 동굴에서 우연히 무공비급과 낡은 검 한 자루를 얻은 덕이었다.
 "아홉 개의 불로 하늘을 흔들 것이다, 그렇게 쓰여 있지. 아홉 개의 불……."

단호경은 자신의 가문에 내려오는 무공의 이름이 구화진천무(九火振天武)라고 했다.

"헌데 말이야. 우리 집안에서 아홉 개는 고사하고 단 한 개의 불꽃도 피워낸 사람이 없다 이거지. 그 말을 과연 믿어야 하는 거냐고? 그런데 뭐, 너는 내 검에서 불의 소리가 난다고?"

단호경이 자조 섞인 음성으로 말을 이어갔다.

"나는 구화진천무 따위는 믿지 않아. 초식이 툭툭 끊기는 이런 엉터리 무공으로 무슨 하늘을……."

사실 단호경은 고향인 제남(齊南)에서 여러 무관이 탐을 냈을 정도로 어려서부터 장대한 근골과 타고난 무재(武才)를 자랑했다.

그런 단호경이 나이를 먹어가면서 느낀 것은 구화진천무가 요란한 이름과 달리 매우 허접한 무공이라는 사실이었다.

자고로 뛰어난 무공이란 천의무봉(天衣無縫)하게 흐름이 매끄러워야 하고, 강약에 조화가 있어야 하는 법이다.

하지만 구화진천무는 펼치다 보면 초식이 툭툭 끊겨서 내기(內氣)의 흐름이 엉키기 일쑤고, 초식은 강하다 못해 오직 거칠기만 했다. 유려하고 매끄럽기로는 무림맹의 짜깁기 졸작이라는 제마환검이 오히려 한 수 위였다.

단호경의 푸념을 듣기만 하던 석도명이 어렵게 한 마디를 보탰다.

"결점이 있으면 보완하는 방법도 있겠지요. 무공 고수에게 조언을 받아볼 수도 있을 테고……."

"흥, 나라고 그 정도 머리가 없을 것 같더냐? 강호에서는 자기 문파의 무공을 남에게 함부로 보여주지 않아. 또 고수라는 사람들은 다른 문파 사람한테 조언을 해주지 않거든. 그게 무림이라고!"

"그렇군요."

석도명은 이 덩치 큰 사내가 무엇 때문에 그렇게 고민을 하는지 알 것 같았다.

단호경은 배움에 목이 말라 있는데 가르쳐 줄 사람이 없는 것이다. 자신은 유일소를 만난 덕분에 오히려 배움에 짓눌려 있는데 말이다.

"내 나이 다섯 살에 처음 구화진천무를 배웠다. 그리고 열다섯에 알았지. 이놈의 무공에는 희망이 없다는 걸."

단호경은 그래서 다른 무공을 배우겠다고 고집을 피우다가 아버지에게 무지하게 혼이 났다고 했다. 심지어 다른 무관에 들어가려고 가출까지 감행했지만 소용없는 일이었다.

아버지에게 두드려 맞은 일이 아직까지 가슴에 맺혀 있는지 주절주절 넋두리를 이어가던 단호경의 입에서 드디어 석도명이 가장 궁금해하는 사연이 흘러나왔다.

"내가 이 년 동안에 네 번 가출을 했다가 잡혀 들어오고 얼마 안 돼 아버지가 돌아가셨지. 주변에서는 나 때문에 화병이 난 거라고 했지만 흴, 그게 말이 되나? 엉터리 무공을 철석같이 믿은 게 잘못이지, 그 사실을 알아낸 내가 잘못이냐고? 솔직히 허접한 삼류 무공으로 자식의 앞날을 가로막은 게 더 큰 죄 아냐?"

석도명이 섣불리 답할 수 있는 문제는 아니다. 그저 잠자코 듣고 있는 것 외에는.

"그 잘난 아버지의 유언이 뭔지 알아? 구화진천무를 버리고 다른 사부를 모시려면 이 검을 자르는 사람을 모시라는 거야. 그게 바로 너잖아!"

그랬다. 단호경의 부친은 임종의 순간에 밑도 끝도 없이 오직 한 마디를 남겼다.

"이 검을 자르는 자를 네 사부로 모셔라!"

사실 단호경의 부친이 그런 엉뚱한 이야기를 남긴 속뜻은 가문의 무공을 버리려면 대대로 이어온 가보인 흑화검(黑火劍)을 부러뜨리고 인연을 끊으라는 의미였다.

자신이 죽고 난 뒤에 단호경이 얼씨구나 하고 다른 짓을 할까봐 그렇게라도 쐐기를 박아두지 않고는 견딜 수가 없었던 것이다.

어쨌거나 단호경은 다른 무공을 배우기 위해 대대로 물려온 흑화검을 버릴 수는 없었다.

그저 자신에 대한 아버지의 원망이려니 하는 마음으로 묻어 두고만 살았는데 왕문의 대장간에서 덜컥 검이 잘려 나간 것이다.

그러나 그때까지만 해도 설령 아버지의 유언이 그렇다고 해도 석도명을 사부로 모실 생각은 전혀 하지 않았다.

헌데 혹시나 하고 들려준 자신의 검술에서 석도명이 불을 들었다고 하는 순간 단호경은 기이한 운명의 끈을 잡은 기분이 들었다.

'어차피 기댈 것 없는 세상, 이거라도 한 번 잡아보자.'

단호경은 그런 마음이었다.

그러나 정작 당사자인 석도명은 입을 다물 수가 없었다. 백 번 양보해서 검이 잘린 것에 자신의 책임이 있다고 해도, 대체 어떻게 자신이 사부 노릇을 한다는 말인가?

석도명의 생각에 아랑곳하지 않고 단호경은 밀어붙일 생각이었다.

"그래서 나는 너를 사부로 모실 거다. 너도 황당하겠지만 나는 더 황당하다. 너같이 비리비리한 놈에게 매달려야 하는 내 꼴이 말이다. 내 이 더러운 기분은 아까 따귀 몇 대 맞은 걸로 갚았다고 생각해라. 솔직히 따귀 석 대 맞고 나같이 듬직한 제자를 주웠으니 손해는 아니잖아?"

석도명은 반갑지 않은 표정이었다.

'어이쿠, 내 주변에는 왜 이런 사람뿐이지?'

갑자기 자신의 팔자가 기구하다는 생각이 들었다.
툭하면 눈을 뽑으라고 닦달하는 노인을 사부로 모신 것도 모자라, 이제는 따귀를 올려붙이면서 사부가 되어 달라는 사람까지 나타나다니!
"무슨 말도 안 되는 말씀을……, 불가합니다."
"내가 이미 결정했다. 너는 절이나 받아라."
단호경이 다짜고짜 무릎을 꿇었다. 구배지례를 올리겠다는 태세다.
"헛, 제게는 사부님이 계십니다. 그러니까 제 마음대로 또 다른 사제관계를 맺을 수 없습니다."
그 말에 단호경이 멈칫했다. 누군지도 모르는 석도명의 사부를 사조(師祖)로 모셔야 할 판이다.
생각지도 못한 엉뚱한 문파 같은 곳에 얽매여 버릴지도 모르는 일이었다.
"사부가 있다고?"
"예, 그렇습니다. 게다가 저는 대협께 가르칠 게 없질 않습니까? 설마 음악을 배우려는 건 아닐 테고……."
단호경이 복잡한 얼굴로 몸을 일으켜 세웠다. 그리고 깊은 침묵에 빠져 들었다.
당장 달아나고 싶은 마음과 달리 석도명도 그 앞에서 단 한 걸음을 뗄 수 없었다. 이 예측 불가의 사내를 자극하고 싶지 않았기 때문이다.

소쩍, 소쩍.

어디선가 새 울음 소리가 들려왔다. 암컷이 빨리 먹이를 가져오라고 수컷을 부르는지 안타깝고 처연한 소리였다.

석도명도 단호경도 복잡한 생각에 빠져 오랫동안 움직이지 않았다.

"그러면 이렇게 하자."

석도명보다 단호경의 사념이 먼저 끝난 모양이다. 다시 뭔가를 결심했는지 결연한 음성이다.

"사부가 안 된다면 나하고 의형제를 맺는 거다."

이번에는 석도명도 크게 놀라지 않았다. 얼굴을 본 지 겨우 이틀 만에 의형제를 맺자는 발상 역시 뜬금없기는 했지만, 그래도 사부가 돼 달라는 말에는 비할 게 아니다.

"저, 꼭 그렇게 뭔가가 되어야 하는 건가요? 서로 잘 알지도 못하는데 말입니다."

석도명 특유의 소심한 말투지만 뜻은 분명한 거절이다.

"흥! 내가 의형제를 맺자고 해서 네놈하고 목숨을 나누려는 게 아니다. 그냥 필요한 절차라고 생각해라. 네놈이 한 가지만 도와주고 나면, 그 뒤로는 형제의 의리에 연연할 것 없이 각자 제 갈 길을 가는 거다. 그것도 못하겠으면 이 검을 다시 붙여 놓든지, 내 부친을 무덤에서 꺼내 그 망할 유언을 취소하게 하라고!"

"아니, 아까도 말씀 드렸지만 제가 무슨 수로 대협을 가르

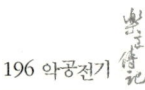

치거나 돕겠습니까?"

 석도명은 단호경이 자신에게 매달리는 이유가 아무래도 구화진천무와 무관하지 않다고 여겼다. 자신이 불 이야기를 한 다음에 단호경의 태도가 확연히 달라졌기 때문이다.

 하지만 자신의 한계를 분명히 말해 주지 않았던가? 뒤죽박죽이라 단호경의 검이 제대로 들리지 않는다고 말이다.

 "네놈 입으로 말했잖아. 아는 만큼은 들린다고! 그러니까 이제부터 알고 들으라고!"

 석도명의 머리에 불이 번쩍 켜졌다.

 "설마······."

 "그래! 내가 네놈한테 구화진천무를 가르칠 거야. 그리고 너는 듣고 또 듣는 거다. 내 검에서 나는 불의 소리가 진짜 불이 될 때까지 말이다. 그러니 네가 구화진천무의 구결을 들으려면 최소한 나하고 의형제 나부랭이라도 관계를 맺어야지."

 외인에게 비급을 보여줄 수 없으니 자신과 형식적인 관계라도 맺자는 이야기다.

 석도명은 그 말에서 알 수 없는 유혹을 느꼈다.

 인간의 몸을 초월한 세계, 무공의 소리를 듣는 게 자신의 음악을 완성하는데 도움이 됐으면 됐지, 나쁘지 않을 것 같았다.

 그리고 가슴 깊이 묻어두었던 어두운 기억 한 조각이 떠올랐다.

 눈앞에서 정연을 납치해 가려던 복면의 무사 앞에서 자신은 얼마나 나약했던가? 그때는 어렸다고 변명이라도 한다지만, 다시 그런 일이 생긴다고 해도 막아낼 힘이 없다.

단호경 정도의 솜씨만 있어도 그런 험한 꼴, 억울한 일은 겪지 않을 것 같다.

'헐, 형제라…….'

석도명의 고개가 천천히 끄덕여졌다.

유일소가 이 일을 알면 난리가 나겠지만 석도명은 일단 배워두기만 하고, 익히는 건 나중에 다시 생각해 보겠다고 스스로를 변명했다. 그리고 사부에게 고하는 건 아주, 아주 나중의 일이 되리라.

"그런데 너 몇 살이냐?"

의형제를 맺기로 했으니 서열을 확실히 하자는 차원에서 단호경이 나이를 물었다.

"올해 스무 살입니다만."

"뭐, 뭐? 이거 보기보다 많이 처먹었네. 그 얼굴이 스무 살이라고?"

석도명은 자기 얼굴이 그렇게 놀랄 정도로 동안(童顔)인지 의심스러웠지만, 고개를 끄덕였다. 어쨌거나 스무 살이라는 나이는 거저먹은 게 아니질 않는가 말이다.

"제길, 너 그럼 생일은 언제냐?"

석도명의 나이에 대체 무슨 불만이 있는지 여전히 퉁한 음성이다.

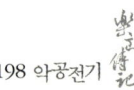

"2월인데요."

"으아아악! 난 8월인데. 네놈이 나보다 반년이나 먼저 태어났다고? 말도 안 돼!"

단호경이 펄쩍펄쩍 뛰며 내지르는 소리를 들으면서 석도명이야말로 어이가 없었다.

왕문의 말로는 단호경이 한 서른 살쯤 되는 것 같다고 했기 때문이다. 그러고 보니 석도명이 동안인 게 아니라, 단호경이 심각한 노안(老顔)이었던 것이다.

그제야 단호경의 수하들이 왜 그리 삐딱하게 구는지 이해가 갔다. 갓 스물이면 확실히 어려도 너무 어렸다.

'허, 아저씨의 말을 덜컥 믿어 버리다니 귀는 뒀다 대체 어디에 쓴 거야?'

이제 생각해 보니 단호경의 가식적인 웃음소리나 말투는 어린 나이를 의식해 만들어진 것이다. 그걸 듣고도 몰랐으니 소리를 다스리는 자로서 앞으로 가야 할 길이 멀게만 느껴졌다.

어쨌거나 엉겁결에 단호경과 의형제를 맺게 된 석도명은 공연히 가슴 한쪽이 두근거려왔다.

정연을 잃고 유일소를 만난 지 10년. 이번에는 인생에 또 무슨 바람이 불려고 하는 것인가?

하지만 석도명은 알지 못했다. 엉뚱한 곳에서 자신을 향한 또 하나의 바람이 불어오고 있음을.

* * *

무림맹 군사인 사마중(司馬重)은 문득 허기를 느꼈다.

창밖을 보니 해가 설핏 기울고 있다. 하루 종일 먹은 게 없으니 무공의 고수라도 배고픔은 속일 수 없는 법이다.

그나마 점심까지 거르며 일을 한 덕분에 서탁을 가득 채우고 있던 서류 더미에서 이제야 겨우 몸을 뺄 수 있을 것 같았다.

"휴, 대충 끝난 건가?"

낮게 한숨을 내쉬며 고개를 든 사마중의 눈에 한 사내가 방문 앞에 머리를 조아리고 서 있는 모습이 들어왔다. 사마세가의 총관인 허정(許丁)이다.

"쩝, 자네까지 기다리고 있는 줄은 몰랐구먼. 그것도 내가 꼭 봐야 하는 거겠지?"

허정의 손에 들린 것은 물어볼 것도 없이 사마세가의 업무 처리를 위한 서류다.

모든 문파들이 법석을 떠는 와중에 사마세가라고 벌여 놓은 일이 적지는 않을 터였다. 그리고 자신은 무림맹의 군사이기 이전에 사마세가를 돌봐야 할 가주의 신분이다.

"협, 죄송합니다. 다른 것도 아니고 이번 일에 사마세가가 조용히 있을 수는 없질 않겠습니까? 오늘날 무림의 평화가 전대 가주이신 천모 사마광 어르신의 업적이라는 것을 천하가 모르지 않는데 말입니다."

"정말로 천하가 다 알고 있기는 한 건가? 다른 문파들은 생각이 좀 다른 것 같던데 말이야."

사마중의 입가에 잠시 씁쓸한 미소가 떠올랐다가 사라졌다.

양곡대전(陽谷大戰)!

과거 강호를 공포로 몰아넣었던 천마협의 대공세를 십대문파와 오대세가가 격전 끝에 막아낸 최후의 싸움을 사람들은 그렇게 불렀다.

양곡대전의 승리를 계기로 무림 정파들은 무림맹을 세웠고, 해마다 9월이면 그 승리를 기리는 행사를 열었다.

특히 올해는 50주년을 맞는 해다. 무림맹주와 십대문파, 오대세가의 공동 결의로 반백제(半百祭)를 개최하기로 하면서 무림 전체가 들썩이고 있었다.

다만 이번 행사의 진정한 주인이 누구인지에 대해서는 모두의 생각이 같지 않았다.

사마중의 표정이 밝지 않은 것은 그 때문이다.

허정이라고 그 마음을 모르지 않았다.

"가주, 하늘이 유구(悠久)하듯이 변하지 않는 일입니다. 천마협의 손아귀에 떨어질 무림을 구한 것은 여씨세가의 희생과 사마세가의 지략이라는 사실 말입니다."

"풋, 이번 반백제가 무려 열엿새네. 그중 무림맹이 주관하는 공식행사는 하루에 불과하고 나머지는 각 문파들이 하루씩 돌아가면서 주관하기로 했지. 그게 무슨 뜻인지 아는가? 서로들 외치고 싶은 게야. 자신들이 양곡대전의 승자라고."

사마중은 가슴이 무거웠다.

후계자 하나만 남겨두고 전멸의 길을 선택한 여씨세가의 장렬한 최후가 없었다면 반목과 질시로 얼룩진 무림 정파들이 한 데 묶일 수 있었을까?

정파연합에 비해 세 배가 넘는 천마협의 고수들을 유인해 사마세가의 절학인 오행금쇄진(五行禁鎖陣)에 가두지 못했다면 과연 양곡에서 살아남은 쪽이 정파였을까?

사마중이 서류를 넘겨받아 거의 읽지도 않고 빠르게 넘겨나갔다. 역시 예상대로 사마세가가 주관하는 반백제 행사에 관한 기획안이었다.

"내가 언제 이런 일로 잔소리를 했던가? 자네가 원로들과 상의해서 알아서 준비를 하게. 그저 사마세가마저 요란을 떤다는 이야기는 듣지 않았으면 싶구먼. 백성들은 도처에서 굶주리고 있는데 잔치판이 과해서는 아니 될 일이야."

허정은 그저 조용히 고개를 숙였다.

'쯧, 대답을 하지 않는군. 다른 문파에 뒤질 수는 없다는 자존심이겠지.'

사마중은 자신의 당부와 상관없이 사마세가가 전력을 다해서 이번 행사를 준비할 것임을 알았다. 무림맹을 세우기 위해 사마세가가 치른 희생을 인정하지 않으려는 십대문파의 완고함에 대한 반감이 세가 안에 뿌리 깊기 때문이다.

허정을 향해 물러나라는 손짓을 해보인 사마중의 눈에 이채가 떠올랐다.

"허, 뭐 더 할 말이 남은 모양이군. 그것도 꽤 난처한."

허정의 얼굴에 계면쩍은 미소가 떠올랐다.

"송구스럽습니다. 다름 아니오라……."

"다름 아니오라?"

"요즘 황도에서 주악(奏樂)을 즐기는 것이 큰 유행이라지 않습니까? 황제가 직접 나서서 예(禮)와 악(樂)을 장려하는 바람에……."

그것은 사실이었다. 태자 시절부터 예인(藝人)을 가까이 하며 음악을 즐기던 황제다.

즉위하자마자 예악으로 백성을 교화(敎化)해 덕치(德治)를 펼치겠다는 국정의지까지 밝혔다.

음악을 장려하다 못해 최근에는 국자감의 학사들에게 의무적으로 음악 수업을 받으라고 했다가 한바탕 소동까지 있었다. 학사들이 천한 악공과 나란히 앉아 교육을 받을 수 없다고 집단으로 반발을 한 것이다.

헌데 그 바람을 타고 고관대작과 부호들 사이에서는 음악을 하는 게 교양을 넘어 부와 권력의 표상으로 여겨지고 있었다.

"음, 그야 알지. 이번 무림맹의 행사에도 황제가 친히 황금

100관과 함께 황궁 악공을 500명이나 보내주겠다는군. 쯧, 무림마저 예악으로 교화를 하겠다는 건지. 헌데 그게 사마세가와 무슨 상관이 있는가?"

"사람을 풀어서 다른 문파들의 동향을 좀 알아봤는데, 소림사와 궁가방을 제외한 모든 문파에서 유명 악사들을 끌어 모으느라 혈안이 됐다고……."

허정이 말끝을 흐렸다. 사마중의 눈치를 보고 있는 것이다.

'헐, 아버님께서 생전에 무인답지 않게 음악을 즐기시더니 세월을 많이도 앞서 가셨던 게야.'

사마중은 무림인들이 세속의 시류(時流)에 편승하는 작태가 마음에 들지 않았지만, 따지고 보면 음악에 관한 한 사마세가의 전통도 뿌리가 깊다면 깊었다.

"허허, 다른 문파에서 잔치 준비를 어떻게 하는지 그런 것도 살피고 다닌다는 말인가? 총관도 사람이 많이 잘아졌구면."

무림맹의 군사이면서도 사마중은 평소 책보다 검을 잡는 시간이 훨씬 길었다.

예술이니 풍류니 하는 것에도 한눈을 팔아본 일이 없는 외골수 무인이다. 사마중이 싫어하는 줄 알면서도 허정이 음악 이야기를 꺼낸 이유는 따로 있었다.

"그래서 우리도 그렇게 하겠다, 뭐 그런 뜻인가? 그리고 그걸 위해서 내 도움이 필요한 게고."

"하하, 이미 다 꿰뚫고 계시니……."

"흠, 보자……. 선친께서 가까이 하시던 예인들 가운데 자네가 함부로 부를 수 없는 사람은 오직 한 명뿐일 게야. 그러니까 아마도 가주의 이름이 필요한 게군."

허정은 허리를 깊이 숙이는 것으로 대답을 대신했다.

사마중은 무림의 명문정파들이 고작 잔치판에서 자존심 경쟁을 벌이는 꼬락서니가 마음에 들지 않았다.

하지만 세태가 그렇다면 어쩔 수 없는 것이다. 그리고 이왕 해야 한다면 '뭘 해도 사마세가는 다르다'는 평판을 들어야 했다.

"흠, 고인(高人)을 모시려면 예를 다해야 하는 거겠지?"

잠시 뭔가를 생각하던 사마중이 이내 서탁에 놓여 있던 벼루를 자신의 앞으로 끌어 당겼다. 벼루에 물을 부은 다음에 먹을 가는 게 순서일 테지만 사마중은 대뜸 벼루를 뒤집었다.

사마중의 거침없는 손길을 따라 붓끝이 벼루 뒷면을 파들어 갔다. 그 모습을 지켜보고 있는 허정의 눈동자에 경탄의 빛이 감돌았다.

한없이 부드러운 붓끝으로 벼루에 글을 새겨 편지를 쓴다는 건 어지간한 고수들은 꿈도 꿀 수 없는 경지다. 그것도 단단하기로 유명한 형산(荊山)의 노석(砮石)을 깎아서 만든 벼루가 아닌가.

'언제고 천하가 알게 될 게다. 우리 가주께서 힘이 없어 스

스로를 낮추고 있는 게 아님을 말이야.'

서찰을 새긴 벼루를 가주의 신물(信物)이라도 되는 양 소중하게 챙겨 나가는 허정의 뒷모습을 보면서 사마중이 낮게 중얼거렸다.

"검은 잠들고, 한갓 주악 따위로 승부를 가린다. 허허, 평화가 길었구나, 너무 길었어."

      *   *   *

석도명은 오늘도 땅거미가 질 무렵이 다 돼 집으로 돌아가고 있었다. 처음 약속했던 열흘의 봉사 기간은 벌써 닷새나 지나 있었지만 여전히 단호경에게 붙잡혀 구화진천무를 배우는 중이다.

녹초가 돼 발걸음을 거의 질질 끌다시피 하던 석도명의 얼굴에 묘한 표정이 떠올랐다. 발바닥에 느껴지는 감촉이 여느 날과 달랐기 때문이다.

"누군지 제법 요란하게 다녀갔는걸. 마차가 한 대에, 말 타고 따라온 사람이 열둘이라……. 사부님이 어디서 큰 건을 하셨나?"

석도명이 궁금증을 안고 문 안으로 들어섰을 때 유일소는 맨발로 뛰다시피 마당을 돌아다니고 있었다.

"히히히. 돌아라, 돌아라. 내가 원(圓)이고 우주가 원이

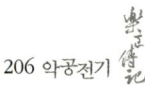

다······. 중심(中心)에 어둠이 있다······. 어둠에 묻어라! 히히히."

 석도명은 왠지 섬뜩한 느낌이 들기는 했지만 유일소의 별난 행동이 이번이 처음은 아닌지라 크게 놀라는 기색을 보이지는 않았다.

 사실 근래에 들어 유일소는 자꾸 이상하게 변하고 있었다. 과거에도 좀처럼 연주를 하지 않았지만 근자에는 아예 악기 근처에도 가지 않았다. 밤에도 좀처럼 잠드는 법이 없고, 석도명하고도 거의 말을 섞으려 하지 않았다.

 석도명이 약속했던 두 달을 넘겨 계속 밖으로 나돌고 있음에도 그조차 신경을 쓰지 못했다.

 석도명은 유일소가 커다란 벽에 가로막혀 몸부림을 치고 있음을 알았다. 자신도 그동안 몇 번이나 벽을 만났고 그때마다 정말로 미치는 줄 알았기 때문이다.

 '허참, 나도 나중에 저렇게 되는 걸까? 저 흉한 꼴을 보이지 않기 위해서라도 나중에 혹시 제자를 받으면 꼭 장님을 만들어야겠군.'

 석도명은 발자국 소리와 숨소리만으로도 유일소의 행색이 훤히 그려졌지만, 그나마 눈으로 보지 않는 게 천만다행이라고 여겼다.

 "사부님, 밤새 돌아봐야 원은 원일뿐입니다. 게다가 벌써 깜깜하다구요."

석도명이 돌아왔음을 모를 리 없는 유일소가 그 말을 듣고서야 처음으로 입을 열었다.

"멍청한 놈, 원 끝에 뭐가 있는지는 끝까지 가봐야 아는 게다. 네놈이 뭘 안다고."

"그런가요? 그러면 뭐, 계속 뛰시든지요."

정작 그 말에 유일소가 걸음을 멈췄다.

"헐, 끝까지 가신다더니 벌써 갔다 오셨어요?"

"이놈아, 자고로 깨달음이란 대해(大海)를 가랑잎 타고 건너는 것만큼 지난(至難)한 일이라고 했다. 바다에 뜬 가랑잎이 출싹거려 봐야 얼마나 간다고……. 당장에는 그저 필요한 만큼만, 갈 수 있는 만큼만 가면 되느니."

유일소의 음성에는 더 이상 광기 어린 웃음이 섞여 있지 않았다. 주변의 공기를 서늘하게 가라앉힐 정도로 엄중한 목소리로 유일소가 물었다.

"그래 오늘은 뭘 보고 왔느냐?"

언제나 하루 일과를 마치면 늘 되풀이 되던 질문이다. 한동안 잊고 있더니 오랜만에 석도명에게 관심이 생긴 모양이다.

얼마 전까지만 해도 대장간이나 도살장에서 생긴 일을 소소히 주워 삼켰지만 며칠 동안 단호경에게 구화진천무만 배운 터라 순간적으로 답이 궁했다.

"아, 예……. 그게 하늘이 벼락을 내려 불을 만들어 주고…… 그 불은 다시 타올라 하늘로 돌아간다……. 그런 걸 배웠습니다."

 단호경에게 배우고 있는 구화진천무 가운데 천강뇌전(天降雷電) 섬화귀천(閃火歸天)의 구결을 엉겁결에 둘러댄 말이다.

 석도명이 대장간의 불 이야기를 하는 거라 생각했는지 유일소는 특별히 이상하다는 기색을 보이지 않았다.

 "거 봐라, 돌고 돌아서 다시 원이지. 그게 윤회(輪廻)와 원융(圓融)의 진리라는 게다."

 "그런가요? 아, 그리고 사람은 장래를 준비해야 한다는 소리도 들었습니다만."

 석도명이 내친 김에 요 며칠 시달리며 들었던 이야기를 슬쩍 입에 올렸다. '대체 음악같이 따분한 걸 배워서 장래에 뭘 할 거냐'는 단호경의 집요한 추궁이었다.

 "헐, 어디서 맹랑한 소리를. 오라, 그래서 네놈 장래가 궁금하다 이거냐?"

 "예."

 "나이가 그만하면 제 장래는 스스로 챙겨야지. 어디서······."

 "······."

 "그러고 보니 나도 네놈 장래라는 게 궁금하구나. 네놈은 대체 무슨 생각으로 음악을 배우는 거냐? 어디에 써먹으려고?"

 "헛!"

 석도명의 입에서 헛바람이 튀어나왔다. 그렇게 지독하게 자신을 가르치기에 스승에게 뭔가 준비된 계획이 있는 줄 알았는데 이게 무슨 말인가?

'아니다. 사부님은 내 생각이 궁금한 게다.'

석도명은 과거를 물어볼 때마다 '네놈이 준비가 되면 알게 될 것이다'라고만 하는 유일소의 대답을 떠올렸다.

그렇게 생각을 하니 이번에도 답이 궁했다.

정말 왜 이 고생을 해가며 음악을 배우고 있는 걸까? 한 마디로 하자면 음악이 좋아서다.

그러면 음악을 배워서 어디에 써먹을까?

문득 하나의 이름이 떠올랐다.

정연.

> "내가 네놈 머리통만 몇 번 쓰다듬어 줘도 사해(四海)가 받들어 모실 실력을 갖게 될 거다. 그 정도만 되면 정연이라는 아이가 네놈 이름을 듣고 버선발로 뛰어 올 테지."

10년 전 유일소의 그 한 마디에 제자가 되기로 마음을 먹었었다.

지금이라도 정연을 다시 만난다면 자신 있게 말할 수도 있으리라. 누나 앞에 떳떳하게 다시 서기 위해, 누나와의 약속을 지키기 위해 나는 죽어라 노력했노라고!

그러나 그녀는 그 약속을 기억이나 하고 있을까? 자신이 이미 죽은 걸로 알고 있을 텐데 말이다.

더더구나 자신은 사해는 고사하고 동네에서도 이름을 떨치지 못하고 있는 신세가 아닌가.

석도명의 입에서 대답 대신 낮은 한숨이 새어나왔다.

"에휴······."

"헐, 멍청한 놈 같으니라고. 여전히 백지구나, 저걸 어따 써 먹누?"

"······."

"그나저나 장래라······. 에라, 이놈아! 먼 장래는 모르겠고 아주 가까운 장래는 알려주마."

"예, 가까운 장래요?"

석도명의 얼굴에 반색이 떠올랐다. 역시 스승은 뭔가를 준비한 모양이다.

"그래, 아주 가까운 장래지. 너는 다음 달에 무림맹으로 가게 될 것이다."

"옛? 무림맹이요?"

석도명의 얼굴에 놀라움이 떠올랐다.

방으로 자리를 옮긴 유일소는 대뜸 뭔가를 집어 던졌다.

쐐액.

제법 요란한 소리를 내며 날아간 물건은 석도명의 손에 간단히 잡혀 버렸다.

"그러니까 이 벼루를 들고 무작정 무림맹에 가라구요?"

"무작정이라니? 이놈아, 손에 쥔 것부터 제대로 살펴보고 떠들어라. 아직도 저렇게 허술해서야 원."

 석도명은 그제야 벼루 뒷면에 글자가 잔뜩 새겨져 있음을 알았다. 무림맹이라는 말에 넋이 나가 사부 말대로 손에 쥔 물건을 살펴보지 못한 탓이다.

 "하아, 대체 무림맹의 군사는 언제부터 아신 겁니까?"

 "언제부터? 나 그런 놈 몰라. 뭐, 걔 아버지를 좀 가르치기는 했지만."

 석도명은 속으로 실소를 흘렸다. 사부의 허풍이 또 시작된 것이다. 아주 가끔이지만, 유일소가 심하게 취하는 날이면 그 입에서 꽤나 엉뚱한 사람들의 이름을 주워들을 수 있었다.

 그 화려한 명단에 이미 세상을 뜨고 없다는 무림맹 군사의 아버지가 더해진다고 그리 놀랄 일도 아니다.

 하지만 무림맹의 군사가 직접 보냈다는 이 벼루는 장난으로 치부할 수 없는 일이다. 집 앞에 어지럽게 널려 있던 요란한 행차의 흔적은 바로 이 벼루 때문에 생긴 것이리라.

 "그런데 무림맹의 군사님께서 초청하신 분은 사부님이지 제가 아니잖습니까?"

 "헐헐, 걔 아버지도 나를 함부로 오라 가라 못했는데 무슨 상관이냐? 게다가 나는 그런 자리에는 절대로 안 가느니."

 석도명이 속으로 입맛을 다셨다.

 '쩝, 사부가 무림 고수들하고 친해지면 좋을 텐데.'

 양곡대전 반백제라고 하면 모르는 사람이 없는 대단한 자리다. 유일소의 실력이라면 그 자리에 모일 천하 고수들의 혼을 쏙 빼놓을 수 있을 것이다.

"그래도 사부님이 직접 가셔야……. 제가 따라가서 시중을 들겠습니다."

석도명은 그 순간 유일소의 눈꼬리가 매섭게 올라가고 있음을 온몸으로 느꼈다.

"이놈아! 너는 몇 해가 지나도록 이 사부의 취향을 그리도 모르냐? 귓구멍 파고 잘 들어라. 대인관계에 있어서 내 철학은 문무겸피(文武兼避)니라. 문무겸피!"

"예? 문무겸전(文武兼全)이 아니구요?"

무식하면 음악도 할 수 없다는 이유로 10년 동안 두드려 맞아 가며 글공부를 한 석도명이다.

내심 향시(鄕試) 정도는 응시해도 되지 않을까―합격과는 별개로― 하는 자신감이 있었다. 그런데 자신이 읽은 책 어디에도 문무겸피라는 말 같은 건 없다.

"자고로 우리 같은 예인이 득도(得道) 아니, 득음(得音)을 하기 위해서 멀리 해야 할 족속이 두 가지가 있는데 그 하나가 선비요, 다른 하나가 무인이니라. 한 놈은 먹물만 가득해서 음악조차 머리로 들으려 하고, 한 놈은 몸 쓰는 것밖에 모르니 애초에 감동이 없다 이거지. 음악 하는 놈들 치고 선비 좋아하다가 감옥에 안 가는 놈이 없고, 무인 좋아하다가 칼에 안 맞는 놈을 못 봤거든. 고로 무탈하게 살기 위해서라도 문무(文

武)를 모두 피해야 한다 이 말이다."

유일소가 이렇게 장광설을 늘어놓기는 근래에 없는 일이다.

어쨌거나 석도명은 슬그머니 한 쪽 다리가 저려오는 기분이 들었다.

문무를 멀리 하라는 사부의 말과 달리 단호경과 몰래 의형제를 맺었으니 유일소가 알면 필히 벼락이 떨어질 터였다.

"그런 고로 무인들이 득실대는 그 잡스러운 자리에는 딱 너 같은 잡놈이 가면 되는 게다. 게다가 10년 동안이나 놀고먹었으면 이제는 나가서 스승 대신 돈벌이도 해야지. 뭐, 불만 있냐?"

석도명은 유일소의 단호한 음성에서 더 이상 버틸 수 없음을 알았다.

자리가 버겁기는 했지만 어쨌거나 자신은 주악천인경을 익히고, 하늘의 소리를 배우는 몸이 아니던가?

갑자기 단호경과 의형제를 맺게 되더니 이번에는 반백제에 참가하게 됐다. 아무래도 자신의 사주팔자 어딘가에 '나이 스물이면 무림맹을 만나리라' 는 괘(卦)가 숨어 있는 모양이다.

"아닙니다. 불만은요. 가, 겠, 습, 니…… 으헉!"

따악.

석도명의 이마에 작은 돌멩이 하나가 소리 없이 날아가 박혔다.

"이놈! 사부 앞에서 띄엄띄엄 대답하지 말라고 했거늘."

불만이 잔뜩 드러난 대답에 대한 유일소의 응징이었다. 그래놓고는 그 돌을 피하지 못했다고 다시 역정을 낸다.

"멍청한 놈. 아직까지 그런 것도 하나 못 피하냐? 탁음(濁音) 뒤에 청음(淸音)이요, 명음(明音) 연후에 묵음(默音)이라. 이제는 소리가 나든 안 나든 챙겨 들을 때도 됐건만."

"아, 묵음."

"각설하고. 무림맹에 갈 때는 두 가지만 명심해라."

"두 가지를요?"

"먼저, 눈은 뜨고 가라."

석도명의 놀람이 더 커졌다. 눈을 뜨고 외출하도록 허락하는 건 생각도 못한 일이다.

사실 이제 와서 눈을 가리고 말고는 생활하는데 별 차이를 주지 않는다.

아니, 뭔가에 집중을 하려면 차라리 눈을 가리는 게 더 편했다. 그런데도 사부가 굳이 눈을 뜨고 가라고 하는 데는 나름의 이유가 있을 터였다.

'휴, 장님이라고 구박 당하는 일은 없겠네. 그렇다면 뭐, 연주는…… 아니, 연주는?'

석도명의 머릿속으로 번개처럼 스쳐가는 게 있었다.

"사부님, 혹시 연주도 눈을 뜨고 하라는 말씀이십니까?"

"당연한 이야기! 설마 잡놈들한테 천음(天音)이라도 들려 줄 셈이더냐?"

눈을 뜨고 가라는 말이 주악천인경을 쓰지 말라는 뜻임을 뒤늦게 알고는 석도명이 하얗게 질렸다.

눈을 뜨면 소리를 모을 수가 없다. 그건 제대로 연주를 하지 말라는 이야기가 아닌가?

"그러면 어떻게 하라구요?"

"크흐흐, 그게 바로 내가 하려던 두 번째 이야기다. 가서 아주 잡스럽게 놀다 오거라. 그거면 되느니. 클클."

석도명의 머릿속이 순식간에 암흑으로 물들어갔다.

사부는 자신을 죽일 심산이 틀림없다. 그 까다롭고 무섭다는 천하의 고수들 앞에서 잡스럽게 놀다 오라니! 차라리 진짜로 장님이 될걸 그랬다는 후회가 뒤늦게 몰려들었다.

* * *

무림맹에 가야 한다는 중압감 때문에 석도명은 한동안 다른 곳에 신경 쓸 겨를이 없었다. 말이 다음 달이지 실제 남은 날은 보름 남짓했기 때문이다.

갑자기 발길을 끊었다고 단호경이 뒤집어질 것이 분명했지만 그건 무림맹을 다녀온 다음에 걱정할 일이었다.

석도명은 뒤채에 처박혀 연습만 하고, 유일소는 앞마당을 미친 듯이 뛰어다니는 단조롭지만 괴이한 날들이 흐르고 흘러 석도명이 무림맹에 가야 할 날이 바로 하루 앞으로 다가왔다.

그 밤 유일소는 오랜만에 뒤채에 들어갔다. 석도명은 큰일을 앞두고 숙면이 중요하다며 잠자리에 든 지 오래였다.

유일소는 뒤채에 있으면서도 석도명이 요란하게 코 고는 소리를 들을 수 있었다.

"허, 그놈 참. 단순함이 대해(大海)를 메우겠구나."

석도명과 달리 유일소 본인은 가슴 안에 차오르는 생각이 너무나 깊어서 좀처럼 잠들 수 없었다.

"양이불산(陽而不散), 음이불밀(陰而不密)……."

유일소가 기공이라도 연마하는 사람처럼 가부좌를 틀고 앉아 무언가를 중얼거리기 시작했다.

소리의 기운을 다스리는 구결이다. '양의 소리는 흩어지지 않게(陽而不散) 음의 소리는 갇히지 않게(陰而不密) 하라'는 뜻이었다.

주악천인경은 기(氣)를 다스리듯이 소리의 기운을 다스리는 방법이다. 몸 안에 소리의 기운을 순환시켜 나 자신과 소리를 동화시킨다는 발상은 사실 기공 수련법과 맥을 같이하는 것이기도 했다.

유일소가 구결에 따라 음양(陰陽)과 강유(剛柔)를 교차시키며 호흡을 가다듬자 몸 안에서 거대한 소리의 기운이 부풀기 시작했다.

유일소는 알고 있었다.

이 순간 아무 악기라도 손에 들고 소리의 기운을 뻗어내기만 하면 마음먹은 대로, 아니 상상 이상의 연주가 될 것이다. 인간의 오욕(五慾)과 칠정(七情)을 자유자재로 음악에 싣는 일이 그에게는 더 이상 불가능하지 않았다.

그 경지에 이른 것은 석도명을 제자로 받아들이기도 전의 일이다.

그러나 유일소는 방 안에 가득한 악기들 가운데 그 어느 것에도 손을 대지 않았다. 그의 손에 들린 것은 주악천인경이 새겨진 석경 가운데 열두 번째 돌이었다.

무슨 이유에서인지 석경을 굳게 움켜쥐고 앉은 유일소의 이마에서는 굵은 땀방울이 쉴 새 없이 흘러내렸다. 누가 보면 마치 손아귀의 힘으로 석경을 부숴 버리려는 게 아닌가 하는 오해를 할 만했다.

터엉.

유일소가 석경을 떨어뜨리고 바닥에 쓰러졌다. 몸 안에 가득한 소리의 기운을 석경에 쏟아 붓다가 힘이 고갈되고 만 것이다.

보통 악기 같으면 유일소가 내뿜는 소리의 기운에 공명(共鳴)을 하기 마련인데 석경은 마물(魔物)이라도 되는 듯이 유일소의 기운을 한없이 빨아들이기만 했다.

"헉, 헉. 있어도 그만, 없어도 그만이라니."

유일소가 이처럼 괴로워하면서 열두 번째 석경에 매달리는 이유는 오직 하나다.

스스로 눈을 찔러 실명을 해가면서 40년 가까이 수련하고 또 수련했지만 마지막 석경에 담긴 가르침을 깨우치지 못했기 때문이다.

다른 것들과 달리 열두 번째 석경의 내용은 터무니없었다.

만천화우(滿天花雨)니 개천풍운(開天風雲)이니 하는 무림 명문의 초식명이 버젓이 쓰여 있는가 하면, 좌충우돌(左衝右突), 상부상조(相扶相助)와 같이 평범한 글귀도 있었다.

게다가 유야무야(有耶無耶), '있거나 말거나' 라는 구절에는 어이가 없을 뿐이었다.

석경에 주악천인경을 새긴 사람이 눈앞에 있다면 유일소는 묻고 싶었다. '이게 정말 끝입니까?' 하고 말이다.

"이뤄지니 허물어진다(有成與虧). 얻었으면 돌려주라(其得必反). 대체 뭘 돌려주라는 건지······ 허어, 얻은 것도 소용이 없구나. 소용이 없어."

유일소가 바닥에 쓰러진 채로 장탄식을 내뱉었다.

솔직히 지금의 경지만 해도 과거에는 꿈도 꾸지 못하던 것이다. 끝내 이해할 수 없는 열두 번째 석경만 없었더라면 분명히 만족하며 살았을 것이다.

그러나 저 너머에 다른 세상이 있다는 사실을 알면서 그걸 포기할 수는 없었다. 그 덕에 식음가의 명예를 되찾을 기회도, 부귀영화도 모두 내팽개치고는 이 궁벽한 초옥에서 볼품없이 늙어버린 것이다.

"일소야, 예(禮)와 악(樂)이 무엇이더냐?"

할아버지의 조용한 물음에 유일소가 빙그레 웃음을 지었다.

"음악은 사람의 마음을 하나로 뭉쳐서 좋은 일과 궂은일을 함께하게 합니다. 예의는 사람들의 신분에 귀하고 천한 차이가 있게 합니다.

하나로 뭉쳐서 좋은 일과 궂은일을 함께하면 서로 친해지고, 신분에 귀하고 천한 등급이 있게 되면 서로 존경하게 됩니다. 그러나 음악으로 하나가 되어 너무 친해지면……."

"되었다. 그래, 음악은 사람의 마음을 하나로 뭉치게 하지. 그것만 잊지 말거라."

어둠 속에서 꼼짝도 하지 않던 유일소의 몸이 꿈틀거리기 시작했다.

지쳐 쓰러져 있다가 잠깐 잠이 들었던 모양이다.

꿈속에서 유일소가 본 것은 수련 악공이 되어 황궁으로 들어가던 날 아침의 기억이다.

할아버지에게 안겨 응석을 부리고 싶은 마음이 흔적처럼 아스라이 남아 있지만 이미 자신의 나이가 꿈속의 할아버지보다 훨씬 더 많다는 걸 떠올리니 기이한 느낌이다.

"크크크…… 할아버지, 음악이 마음을 뭉치게 한다구요? 아니요, 음악 끝에는 오직 근심뿐입니다. 흐흐흐."

유일소는 키들키들 웃고 있었다.

악극즉우(樂極則憂).

음악이 극에 이르면 근심이 된다는 주악천인경의 첫 구절은 아무래도 이런 날이 올 것임을 경고하는 것이었나 보다.

유일소는 미칠 것만 같았다. 눈에 비수를 들이댈 수밖에 없었던 그날의 새벽이 이렇게 괴로웠던가?

"우헤헤, 주악천인경의 처음을 얻기 위해 두 눈을 버렸어. 그 끝을 보려면 또 무엇을 버려야 하냐고……."

유일소는 서서히 걷잡을 수 없는 광기(狂氣)에 잠겨들고 있었다.

얼마나 시간이 흘렀을까? 유일소가 유령처럼 스르르 몸을 일으켰다.

자신에게 남은 유일한 희망, 자신이 이대로 죽는다 해도 살아남아 주악천인경을 완성하고, 식음가의 한을 풀어줄 하나뿐인 제자가 떠오른 것이다.

"흐흐, 죽기 전에 꼭 할 일이 있어……. 흐흐흐……."

잠시 뒤 유일소는 깊이 잠들어 있는 석도명의 방으로 들어갔다. 그 손에는 굵은 밧줄과 날카로운 비수가 들려 있었다.

설령 잠이 들지 않았다 해도 석도명은 유일소가 방에 들어오는 기척을 느끼지도 못했을 것이다.

소리를 다스리다 못해 아예 지우고 다니는 유일소의 거동은 언제나 바람이 스며드는 것만 같았다.

갑자기 몸이 짓눌리는 느낌에 잠을 깬 석도명은 자신의 손발이 굵은 밧줄에 단단히 묶여 있음을 알고 소스라치게 놀랐다.

"으흐흐……."

석도명의 몸 위에 올라앉은 유일소가 미친 듯이 웃어대며 석도명이 잘 때도 얼굴에서 떼지 않는 안대를 거칠게 벗겨냈다. 그리고는 거침없이 비수를 치켜들었다.

"도명아, 도명아. 눈은 있어도 그만, 없어도 그만이란다. 우히히, 나하고 같이 가는 게다. 어둠으로…… 내가 도와줄게. 크흐흐……."

유일소는 비수를 들어 석도명의 눈을 찌르려고 들었다. 마비산도 뿌리지 않고 말이다.

석도명이 버둥거리며 비명을 질러댔다.

"으아악! 사부님, 사부님! 살려주세요. 으허억!"

석도명의 비명 소리가 유일소의 이성을 불러온 것일까? 유일소가 손을 멈춰 세웠다.

유일소가 스산하게 한 마디를 던졌다.

"멍청한 놈. 인생에 전혀…… 긴장감이 없구나. 지금이 코를 골며 잘 때더냐?"

뜬금없이 석도명을 타박하고는 아무 일도 없다는 듯이 유일소가 방을 나가 버렸다.

'뭐야? 날 놀린 건가? 긴장감은 또 무슨 소리지?'

유일소가 나간 뒤로 석도명은 다시 잠들 수 없었다.

한편으로는 놀란 가슴이 진정되지 않았고, 또 다른 한편으로는 사부가 대체 자신에게 어떤 가르침을 내리려고 하는 건지를 알지 못해서다.

 괴팍한 사부가 뭔가 새로운 수련법을 개발한 게 아닌가 하는 생각과 혹시 사부의 정신에 문제가 있는 게 아닐까 하는 걱정 속에서 석도명은 뜬눈으로 밤을 새웠다.

 그러나 석도명은 유일소가 자기 생애의 마지막 집념을 불사르고 있음을, 그리고 자신은 그 짐을 이어받을 준비가 되어 있지 않음을 알지 못했다.

제7장
치국(治國)의 도(道)

 무림맹 건물은 석도명이 상상했던 것만큼이나, 아니 그 이상으로 거대하고 웅장했다.
 사람들로 붐비는 무림맹 정문을 향해 걸어가면서 석도명은 연신 하품을 해댔다.
 "아아, 대사(大事)를 앞두고 몸 상태가 영 엉망이군. 하여간 사부님이 무슨 도깨비도 아니고."
 입을 쩍쩍 벌려가면서 양쪽 어깨를 번갈아 주무르고 팔을 이리저리 돌리며 걸어가는 석도명의 모습은 한 마디로 부산스러웠다.
 그럴 만도 했다. 석도명은 졸리기도 했지만 그보다는 낯선 환경에 어쩔 줄을 몰랐다. 마치 모래를 뒤집어쓴 것같이 온몸이 까끌거리는 느낌이랄까?

'허, 눈을 뜨고 다니는 게 이렇게 힘든 거였나? 도통 어디를 봐야 할지 모르겠네.'

거리에서 마주치는 사람과 눈길이 맞닿을 때마다 석도명은 당황스러워 죽을 맛이었다. 10년 동안 눈을 가리고 어둠의 자식으로 살아온 덕분에 빛이 가득한 세상에서는 이방인이 된 느낌이다.

무림맹 앞은 말 그대로 인산인해(人山人海)였다.

정문으로 다가가면서 석도명은 한 가지 사실을 재빠르게 간파했다. 활짝 열린 대문으로 드나드는 사람과 그 옆의 쪽문으로 드나드는 사람이 따로 있다는 점이다.

대문으로 활보를 하는 사람들은 하나같이 병장기를 둘러매거나 번쩍거리는 비단옷을 차려 입었다. 반면, 쪽문 앞으로는 누가 봐도 일꾼이 분명한 허름한 복장의 사람들만 길게 줄을 서 있다.

석도명은 자신이 어느 쪽에 붙어야 할지를 오래 고민하지 않았다.

'헐, 무림맹 문턱이 높기는 높네. 줄이 이렇게 길어서야 언제 들어간담?'

쪽문 앞에 늘어선 줄의 꽁무니를 찾아가면서 석도명은 낮은 한숨을 쉬었다. 9월이라지만 제법 따가운 한낮의 햇살 아래

얼마나 버텨야 할지 막막했다.

지루하게 자신의 차례를 기다리며 주변을 살피던 석도명은 왜 쪽문 앞의 줄이 쉽사리 짧아지지 않는지를 알 수 있었다.

활짝 열린 대문을 오가는 무인들은 태반이 '내 얼굴이 바로 신분증이야' 라는 표정으로 당당하게 드나들고 있었다. 나머지 무인들도 소매 안에서 동패(銅牌) 같은 것을 슬쩍 꺼내 드는 게 전부였다.

하지만 쪽문 앞에서는 무림맹의 무사들이 일일이 출입자의 신분증을 확인하고 명부에 출입목적 따위를 기록하느라 시간을 잡아먹고 있었던 것이다.

물경 반 시진 이상을 서서 기다린 다음에야 마침내 석도명의 차례가 왔다.

"다음!"

경비무사가 석도명을 향해 기계적인 동작으로 손을 내밀었다. 말하기 귀찮으니 신분증이든, 출입증이든 갖고 온 게 있으면 먼저 내놓으라는 뜻이다.

"예, 저는 여가허 외곽에 사는 석도명이라고 하고……."

"누가 이름 물어봤어? 출입증 없냐고?"

경비무사는 시큰둥한 얼굴로 대뜸 음성을 높였다.

무림맹 출입 절차를 알 리 없는 석도명은 당황스러웠다.

"그게, 무림맹은 처음인데…… 출입증이 있다는 이야기도 처음이라……."

"없으면 꺼져! 다음!"

경비무사는 석도명을 상대하기도 귀찮다는 듯이 손을 젓고는 다음 순번을 불렀다.

엉겁결에 뒷사람에게 밀려난 석도명이 주춤거리다가 품속에서 뭔가를 급하게 꺼내들었다.

"아, 이게 있는데요."

사마세가에서 벼루와 함께 보내온 신패(信牌)였다.

"허억!"

경비무사의 입에서 경악성이 터져 나왔다.

석도명이 내놓은 사마세가의 신패는 거무칙칙한 일반 동패와 달리 번쩍이는 황금색이다.

금패를 들고 왔다는 것은 사마세가에서 모시는 손님 가운데 최고의 귀빈이라는 의미였다. 저것만 있으면 사마세가의 가주도 수시로 만날 수 있다고 하질 않던가.

무림맹의 공식 손님이 아니라 단지 사마세가의 손님이라고 해도 부담스러운 존재였다.

"대, 대협. 이런 게 있으시면 대문으로 들어가시지 왜 천한 것들 틈에……. 죄송합니다. 얼른 듭시지요."

경비무사는 아예 사색이 돼 있었다.

가끔 무림의 괴팍한 은거기인들이 이런 식으로 나타나 뒤통수를 치는 경우가 종종 있곤 했다.

하필 자신이 그런 경우를 만날 줄이야. 조금 전 눈을 부라리며 꺼지라고 한 것이 후회막급이다.

당황스럽기는 석도명도 마찬가지였다. 달랑 신패 하나 내놓은 걸로 무림맹의 무사한테 대협 소리를 들을 줄은 몰랐다.

단호경은 의형제를 맺어놓고, 그것도 자기가 여섯 달이나 늦게 태어난 것으로 밝혀진 뒤에도 석도명을 줄곧 이놈, 저놈으로만 부르고 있는데 말이다.

"아닙니다. 대협이라니요. 그냥 악사일 뿐입니다."

경비무사가 여전히 어려워하는 눈치를 보이자 석도명은 어서 이 자리를 벗어나고 싶었다.

"저, 그런데 사마세가 분들이 머물고 있다는 소학전(素鶴殿)은 어디 있는지요?"

"아예, 소학전 말씀이군요. 정문을 똑바로 들어가시면 중앙에 청공전(靑空殿)이 있습니다. 거기서 좌측으로 가셔서 다시 우측, 좌측, 우측, 우측으로 가시면 됩니다."

"아, 청공전…… 좌, 우, 좌, 우, 우……."

석도명이 머뭇거리며 쪽문을 넘어 들어갔다. 뭔가 설명이 미진한 듯했지만 허리를 크게 꺾은 채로 몸을 일으키지 않는 경비무사의 태도가 부담스러워 더는 물어볼 수가 없었다.

일단 청공전까지는 찾기가 쉬웠다.

정문을 들어가자 커다란 마당이 있고 그 안쪽에 웅장하게 버티고 선 건물이 바로 청공전이니 바보라도 놓칠 수가 없을 듯했다.

그러나 거기에서 두 번 방향을 바꾼 다음부터는 완전히 미궁이었다.

무림맹은 생사대전(生死大戰)을 염두에 두고 지어진 건물이다. 침입해 들어온 외부인이 쉽게 파고들지 못하도록 모든 건물들이 기문진식(奇門陣式)의 원리에 따라 복잡하게 배열이 돼 있으니 진식이 발동되지 않은 상태라고 해도 왼쪽, 오른쪽만 따져서는 결코 찾아갈 수가 없었다.

더욱이 오랜 세월을 장님으로 살아온 석도명에게는 왠지 눈을 뜨고 길을 찾는 게 더 어려웠다.

"하아, 어렵구나. 이렇게 눈앞이 어른거려서야 원."

경비무사가 가르쳐 준 대로 다섯 번의 방향 전환을 끝냈을 때 석도명은 엉뚱한 곳에 도착해 있었다.

주변에 돌아다니는 사람조차 거의 보이지 않는 걸로 보아 제법 심처(深處)에 들어온 듯했다. 실제 석도명이 헤매고 다닌 시간만 따져도 얼추 이 각 가까이 되고 있었다.

"이게 뭐람. 하얀 학(素鶴)은 어디로 가고 용(龍)이라니."

석도명 앞에 나타난 것은 엉뚱하게도 창룡각(蒼龍閣)이라는 현판이었다.

처음부터 열심히 길을 물어봤어야 했다는 후회가 뒤늦게 몰려오기 시작했지만 주변에는 사람이 전혀 보이지 않았다.

애초에 사마세가에서 사람을 보내 따로 모시겠다고 했는데도 유일소가 이를 마다하고 석도명에게 알아서 찾아가라고 한 것이 결국 이 지경에 이른 것이다.

낭패한 기색으로 서 있던 석도명이 건물 안쪽을 조심스레 기웃거리기 시작했다. 사람들이 두런대는 소리가 들려왔기 때문이다.

석도명이 잠시 눈을 감고 귀를 쫑긋 세웠다. 무림인들이 득실대는 무림맹 안에서 무턱대고 달려 들어갈 엄두가 나지 않은 탓이다.

"여인만 다섯이라. 설마 금남(禁男)의 구역은 아니겠지?"

석도명에게 들린 것은 여인의 음성뿐이다. 여인들만 있는 곳이라면 들어가기가 난처하다.

다행히 신경을 집중한 석도명의 귀에 조금 더 안쪽에서 남자들이 바쁘게 움직이는 소리가 들려왔다. 적어도 남자가 들어가서 안 되는 장소는 아니라는 증거다.

석도명이 주저하며 안으로 들어갔다.

창룡각 바로 안으로는 연무장으로 씀직한 너른 마당이 펼쳐져 있고, 그 마당 한가운데 어울리지 않게 누각이 하나 서 있었다.

누각의 높이가 그리 높지 않은 것으로 보아 아마도 무사들의 수련이나 무술 시범을 지켜보기 위한 장소로 쓰이지 않을까 싶었다.

여인들의 음성은 바로 그 누각에서 들려왔다.

여인이라 해도 무림인들이라는 생각에 석도명은 긴장을 늦추지 못했다.
헌데 여인들은 석도명의 모습을 멀리서 힐끗 쳐다보고는 이내 고개를 돌렸다. 석도명의 볼품없는 옷차림을 보고는 일꾼 정도로 가볍게 여긴 탓이다.
덕분에 석도명은 그녀들에게 다가가면서 대화 내용을 고스란히 들을 수밖에 없었다.
석도명과 비슷한 또래의 젊은 여인들의 대화는 무림맹을 달구고 있는 반백제에 대한 것이었다.
지금까지 어느 문파의 잔치가 가장 재미있었다느니, 오늘 밤 대연회를 주관하는 소림사의 잔치는 아무래도 지루할 것이라는 등의 이야기였다.
"난 솔직히 사람들이 왜 그렇게 음악에 열을 올리는지 모르겠어요. 이러다가 우리도 무공과 함께 음악을 배워야 하는 건가요?"
석도명이 누각의 계단 앞에 이르렀을 때 도사복 차림의 소녀가 푸념에 가까운 질문을 딱히 누구에게랄 것도 없이 하고 있었다.
석도명이 다가온 것을 모두들 알고 있었지만 하던 이야기를 중단할 생각은 없는 듯했다. 젊은 나이에도 아랫사람을 부리는 데 길이 든 자연스러운 행동이다.
'헐, 좀 기다려야겠는걸.'

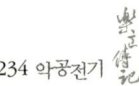

어디 가서 대접을 받지 못하는 데는 이골이 난 석도명이니 기다리는 것쯤은 일도 아니다.

게다가 대화의 주제가 음악이 아니던가. 가라고 쫓아내지만 않는다면 계속 들어 보고 싶은 마음이기도 했다.

소녀 도사의 질문을 단정하게 녹색 무복을 차려 입은 이십 대 중반의 여인이 받았다.

"후후, 황제께서 예(禮)와 악(樂)을 치국(治國)의 근본으로 여기는 바람에 시류가 그런 것이지, 굳이 우리 무림인들까지 그럴 필요가 있겠니?"

"그런데 고작 음악 따위가 어떻게 태평성대를 가져온다는 거죠?"

도사복을 입은 소녀가 연이어 질문을 하자 녹색 무복의 여인은 곤란하다는 표정으로 누군가를 향해 고개를 돌렸다.

"하하, 그 질문에 대한 대답은 소헌부(召憲府)의 소관이 아닐까 싶은데."

"그러게요. 운영(雲影) 동생이 잘 알겠죠?"

좌중의 시선이 대갓집 규수 차림의 소녀에게로 향했다. 잠시 머뭇거리던 소녀가 차분한 음성으로 입을 열었다.

"제가 배우기로는 음악은 사람의 마음속으로 아주 깊이 들어가며, 사람을 변화시키는 것이 빠르다고 합니다. 악중평즉민화불류(樂中平則 民和不流). 즉, 음악이 중용에 맞아 평화로우면 백성이 감화를 받아 음탕한 데로 흐르지 않지요. 또 악숙

장즉 민제불란(樂肅莊則 民齊不亂)이니 음악이 엄숙하면 백성이 질서를 지켜 혼란스럽지 않다고 합니다. 이같이 백성이 화합하고 질서를 지키게 되면 병사는 굳세고, 성(城)은 견고해져 적국이 감히 넘보지 못한다는 것이 옛 성현들의 가르침입니다. 제대로 된 음악을 보급하면 백성은 그 거처에서 편안하고, 고향에서 즐거워한다고도 했습니다. 요약하자면 음악에는 백성들을 교화하는 힘이 있다는 거지요."

 준비해 둔 모범답안이라도 낭독하는 것처럼 거침없는 대답이다. 소녀는 그것으로 할 말을 다했다는 듯이 함초롬히 입을 다물었다.

 "우와, 소헌부의 우문(愚問) 낭자 한운영(韓雲影)은 과연 다르네."

 "여자만 아니라면 과거를 봐도 되겠어요. 호호호."

 "근데 솔직히 설명이 너무 어려워요."

 여인들의 감탄이 이어지는 가운데 석도명도 무의식중에 고개를 끄덕이고 있었다.

 '소헌부의 규수라더니 학식이 깊구나.'

 세상 물정에 밝지 못한 석도명이지만 송나라 최고 관직인 동중서문하평장사(同中書門下平章事; 재상)와 참지정사(參知政事; 부재상)를 배출하고, 대대로 한림원 학사가 끊이지 않는다는 송나라 최고의 선비 가문인 소헌부의 명성만큼은 귀가 따갑게 들었다.

물론 그런 대단한 집안의 소녀가 어떻게 무림인들과 어울려 이 자리에 있는지, 또 우문 낭자라는 별명이 무슨 뜻인지는 모르겠지만 말이다.

문득 대화가 끊기는가 싶더니 여인들의 시선이 한꺼번에 석도명에게로 쏟아졌다.

석도명은 그제야 자신의 실수를 알아챘다. 남의 이야기를 주워듣고는 주제넘게 고개까지 끄덕인 것이다.

"당신은 누군데 우리 이야기를 훔쳐 듣고 있는 거죠?"

도사복 차림의 소녀가 계단 위에서 석도명을 흘겨보며 물었다.

"아, 죄송합니다. 소학전으로 가는 길을 여쭤볼 생각이었는데 대화가 너무 진지하기에 잠시 기다리던 중이었습니다."

"길을 잃었다고요? 뭘 하는 분이고, 소학전은 왜 찾는지 물어도 될까요?"

석도명에 대한 경계심을 풀지 못했는지, 아니면 원래 뭐든 캐묻는 게 버릇인지 도사복의 소녀가 내쳐 질문을 던졌다.

"예, 저는 석도명이라 합니다. 사마세가의 초대를 받고 온 악사입지요."

석도명이 얼른 사마세가의 이름을 앞에 내세웠다. 불필요한 오해를 사고 싶지 않기 때문이다.

그게 통했는지 여인들의 표정이 일시에 누그러졌다. 사마세가의 초청을 받고 온 사람이라면 무림맹의 손님이 아니던가.

"아, 악사시군요. 그래서 우리 이야기에 귀를 기울이셨나 봐요?"

여인들 가운데 가장 나이가 많아 보이는-그래봐야 이십대 중반을 넘지 못했지만- 녹색 무복의 여인은 석도명이 악사라는 사실에 관심을 내비쳤다.

호감이 섞인 말투지만 그 안에 담긴 뜻은 석도명이 자신들의 대화를 주워듣고 있었음을 은연중에 추궁하는 것이기도 했다.

"그만, 결례를 범했습니다. 소저께서 '악기(樂記; 고대 음악 이론서)'의 한 구절을 적절하게 인용하시기에 저도 모르게 고개가 끄덕여졌습니다."

한운영의 말이 어디에서 인용된 것인지를 석도명이 정확하게 짚어내자 여인들의 얼굴에 은근한 감탄의 표정이 어렸다.

사마세가가 실력 있는 악사들을 잔뜩 끌어 모았다는 건 이미 소문이 파다한 사실이다.

따져보니 저렇게 젊은 나이에 사마세가의 초청을 받았다면 대단한 실력을 가졌을 것이라는 생각이 든다.

"역시 악사분이시라 음악에 대해서는 저희보다 한 수 위시네요."

녹색 무복의 여인이 석도명의 행동에 납득이 간다는 의미로 가벼운 미소를 지어보였다.

"말이 나온 김에 쉽게 설명 좀 해주세요. 여기 우문 낭자께서는 질문을 던지는 사람을 늘 바보로 만들거든요."

"그래요, 잠시 올라오세요."

"후후, 나도 찬성."

도사복의 소녀가 대뜸 석도명에게 설명을 청하고 나서자, 다른 여인들이 반색을 하며 석도명을 누각 위로 청했다.

무림의 여인들답게 별로 낯가림을 하지 않기도 했지만, 본시 예인(藝人)이란 젊은 여인들에게는 언제나 인기가 있는 직업이다.

석도명이 그 청을 거절하지 못하고 엉겁결에 누각 위로 올라갔다.

"저는 청성파의 장민(張敏)이라고 합니다. 이쪽은 아미파의 우혜(愚慧)……."

녹색 무복의 여인이 석도명에게 사람들을 소개했다.

도사복이 어울리지 않게 활달한 소녀는 아미파 소속이었다. 또 다른 여인은 남궁세가의 남궁설리(南宮雪梨), 하남전장(河南錢莊)에서 온 금옥정(琴玉貞)이라 했다.

다섯 명 가운데 셋이 무림인이고, 나머지 둘은 선비와 상인의 딸이다. 잘 어울리는 조합은 아니었지만, 반백제를 맞아 각 문파에서 각계각층의 귀빈을 모셨다는 점을 생각하면 딱히 이상할 것도 없었다.

간단한 인사가 오가고 나자 여인들이 기대 어린 눈길로 석도명을 바라본다. 아미파의 우혜가 요구한 '쉬운 설명'을 기다리는 것이다.

석도명은 자신을 똑바로 쳐다보는 한운영의 맑은 눈빛 앞에 난감한 기분이 들었다.

우문(愚問) 낭자 한운영.

우혜의 말을 듣고 나서야 한운영에게 왜 그런 별명이 붙었는지 얼핏 이해가 갔다.

아마도 우문현답(愚問賢答)을 줄인 말이리라. 우혜의 이야기대로 대답이 너무 수준이 높아서 물어본 사람이 늘 바보가 되는 기분이 들게 한다는 뜻이거나, 어떤 질문에도 대답이 막히지 않는다는 칭찬이리라.

"저는 악기를 연주하는 악사이지, 음악을 연구하는 학자가 아니라서 과연 제대로 된 답을 드릴 수 있을지 모르겠습니다. 그저 한 소저께서 인용하신 구절에 사족(蛇足)이나 조금 붙여 보겠습니다."

석도명이 어색함을 이기지 못하고 한 차례 헛기침 뒤에 말을 이어갔다.

"자장(子張; 공자의 제자)이 공자께 여쭀습니다. '정치란 과연 무엇입니까?' 공자께서 답하시길 '군자가 예악(禮樂)에 밝으면 그것을 들어서 정사(政事)에 옮길 따름이다' 하셨지요. 예악을 실천하는 것이 곧 정치라는 말씀입니다. 공자께서는 군자가 예와 악에 힘을 기울이면 천하가 태평하고 만물이 도리에 어긋남이 없다고 했습니다. 그것이 흔히 말하는 예악을 통한 치국의 도(道)이지요."

"그러면 지금처럼 음악을 널리 장려하면 저절로 정치가 된다는 말인가요?"

이번에도 질문을 참지 못한 것은 궁금증이 많은 우혜였다.

"음악에 사람을 교화하는 힘이 있기 때문에 그것이 가능하다고 믿는 사람들이 많기는 하지요. 그러나 꼭 그러한지는 생각해 봐야 할 문제라고 봅니다."

"공자께서 그렇게 말하셨다면서, 그게 또 그렇지 만은 않다는 이야긴가요?"

녹색 무복의 여인, 청성파 장민의 지적은 어째 석도명의 말이 앞뒤가 맞지 않다는 반응이다.

"제가 어찌 공자님의 말을 부정하겠습니까? 공자께서는 예와 악을 구별하셨는데, 말하고 그것을 행동에 옮기는 것이 예(禮)요, 행하고서 그것을 즐기는 것이 악(樂)이라고 하셨습니다. 그 말씀을 정확히 새기자면, 좋은 세상을 만들려면 음악을 즐기기에 앞서 행동이 먼저 필요하다는 거겠지요."

장민과 남궁설리, 금옥정의 얼굴에 감탄의 빛이 떠올랐다.

처음에는 허름한 복장 때문에 일꾼인 줄 알았던 사람의 입에서 문자가 줄줄이 쏟아질 줄은 꿈에도 몰랐다.

석도명을 누각 위로 청할 때만 해도 악기를 연주하면서 경험한 이야기나 들려주겠거니 생각했을 뿐이었는데 말이다.

그러나 한운영의 쌀쌀맞은 표정에는 아무런 변화가 없다.

그 옆에서 우혜는 궁금한 걸 묻기에 바빴다.

"아까 운영이는 음악이 엄숙하면 적이 넘보지 못한다, 뭐 그랬던 것 같은데 그게 아니라는 건가요?"

"그렇게까지 말씀드린 건 아니고 음악을 보는 관점이 워낙 다양하니 한쪽으로만 단정 지을 필요는 없다는 뜻인데……."

석도명은 어째 점점 더 난처해지는 기분이 들었다.

한운영의 말을 부정하려는 게 아니라, 보충 설명을 하려고 시작한 이야기가 미묘하게 다른 결론에 도달하고 만 것이다. 아마도 필요에 따라 속마음을 숨기지 못하는 성격 탓이리라.

"말끝을 흐리는 걸 보니 다른 의견이 있는 모양이군요. 이 자리에서는 그렇게 생각을 감추지 않아도 된답니다."

한운영의 음성이다.

석도명은 자기 신분으로는 감히 마주할 수도 없는 명문가의 여식(女息)과 설전(舌戰)을 벌이게 되는 것 같아서 내심 찜찜했다. 하지만 석도명을 응시하는 한운영의 눈빛은 '사내라면 꼬리를 내리지 말라'고 말하는 것만 같았다.

"저는…… 너무 좁게 생각할 필요는 없다고 봅니다. 치국의 방편이 오직 예악만 있는 것이 아니고, 음악의 효용이 백성을 다스리는 데만 있지는 않지요. 그러니 '예악은 치국이다'라거나 '치국은 예악이다'라는 식으로 단정 지을 필요는 없는 게 아닐까요? 음악은 그저 음악다우면 되는 거지요."

"선문답같이 모호한 답이군요. 음악이 음악답다는 게 뭔가요? '담(淡)'과 '화(和)'를 부르는 것이야말로 진정한 음악 아닌가요? 성군의 정치란 백성의 마음이 조화에 이르게 하는 것이니, 음악이 치국에 중요한 요소임은 부정할 수 있는 게 아니랍니다."

한운영이 가차 없이 반박을 하고 나섰음에도 석도명의 입가에는 오히려 옅은 미소가 걸렸다. 유일소의 말이 떠올랐기 때문이다.

'과연 선비는 먹물이 가득 해서 음악도 머리로 들으려 한다더니.'

석도명은 한운영이 주입된 지식만으로 음악을 따지려고 든다는 느낌을 지울 수 없었다.

한운영이 입에 담은 담과 화는 음악을 통치론으로 풀이한 주돈이(周敦頤; 송나라의 유학자)의 이론을 그대로 옮긴 것에 지나지 않았다.

주돈이는 평담(平淡; 고요하고 깨끗함)과 조화(調和)의 효능을 지닌 음악을 만들어 백성을 교육시키는 것이 통치자의 역할이라고 주장했던 것이다.

사실 따지고 들자면 음악의 가치와 의미에 대한 논쟁과 이론을 석도명만큼 배운 사람도 흔치 않다.

그러면서 석도명처럼 그런 잡다한 이론에 전혀 물들지 않은 사람도 없을 것이다.

그 모든 것은 천하제일이라는 식음가의 지식을 응축해서 석도명의 머리에 강제로 쑤셔 넣은 유일소의 냉소적인 자세 덕분이었다.

유일소는 이론에 대해서는 언제나 모든 것을 부정하면서, 또 모든 것을 긍정하는 자세로 일관했기 때문이다.

"사부님, 어제는 이 말도 맞다, 저 말도 맞다 하시더니 오늘은 왜 이놈도 개소리요, 저놈도 개소리다 그러시는 겁니까?"
"크크크! 이놈아, 그거야 어제는 내가 기분이 아주 좋았거든. 헌데 오늘은 영 아니란 말이시다."
"예? 사부님 기분에 따라서 천하의 이론이 맞았다, 틀렸다 하는 겁니까?"
"이놈아, 음악이 원래 그런 거다. 세상에 좋은 소리, 싫은 소리, 옳은 소리, 틀린 소리가 따로 있는 줄 아느냐?
마음이 가면 좋은 거고, 마음이 가지 않으면 헛소리인게지. 음악을 하려거든 이론조차도 머리가 아니라 마음으로 새기는 거다, 마음!"

유일소라면 지금 이 자리에서 한운영에게 어떤 말을 해줄까 생각하니 석도명의 미소가 자신도 모르는 사이에 더욱 짙어졌다.

"물론 음악에서 평담과 조화가 중요한 것은 사실입니다. 하지만 진짜 중요한 것은 바로 우리들의 마음이 아닐까요? 왕작(王灼)이 이르기를 하늘과 땅이 갈라지기 시작할 때 사람이 나왔으며, 사람은 모두 마음을 가지고 있다고 했습니다. 마음이 있으니 시(詩)가 생기고, 시가 있고 나서야 노래가 생기며, 노래가 있은 뒤에 성률(聲律)이 생긴다는 것이지요. 저는 음악은 마음을 다스리기 위한 것이 아니라, 마음에서 비롯되는 것이라고 알고 있습니다. 음악이란 그저 마음이 가는대로 편하게 듣고 즐기면 그만이라고 봅니다만."

한운영을 제외한 다른 여인들의 고개가 자연스럽게 끄덕여졌다.

석도명이 마지막에 '마음이 가는대로 할 뿐이다' 라고 한 것이 왠지 모르게 가슴에 와 닿았기 때문이다.

자고로 무공의 길 또한 그렇게 마음이 가는 곳에 있다고 하지 않던가?

"음악은 마음을 다스리기 위한 것이 아니라 마음에서 비롯되는 것이다……. 헤헤, 마음에 드네."

아미파의 소녀도사 우혜는 아예 내놓고 석도명의 편을 들기까지 했다.

그러나 한운영만은 표정이 더 굳어졌다.

"흥, 모처럼 이야기가 통하는 사람을 만났나 했더니 결론이 고작 마음이군요. 변덕스럽기 짝이 없는 게 사람의 마음 아니던가요? 제 귀에는 음악이 '어디에서 왔는지' 만 따지느라 '왜 왔는지' 는 생각하지 않겠다는 말로 들리는군요. 마음을 핑계로 목적 없이 쾌락만 좇을 건가요? 짐승은 소리(聲)는 알아도

음(音)은 알지 못하고, 보통 사람은 음(音)은 알면서 악(樂)은 알지 못한다고 했어요. 진정한 음악이란 듣기 좋은 소리(音)만 들려주는 게 아니라, 가르침을 통해 진정한 악률(樂律)까지 들려줘야죠."

"아니요, 저는……."

"그쪽은 사람의 마음이 그렇게 의지할 만한 것이라고 믿는지 모르겠지만, 선악(善惡)의 구별도, 예와 비례의 차별도 두지 않는 있는 그대로의 마음이란 그저 혼돈일 뿐이지요. 그래도 변덕스런 마음 따위에 의지하겠다면 저로서는 더 할 말이 없네요. 이제 그만 하죠."

무엇에 기분이 상했는지 한운영이 날카롭게 쏘아 붙이고는 고개를 돌려 버린다.

석도명은 막막했다.

진심을 담아 이야기를 했는데 자신의 말이 전혀 먹혀들지 않는다. 공 들여 연주는 했으나 아무런 감흥도 이끌어내지 못한 기분이다.

'하, 내 입으로 마음이 중요하다고 해놓고는 정작 마음을 전하지 못하는구나.'

석도명이 다시 입을 열었다.

"음악의 근원(根源)이나 지향(指向)을 따지자는 게 아닙니다. 물은 높은 곳에서 낮은 곳으로 흘러내리기 마련이지요. 사람의 마음이 변하는 것은 결국 그 안에 때로 차고 넘치는 것이 있기 때문입니다. 제가 처음 음악을 배울 때 할아버지께서 제일 먼저 가슴에 새기라고 하신 것은 '기쁘면 웃고 슬프면 우는 것이 사람이다'라는 한 마디였습니다. 할아버지께서는 그런 마음만 있으면 누구나 나눌 수 있는 게 음악이라고 하셨지요. 사람의 마음이 연약한 것인지는 모르겠지만, 그렇다고 부정부터 해야 하는 걸까요?"

석도명이 한운영을 향한 반문으로 말을 맺었지만 대답은 들리지 않았다.

좌중의 분위기가 확연히 석도명 쪽으로 기운 탓에 자존심에 상처라도 입은 것일까?

한운영은 오뚝한 콧날에 살짝 주름을 잡은 채 앙다문 입을 열려 하지 않았다.

"후, 단 한 번이라도 진실한 마음이 담긴 음악을 들어 보셨다면 제 말을 이해하실 텐데요."

석도명은 백 마디 말보다, 마음을 따라가는 음악이 무엇인지를 한운영에게 들려 주고 싶었다.

유감스럽게도 유일소가 '눈을 뜨고 연주하라'고 했으니 아무것도 들려줄 수 없는 형편이었지만.

석도명의 마지막 말은 그런 아쉬움을 담은 것이었다.

하지만 한운영에게는 그 말이 마치 '진실한 마음이 담긴 음악을 네가 알기나 하느냐' 하는 비아냥거림으로 들렸다.

석도명의 입에 걸려 있던 옅은 미소도 그 한 마디로 인해 지독한 비웃음이 되고 말았다.

순간 표정에 변화가 없던 한운영의 눈에서 차가운 불꽃이 일었다.

다른 사람들도 갑자기 싸늘해진 분위기를 느끼며 두 사람을 어색하게 번갈아 보기만 했다.

"자기 말에 그렇게 자신이 있나요? 그러면 그 마음이 담긴 음악이라는 걸 이 자리에서 직접 들려주지 그래요. 대체 어떤 마음인지 궁금하군요."

그렇지 않아도 '꽃 같은 외모로 사내들을 녹이고, 얼음 같은 표정으로 다시 얼린다'는 평가를 받는 한운영의 차가운 음성에서 이제는 냉기가 풀풀 날린다.

"죄송합니다만, 형편이 여의치 않군요."

"설마 손에 악기가 없다는 핑계인가요? 어떤 악기든 당장 구해다 드리죠."

"그게 아니라, 지금은 그럴 만한 사정이 있습니다."

석도명은 변명이 궁색함을 알았지만 도리가 없었다. '사부가 무림맹에서 잡스럽게 놀다가 오라'고 했다는 말을 할 수는 없지 않은가.

"공자께서 행동하고 나서 즐기는 것이 음악이라고 하셨다고 스스로 말하지 않았나요? 행동은 없고 말만 번지르르 해서야 과연 음악을 할 자격이 있나 모르겠군요."

석도명은 아무 말도 하지 않았다. 스스로 보여 줄 수 없는 상황에서 무슨 말을 하든 핑계요, 변명이 될 뿐이다.

"하아, 제가 허언(虛言)으로 좋은 자리를 망친 것 같습니다. 언제고 형편이 달라질 날이 오겠지요."

석도명이 가볍게 허리를 숙였다. 이제 그만 가보겠다는 인사다.

"좋은 이야기 잘 들었어요. 저도 언제고 석 악사께서 연주하는 모습을 꼭 보고 싶군요."

한운영에게 톡톡히 창피를 당하는 모습을 봤음에도 청성파 소속이라는 장민의 인사에는 호감이 듬뿍 담겨 있었다.

적어도 자신은 석도명의 이야기에 십분 공감을 했다는 뜻이리라. 다른 여인들의 반응도 마찬가지였다.

"그러게요. 저도 듣고 싶어요."

"따로 자리를 한 번 만들까요?"

"사마세가의 잔치가 사흘 뒤잖아. 그때 다 같이 가면 되지 뭐."

석도명은 차마 '그때도 제 마음대로 연주를 할 수는 없습니다'라고 말하지 못한 채 몸을 돌렸다.

계단을 걸어 내려오며 석도명은 마음이 묘하게 복잡했다.

'내 말에 그렇게 화가 났나?'

짧은 시간이었지만 세상에 나와서 누군가와 음악을 놓고 진지한 대화를 나누는 게 사실은 즐거웠다. 그래서 평소 성격에 어울리지 않게 열변을 토했는데 그게 그만 상대방의 마음을 상하게 한 모양이다.

음악을 논하고, 사람의 마음을 이야기하는 게 그렇게 화를 내고, 또 상처를 받아야 하는 일이던가? 음악이란 언제나 사람의 마음을 가깝게 하는 것이라고 믿었는데 말이다.

한운영 때문에 마음이 복잡해져서는 석도명은 그만 소학전으로 가는 길을 물어야 한다는 사실조차 깜빡 잊고 있었다.

"저기⋯⋯ 소학전 가는 길은요?"

석도명을 쫓아 계단을 내려온 아미파의 소녀도사 우혜가 그 사실을 먼저 일깨워 준다.

처음에는 이야기를 훔쳐들었다고 타박하던 것과 달리, 이제는 웃음을 잔뜩 머금은 얼굴이다.

"아, 소학전⋯⋯."

"제가 알려드릴 테니까 걱정하지 마세요. 그리고⋯⋯."

우혜가 웃으면서 누각 위를 슬쩍 올려다봤다. 한운영의 핀잔을 너무 마음에 담지 말라는 신호다.

석도명은 스스럼없는 우혜의 태도에 오히려 정감이 갔다.

우혜처럼 낯설면 경계하고, 궁금하면 묻고, 호감이 가면 바로 친절해지는 게 자연스러운 사람의 마음이 아니던가? 누구는 그걸 변덕스럽다고 하지만.

"무림맹이 워낙 복잡하게 설계가 돼서 말로는 설명하기가 어려워요. 구궁팔괘(九宮八卦)의 원리에 따라 정중동(靜中動)의 변화를 주고 있거든요. 말로 설명하는 거하고 구궁(九宮) 안에 들어갔을 때 실제 느끼는 방향은 같지가 않답니다. 호호, 이게 다 석 악사님을 초청한 사마세가의 작품이니 어쩌겠어요?"

"아, 그런 거였군요."

석도명은 우혜의 설명을 듣고서야 뭐가 문제인지를 알았다. 정문의 경비무사가 알려준 방향은 구궁팔괘 안에서의 변화를 전제로 한 것이었던 모양이다.

"직접 안내를 해주는 게 제일 빠르지만, 선배를 기다려야 해서……"

이마를 찌푸려가며 고민하던 우혜가 그 자리에 쪼그리고 앉아 석도명의 소매를 끌어 당겼다. 그리고는 누각 위의 사람들이 지켜보는 것에 아랑곳하지 않고 손가락으로 땅바닥에 뭔가를 그려나가기 시작했다.

"말로 하는 것보다, 그려서 설명을 하면 좀 쉬울 거예요. 여기가 창룡각이고…… 오면서 청공전은 지나 왔을 테죠?"

석도명은 스스럼없이 자신을 대하는 우혜의 모습이 새삼 귀엽게 느껴졌다.

'이렇게 어여쁜 여동생이 있으면 얼마나 좋을까?'

석도명이 무림이라는 세계를 모르고, 눈앞의 소녀가 어떤 신분인지를 알지 못했기에 가능한 망상이었다.

석도명의 착각을 깨 주기라도 하려는 듯 때마침 여러 사람이 창룡각 안으로 들어섰다. 하나같이 허리에 검을 찬 젊은 사내들이었다.

"여어, 이건 또 무슨 다정한 그림이람?"

"일소일소(一笑一掃; 한 번 웃고 한 번에 쓸어 버린다)한다는 공포의 여 도사님은 어디로 갔나?"

"그러게. 감히 최연소 십대창룡(十大蒼龍)하고 머리를 맞대는 간 큰 남자도 있구먼."

우혜가 기다리고 있다는 무림맹의 선배들이다.

석도명은 사내들의 이야기를 들으며 갑자기 깨달아지는 것이 있었다.

'헛, 십대창룡. 그래, 창룡각.'

창룡각이라는 현판이 어쩐지 귀에 익다 했더니 바로 무림맹이 후기지수를 특별 양성하기 위해 만들었다는 창룡대(蒼龍隊)의 건물이었던 것이다.

창룡대는 각 문파에서 가리고 가려서 뽑은 100명의 청년고수로 구성돼 있는데 그 중에서도 십대창룡이라면 기재 중의 기재들로 소문이 파다했다.

석도명이 일어나 놀란 눈으로 우혜를 바라봤다. 천진하게 웃고 있는 이 소녀가 십대창룡에 들어가는 고수라니! 그런 고수를 귀엽다고만 생각했으니 사람을 잘못 봐도 크게 잘못 본 것이다.

'하아, 나야말로 눈뜬장님이구나.'

표정이 살짝 굳어진 석도명과 달리 우혜는 밝은 얼굴로 사내들을 맞았다.

"놀라지 마세요. 무림맹을 찾아오신 손님에게 길을 알려드리는 중이었다구요."

"허, 얼마나 귀한 손님이시기에 우혜가 직접 안내를 하는 거지?"

다가온 사내들 가운데 한 사람이 먼저 앞으로 나서서 석도명을 위아래로 훑어본다. 전혀 호의가 담겨 있지 않은 눈길이다.

"악사분이세요. 반백제에 참석하러 오셨대요."

우혜가 먼저 석도명을 사내들에게 소개했다.

"석도명이라고 합니다."

"그런가? 악사라……. 나는 종남파의 추헌(皺櫶)일세."

"종남파를 대표하는 무형칠검사(無形七劍士)이자, 무림맹의 십대창룡이신, 그리고 척마검(斥魔劍)이라는 무서운 선배죠. 뭐, 워낙 유명하신 분이라……."

우혜가 추헌에 대한 설명을 거들고 나섰지만 그게 되레 석도명을 난처하게 만들었다.

"죄송합니다. 제가 워낙 무림의 일에는 과문(寡聞)한 탓에 뵙고도 몰랐습니다."

"하하, 그럴 수도 있겠지. 사람마다 눈에 담고 사는 게 서로 다른 법인 게야. 어차피 내 눈에도 자네는 없었으니 피장파장

일세."

 추헌이 짐짓 호탕한 웃음소리를 냈지만 웃는 얼굴이 아니다. 처음부터 대놓고 하대(下待)를 하는 말투도 그렇지만, '내 눈에 너 없다'는 말은 문자 그대로 안하무인(眼下無人)이 아니던가.

 추헌이 명백하게 시비를 걸었음에도 석도명은 가볍게 머리를 숙이기만 했다. 낯선 곳에서 험한 무림인들과 깊이 얽히기 전에 자리를 벗어나고 싶어서다.

 그러나 추헌은 석도명을 잡고 늘어졌다.

 "그나저나 창룡각은 잡인(雜人)들이 무시로 드나드는 곳이 아닌데 어떻게 들어왔느냐?"

 추헌이 대뜸 석도명을 잡인으로 몰아갔지만 그에 대한 대답은 누각 위에서 먼저 들려왔다.

 "잡인이라니 말이 너무 심하군. 그분은 사마세가의 손님이야."

 청성파의 장민이다. 한운영을 제외한 다른 여인들도 난간으로 몰려나와 그 말에 동조한다는 뜻으로 머리를 끄덕였다.

 "어라, 장 선배까지 이 작자를 아시오?"

 추헌이 다소 의외라는 반응을 보였다. 대체 이 허름한 악사 놈이 뭔 수작을 부렸기에 여자들이 하나같이 이런 잡놈의 편을 들고 나선다는 말인가.

 다른 창룡대원들이 흥미로운 눈길로 석도명과 누각 위의 여인들을 번갈아 쳐다본다. 엄청난 여인들로부터 성원을 받는 석도명의 정체에 새삼 관심이 끌리는 얼굴들이다.

사실 청성파의 비연검(飛燕劍) 장민이나 아미파의 일소일소 우혜는 젊은 무인들에게는 한 마디로 우상 같은 존재다. 천하의 기재라는 십대창룡 가운데 여검사는 오직 이들 둘뿐이다.

게다가 소헌부의 한운영은 또 어떤가? 뛰어난 지혜와 타고난 미색으로 천하제일의 규수라는 칭송이 따르고 있다.

개봉의 고관대작들이 앞 다퉈 소헌부에 매파를 들이고 있다는 소문이 파다하질 않던가!

이들에 가려 다소 빛이 바랜 느낌이기는 해도 남궁세가의 장녀인 남궁설이나 송나라 최고의 부호라는 하남전장의 외동딸 금옥정도 뭇 사내들에게 선망과 동경의 대상이기는 마찬가지다.

석도명은 더더욱 얼떨떨해졌다. 들어 보니 차분하기만 한 장민마저도 십대창룡의 일원이거나, 최소한 그에 버금가는 고수인 모양이다.

자신은 바로 그런 사람들 앞에서 조금 전까지 열변을 토했던 것이다. 천진하고 가녀린 외모에 홀려 그 안에 가려진 경지를 알아보지 못한 채 말이다.

'쩝, 길도 못 찾고, 사람도 못 알아보고.'

유일소가 굳이 눈을 뜨고 무림맹에 가라고 한 것이 이런 이유가 아닐까 하는 생각이 문득 들었다.

눈을 뜨고 사는 게 얼마나 허망한 일인지를 깨닫는데 채 반나절도 걸리지 않았다. 사부 말마따나 눈을 빼는 게 더 나을지도 모를 일이다.

"죄송합니다. 소학전으로 가다가 길을 잃어서 길을 묻는 중이었습니다."

여인들이 나서면서 분위기가 묘해지는 것을 느낀 석도명이 서둘러 해명에 나섰다. 그러나 처음부터 석도명을 잡인으로 규정지은 추헌이 그 말을 귀담아 들을 리 없다.

"아니 악사라는 게 본래 천한 신분이니, 잡인이 아니면 뭐겠소? 어쨌거나 외인이 창룡각에 들어온 건 사실 아니오. 그렇지 않소, 성 선배?"

추헌이 십대창룡 중 맏형인 화산파(華山派)의 성가용(成峀庸)을 슬쩍 끌어들였다. 창룡각에 외인이 들어왔으니 책임을 추궁하고 넘어가야 한다는 의미다.

"글쎄, 사마세가의 손님이라는데 외인이라고 닦달할 건 아니지 않나……."

성가용이 장민을 흘깃 바라보고는 말끝을 흐린다. 공명정대하기로 소문이 자자한 성가용이지만 왠지 장민 앞에서는 생각이 많아지는 눈치다.

"석 악사께서 무림맹에 온 것은 사마세가의 초청 때문이지만, 여기서 이야기를 나누자고 청한 것은 나니까 바로 내 손님이야. 외인이 무단으로 들어온 건 아니라고."

"아니, 장 선배. 창룡각이 아무나 부르면 들어오는 곳도 아니고……."

추헌의 말은 이어지지 못했다. 또 다른 여인이 입을 열었기 때문이었다.

"그리 말씀을 하시면, 저 역시 외인이 와서는 안 될 곳에 온 거군요. 죄송하네요."

한운영이다.

결과적으로 석도명을 변호하는 말을 하면서도 한운영은 석도명에게 눈길조차 주지 않았다.

그 꼿꼿한 태도는 마치 '네가 좋아서 거드는 게 아니라 소헌부의 여식은 언제나 공정하게 처신한다'고 항변하는 것 같았다.

상대방이 좋고 싫음을 떠나서 '할 말은 하고 산다'는 꼿꼿한 선비 집안의 가풍이 몸에 밴 탓이리라.

"아, 아니, 어찌 한 소저가 외인입니까?"

평소 한운영이라면 사족을 못 쓰는 추헌이 할 말을 잃고 말았다. 그러면서 동시에 석도명에 대해 알 수 없는 분노가 끓어오르기 시작했다.

'이 개자식이 대체 뭐하는 놈이기에 다들 감싸는 거야?'

추헌은 보잘것없는 악사 나부랭이가 창룡각에 들어와서는 선망의 대상인 미녀들과 천연덕스럽게 어울렸다는 사실부터

고까웠다. 헌데 무슨 감언이설(甘言利說)로 미녀들을 꼬드겼기에 이리도 비호를 받는다는 말인가?

"너, 사마세가의 손님은 분명한 거냐? 적어도 그것만은 확인을 해야겠구나."

석도명이 말없이 품안에서 사마세가의 신패를 꺼내들었다.

뜻밖에도 사마세가의 황금신패가 나타나자 모두들 놀라는 기색이다.

석도명과의 대화에 은근히 매료돼 있던 장민과 우혜에게도 의외의 일이다.

젊은 나이에 사마세가의 초청을 받았다기에 꽤나 실력이 있는 악사인가보다 했지만, 설마 사마세가의 가주가 직접 내린다는 황금신패를 들고 왔을 줄이야.

석도명의 손에서 번쩍거리는 황금신패를 보면서 추헌은 속으로 이를 갈았다.

'잡놈, 이걸 믿은 거였냐?'

자기 앞에서는 감히 고개를 들지 못해야 마땅한 악사 놈이 제법 꼿꼿하다 싶더니 역시 믿는 구석이 있었다.

추헌이 새삼 한운영을 올려다봤다.

한운영이 사마세가와 각별하게 친하다는 건 익히 알려진 이야기다.

추헌은 사마세가의 귀빈이라는 이유 때문에 한운영이 석도명을 편든다고 단정지어 버렸다.

그렇지 않아도 사마세가라면 평소에 이를 가는 것이 종남파다. 헌데 별 볼일 없는 악사 놈이 그 잘난 사마세가를 배경 삼아 한운영과 친해졌다고 생각하니 분노와 질투가 뒤섞여 참을 길이 없다.

'망할 놈, 언제고 네놈 분수를 일깨워 줄 기회가 따로 있을 거다.'

그런데 그 순간 추헌의 뇌리를 번개처럼 스쳐가는 것이 있었다.

'가만, 황금신패라고?'

사마세가가 부른 악사들이 여가허의 객잔 몇 개를 통째로 빌려 자리를 잡은 건 벌써 보름 전의 일이다.

손발을 맞춘다고 날마다 맹연습을 한다고 들었는데 뒤늦게 혼자 나타난 건 무슨 뜻일까?

게다가 황금신패를 보내 무림맹 안으로 직접 불렀다면 다른 악사들과는 격이 다르다는 의미이다.

'이놈이 설마 비장의 무기라도 된다는 건가?'

추헌은 순간적으로 석도명을 핍박하는 것보다, 그 정체를 캐는 게 더 중요하다는 판단을 내렸다.

"험, 이름이 석…… 악사라고 했나?"

"예, 석도명입니다."

"낯선 이름이군. 사마세가의 초청을 받았을 정도면 대단한 실력자일 텐데 말이야."

의도가 따로 있다 보니 천한 악사 놈을 슬쩍 띄워 주는 말도 술술 흘러나온다.

"아닙니다. 초청을 받으신 분은 제 사부님입니다. 사정이 있어서 제가 대신 왔을 뿐입니다."

석도명의 어조도 조금 더 공손해졌다.

정문의 경비무사에 이어 십대창룡의 고수마저도 사마세가의 황금신패 앞에서 태도가 달라진다. 신패가 그렇게 대단한 물건이라면 행동에 더욱 신중을 기해야 하리라.

"허, 사부님이 아주 대단하신 분인 모양일세. 존함이 어찌 되시나?"

"죄송합니다. 초야에 묻혀 사시는 분이시라 말씀드릴 수가 없습니다."

"그런가? 그러면 자네가 대신 연주를 하는 겐가?"

사부의 이름을 알려줄 수 없다는 말이 건방지게 들렸지만 추헌이 성질을 누르고 재차 질문을 던졌다. 그러나 그 대답은 들을 수 없었다.

"허참, 쓸데없는 일에 관심이 많네. 신원이 확인됐으면 그만이잖아. 다들 기다리는데 어서 가자고."

창룡대의 맏형인 화산파의 성가용이 말을 끊는 바람에 추헌은 더 이상 추궁을 할 수 없었다.

달리 모임이 있었는지, 누각 위의 여인들과 창룡대원들이 모두 마당을 가로질러 안쪽 건물로 몰려갔다.

청성파의 장민과 나란히 걸어가던 남궁세가의 장녀 남궁설리가 낮은 목소리로 말을 꺼냈다.

"본인이 아니라 사부가 초청을 받은 것이었군요."

약간 실망을 한 듯한 말투다.

"그러게 말이야."

"아까 연주를 할 수 없는 사정이라는 게 결국 그것 때문이었나 봐요. 아마 이론에 비해 대단한 실력은 못되는 거겠죠?"

"글쎄, 사람 일을 누가 알겠어?"

장민의 목소리에도 왠지 김이 빠져 있다. 남궁설리의 말대로 석도명의 연주 실력이 하찮을지도 모른다고 생각하니 아쉬운 마음을 금할 길이 없다.

그런 두 사람의 대화에 신경을 곤두세우고 있는 인물이 따로 있었다.

'후후, 역시 그놈한테 뭔가 사정이 있나 보군. 뭔지 몰라도 사마세가가 준비했던 대로는 되지 않고 있는 거군.'

추헌의 얼굴에 득의의 미소가 번져나갔다.

*　　　*　　　*

우혜가 일러준 대로 겨우 소학전을 찾은 석도명은 사마세가의 총관인 허정에게 이끌려 무림맹 군사의 집무실인 구룡당

(求龍堂)으로 갔다.

　유일소가 직접 나타나지 않았다고는 하나, 어쨌든 가주인 사마중의 이름으로 청한 손님이기 때문이다.

　사마중은 장남인 사마형(司馬瀅)과 마주 앉아 대화를 나누는 중이었다.

　"사부를 대신해서 왔다고? 그건 처음 듣는 이야기일세."

　친히 황금신패를 보내서 손님을 청했을 때는 마음대로 대리인을 보내도 되는 게 아니라는 사마중의 힐난이다.

　"사부님께서는 몸이 불편하셔서 거동이 어려우십니다만…… 제게는 이렇게 전하라고 하셨습니다."

　무슨 중대한 말을 꺼내려는지 석도명이 잠시 뜸을 들였다.

　"말해 보게."

　"숟가락은 국물을 뜰 수 있으나 그 맛은 알지 못한다. 국물이 맛을 내는 것은 오직 혀를 위해서다."

　"허, 그게 무슨 소린고?"

　"사부님께서는 혹시 그렇게 묻거든 또 이렇게 답하라 하셨습니다. 국물을 뜨는 것도 결국은 숟가락의 재주다. 맛은 알아서 보라…… 고 하십니다."

　"어허허!"

　사마중이 평소의 침착한 성격에 어울리지 않게 헛웃음을 터뜨렸다. 사마형과 허정이 서로 눈빛을 주고받았지만 두 사람 모두 말귀를 알아듣지 못한 표정이다.

"아버님, 어찌 그리 웃으십니까?"

"이게 무슨 뜻이겠느냐? 내가 숟가락이고 이 청년의 사부가 국물이라는 게다. 돌아가신 아버님과 달리 나는 자기 음악을 들을 재주가 없다는 말이지."

사마형과 허정의 표정이 딱딱하게 굳어졌다. 그 뒷말까지 알아들은 것이다.

국물을 뜨는 것도 숟가락의 재주라는 말은 사마세가의 가주가 부르니 딱히 거절은 못하겠다는 의미다. 그래서 제자를 대신 보내니 능력껏 대접하라는 게 아닌가.

감히 악사 따위가 천하의 사마세가 앞에서 이리도 광오하게 굴다니, 기가 막힐 따름이다. 하지만 사마형이나 허정 모두 큰 소리 한 번 내지 못했다. 사마중이 조용히 손을 들어 가만히 있으라는 신호를 보냈기 때문이다.

사마중은 석도명을 찬찬히 살펴보고 있었다.

'허, 유일소라는 노인의 이야기를 뜯어보면 내가 이 청년의 음악도 제대로 이해할 수 없을 거라는 의미가 아닌가? 이리 젊은데 대체 뭘 배웠다는 건가?'

사마중이 떠보듯이 질문을 던졌다.

"그래, 자네는 얼마나 깊은 맛을 내는고?"

석도명이 긴장한 얼굴이 됐다.

유일소가 대체 왜 국물 타령을 전하라고 했는지 처음에는 좀 의아했다. 헌데 사마중의 이야기를 듣고 보니 그 말에 담긴 비아냥이 확실히 깨달아졌다.

 그런데 사마중이 그 말을 그대로 빗대어 자신에게 맞을 묻고 있으니 당혹스러울 수밖에.

 "……."

 "……."

 잠시 어색한 침묵이 흘렀다.

 사마중의 물음에 석도명은 선뜻 대답을 하지 못했고, 사마중 역시 뭔가에 홀린 듯이 석도명을 바라보기만 할 뿐이다. 물론 사마형이나 허정이 그 사이를 자르고 들어올 수도 없었다.

 '이상하다. 이 사람 음성에는 색깔이 없다.'

 석도명이 곧바로 입을 열지 못한 것은 질문도 난처했지만 사마중의 기이한 목소리 때문이다.

 굵고 뚜렷한 음성임에도 불구하고 사마중의 말에는 인간의 소리가 가져야 할 기본적인 것들이 배제돼 있었다.

 희노애락(喜怒哀樂)의 감정도, 화자(話者)의 의지도 철저하게 가려진 채 오직 의미만 전해지는 음성이랄까?

 감정이 메말라 있기는 유일소의 음성도 마찬가지였지만 그것과는 또 다른 느낌이었다.

 '이건 뭐야? 마치 문자를 읽는 것 같잖아.'

 석도명은 사마중의 음성이 귀를 통해서가 아니라 직접 뇌로 들어오는 듯한 착각마저 들었다.

 유일소가 소리의 종류를 거론하면서 흐린 탁음(濁音)과 맑은 청음(淸音)이 있고, 그 다음에는 밝은 명음(明音), 기척 없는 묵음(默音)이 있다고 했다. 그리고 마지막에 들어야 하는 소리가 무음(無音)이다.

석도명은 사마중이 무공의 고수라는 점을 떠올리면서 속으로 머리를 끄덕였다.

무공이 절정에 이르면 의지만으로 사람을 죽일 수 있는 심신상인의 경지가 열린다고 하는데, 묵음의 경지라고 이르지 못하겠는가?

생각이 거기까지 미친 다음에야 석도명은 대답을 할 수 있었다.

"제가 내는 맛은 탁하고 맑으며, 줄곧 밝으면서 때로는 기척이 없습니다."

이제 겨우 묵음의 경지에 접어들었다는 의미다. 그 뜻을 어떻게 풀이했는지 사마중은 진지하게 고개를 끄덕였다.

"자네 사부님을 청한 것은 도움이 필요한 자리가 생겼기 때문이지, 사마세가의 이름으로 뭔가를 강요하고자 함이 아닐세. 사부님께서 직접 오셨다고 해도 반드시 연주를 해야 하는 것도 아니었고 말이야."

"네에."

"그건 자네도 마찬가지일세. 초청은 음악 때문이었으나 연주를 하고 안 하고는 자리를 봐서 자유롭게 하게나."

사마중은 그 말을 끝으로 허정에게 석도명을 처소로 안내하도록 했다.

석도명이 나가고 나자 사마형이 궁금증을 참지 못하고 서둘러 물었다.

"아버님, 유일소라는 사람이 대체 누굽니까?"

"사실은 나도 잘 모른다."

"그런 사람에게 어찌 신패를 보내셨습니까? 더구나 그걸 들고 온 제자라는 놈은 정말로 형편없질 않습니까?"

"저 청년의 사부라는 사람과는 일면식도 없다만 적어도 네 할아버지께 들은 두 가지는 지금까지 기억하고 있기 때문이다."

사마형이 다시 의아한 표정을 지었다.

"네 할아버지께서는 말이다, 무공으로는 누가 천하제일인지 모르겠지만, 음악에서만큼은 그 이름을 알 것 같다고 말씀하곤 하셨지."

"천하제일인이라고요? 저는 유일소라는 이름을 한 번도 들어 본 기억이 없는데요."

"허허. 우리가 무림에 몸을 담고 있지만 정작 무공의 일인자가 누군지를 모르는데, 음악이라고 세상에 알려졌겠느냐?"

"그런……가요? 그러면 할아버님의 또 다른 말씀은 무엇인지요?"

"어느 날 이런 말도 하셨지. 무공의 끝에는 무공만 있는 게 아닌 것 같다고. 또 음악의 끝에는 음악만 있는 것도 아니라고."

"예, 그렇기는 하지요."

처음 듣는 이야기가 아니다. 본시 무공은 만류귀종이라고 했다. 즉, 깨달음이 깊어지면 모든 것이 한곳으로 흐르기 마련인 것이다.

하지만 음악을 얼마나 해야 무공의 궁극에 도달한다는 말인가? 아니, 음공을 연마한 경우가 아니라 순수하게 음악만 하는 악사가 무공의 고수가 됐다는 이야기는 전설에서도 들어본 기억이 없다.

사실 사마중 또한 사마형과 크게 생각이 다르지 않았다.

두 부자는 몇 마디를 더 주고받은 끝에 아마도 음악에서 궁극의 경지에 도달하려면 일종의 심득(心得)이 필요할 테고, 그런 점이 무공과 일맥상통한다는 의미가 아니겠냐는 정도로 이야기를 마무리 지었다.

"형아……."

사마중이 밖으로 나가는 사마형을 잠시 불러 세웠다.

"예, 말씀 하시지요."

"석도명이라는 아이…… 한 번 눈여겨보려무나. 할아버지께서 보셨던 걸 혹시 너도 볼지 아느냐?"

"예, 그리 하겠습니다."

사마형은 공손히 머리를 숙였지만 그 말을 별로 새겨듣지는 않았다. 자신보다 어린 한낱 악사에게서 뭘 따로 배울 게 있겠는가 싶었다.

한편, 사마형이 나가고 난 다음 사마중은 혼자 고민에 빠져 들었다.

"형이에게 이야기를 해줄 걸 그랬나? 대체 그 눈빛은 뭔가? 허, 눈은 사람을 말해 준다고 믿었건만."

석도명이 사마중의 음성에 놀라고 있던 순간 사마중은 되레 석도명의 눈빛에 홀려 있었다. 석도명에게는 도무지 눈빛이라고 할 수 있는 것이 없었기 때문이다.

절정고수가 되면 눈빛을 갈무리할 수 있는 경지에 오르는 법이다.

하지만, 텅 비어 있는 석도명의 눈은 그렇게 설명하기가 어려웠다. 사마중으로서는 도무지 납득할 수 없는 일이었다.

석도명이 지난 10년간 장님이 아니면서도 장님으로 살아왔음을 알지 못하는 사마중으로서는 이해가 되지 않는 게 당연했다. 두 눈이 멀쩡한데도 눈으로는 세상을 보지 않는 사람이 있다는 걸 누가 상상이나 하겠는가?

사마중은 어쩌면 음악의 끝에 있다는 그 무엇에 대한 실마리를 석도명에게서 얻지 않을까 하는 알 수 없는 예감 속에서 깊은 생각에 빠져 들었다.

제8장

월하(月下)의
수신고(守信鼓)

여가허(呂家墟).

여씨세가의 폐허라는 뜻이다.

무림의 평화를 뒤흔든 천마협의 주력을 홀로 막아서서 장렬하게 산화(散花)한 여씨세가의 몰락은 아직까지도 사람들의 가슴을 뜨겁게 하는 영웅담으로 기억되고 있었다.

여가허의 중심에 자리를 잡은 무림맹의 한복판에는 본전(本殿) 건물인 청공전(靑空殿)이 위치해 있다.

말이 본전이지, 평소에는 거의 사용을 하지 않는 의전용 건물이다. 그럼에도 상징적인 의미 때문에 세인들에게는 무림맹을 대표하는 건물로 인식되고 있었다.

청공무제(靑空武帝) 여운도(呂雲道).

여씨세가의 유일한 생존자인 여운도가 십여 년 전 무림맹의 맹주로 추대됐을 때, 사람들은 그에게 청공무제라는 이름을 붙여줬다. 원래 여씨세가의 본당이 있던 자리에 세워진 청공전에 진정한 주인이 나타났다는 의미에서다.

검 한 자루로 녹림 18채의 두목들을 잇달아 제압하는 화려한 강호행으로 이름을 날리던 젊은 날의 여운도는 독고쟁패(獨孤爭覇)라는 별호에 걸맞게 오랜 세월을 철저히 외톨이로 살았다.

무림맹 창설의 주역이자 전대 군사였던 사마광이 그런 여운도를 끌어다 무림맹주로 추대하자고 했을 때 십대문파와 오대세가는 이를 조용히 승인했다.

홀로 녹림을 토벌한 의기와 실력을 높이 샀다는 것이 표면적인 이유였지만, 따로 세력을 키우지 않는 외톨이라는 점이 진정한 속내였다. 한 문파가 무림맹주를 맡아 독주하는 꼴을 서로 볼 수 없던 탓이다.

"맹주님, 그래 차 맛은 좋으셨습니까?"

군사 사마중이 무림맹주 여운도와 마주 앉아 엉뚱한 질문을 던졌다.

조금 전까지 창공전에서 십대문파 장문인과 오대세가 가주들이 함께하는 연석회의를 갖고 나서 맹주 집무실로 자리를 옮긴 두 사람이다.

"허, 제가 언제 차를 좋아했던가요? 새삼스럽게."

"무슨 말씀을요. 무림맹에서 맹차(孟茶)하면 꽤나 유명한데 모르셨습니까?"

"맹차요? 그건 또 무슨 소립니까?"

"십대문파 장문인들이 모인 자리에서 맹주께서 하시는 말씀이 오직 '차나 듭시다' 뿐이라는 사실을 모르는 사람이 없지요. 그래서 요즘 딱히 할 말이 없는 곤란한 상황이 되면 '맹차나 한 잔 할까?' 라고 한답니다. 맹차라는 게 '맹주님이 권하는 차' 라고도 하고, '맹주님은 차를 좋아해' 라고도 하더군요."

여운도가 빙그레 웃음을 지었다.

맹차라는 말이 정말로 유행하고 있는지는 모르겠지만, 조금 전의 회의에서 헌원세가와 종남파가 무림맹의 예산을 삭감하자고 덤벼들 때 자신이 한 마디도 거들어 주지 않은 게 못내 섭섭한 모양이다.

하긴 맹주씩이나 돼 갖고 맨날 '차나 듭시다' 밖에는 달리 할 말이 없는 자신의 처지가 스스로 봐도 옹색하기 짝이 없다.

"허허, 많이 섭섭하셨군요. 그 거북한 '맹주님' 소리를 꼬박꼬박 붙이시는 걸 보니 말입니다."

"자신이 맹주의 신분임을 잊지 마시라는 겁니다."

"허어, 참."

여운도가 육 척이 넘는 거구에 어울리지 않게 낮은 한숨을 내뱉었다.

'대단한 사람이야, 50년 세월을 지켜봤어도 한 치의 흔들림이 없구나.'

여운도의 아버지, 그러니까 천마협을 맞아 장렬하게 산화한 여씨세가의 마지막 가주 여한영(呂漢永)에게는 혈육 못지않게 가까운 두 사람이 있었다.

한 명은 의형제인 한호연(韓昊延)이고, 또 한 명이 사마중의 부친인 사마광이다. 한호연이 순수한 인간적인 정리로 엮인 관계라면, 사마광과는 평생 천마협 타도의 뜻을 같이한 동지였다.

여한영은 죽음의 길을 떠나면서 젖먹이 여운도를 문사(文士)인 한호연의 손에 맡겼는데, 한호연의 가문은 바로 재상가로 유명한 소헌부였다.

현재 소헌부의 가주인 한지신(韓智信)은 한호연의 아들로, 여운도와는 대를 이어 의형제를 맺은 사이이기도 했다.

생전의 사마광은 수시로 소헌부를 찾아와 여운도에게 부친의 유지(遺志)를 일깨워 주곤 했는데 그때마다 함께 온 사람이 여운도보다 한 살 많은 사마중이었다.

그때부터 장장 50년을 함께했으니 두 사람은 형제처럼 정겨운 사이가 될 수도 있었다.

아니, 실제로 의형제를 맺을 만큼 가까운 사이였지만 사마광은 이를 허락하지 않았다. 자신과 여한영처럼 두 사람이 평생 동지로 지내라는 주문이었다.

대의를 위해 목숨은 함께 걸 수 있지만 정(情)은 나눌 수 없는 기묘한 관계.

그것이 여운도와 사마중이다.

여운도는 단둘이 있을 때도 맹주님이라는 호칭을 떼지 않는 사마중에게서 언제나 알 수 없는 서운함을 느꼈다.

천하를 적으로 돌리는 순간에도 자신의 등을 맡길 수 있는 믿음과는 별개로, 늘 채워지지 않는 허전함이 두 사람 사이를 떠도는 기분이었다.

"천마협은 대체 얼마나 깊이 숨은 걸까요?"

여운도가 얼른 화제를 돌렸다.

"글쎄요, 어쩌면 너무 가까이 와 있어서 느끼지 못하는 건지도 모를 일이지요."

"공동파 장문인의 말마따나 서쪽만 뒤지는 건 의미가 없는 게 아닐까요? 저들도 바보가 아닌 다음에야 같은 장소에 계속 머물 이유가 없지 않겠습니까. 천산(天山)의 비동(秘洞)마저 철저히 파괴된 걸로 봐서 이미 멀리 떠난 것 같기도 하고……."

여운도의 이야기를 듣는 사마중의 입가에 가벼운 미소가 떠올랐다.

무림맹 내부의 일에는 언제나 입을 닫고 있는 여운도지만, 천마협 이야기만 나오면 그가 얼마나 고심하고 있는지를 쉽게 알 수 있었다.

"그 가능성을 염두에 두고 있습니다만, 제 눈으로 비동 내부를 확인하기 전까지는 아무 것도 믿지 않을 겁니다. 비동이 파괴된 건지, 일부러 출입을 막아놓은 건지는 그 짓을 한 당사자들만 알고 있겠지요."

여운도가 동감의 뜻으로 고개를 끄덕였다.

"그렇겠지요. 이미 비밀을 풀었거나, 영원히 묻어 버리기로 한 게 아니라면 천마협은 그곳을 포기할 수 없을 테니. 허면, 군사께서는 달리 짚이는 곳이 없습니까?"

"허허, 천마협의 흔적은 못 찾았습니다만, 그들이 알면 좋아할 일은 많더군요."

여운도가 궁금한 얼굴로 바라봤지만, 사마중은 뜸이라도 들이려는 듯이 찻잔을 들어 이미 싸늘히 식은 차를 한 모금 넘겼다. 뭔가 미묘한 이야기를 하기 위함이리라.

"아시듯이 헌원세가와 종남파가 중앙으로 진출하려고 열을 올리고 있지 않습니까? 그 때문에 잡음이 많은 모양입니다."

헌원세가와 종남파, 공동파가 서쪽에 있다는 이유만으로 천마협의 공격을 먼저 받은 사실은 누구나 아는 일이다. 그런 꼴을 또 당하지 않으려면 이제라도 동쪽으로 피해 버리면 될 것 같지만 그마저도 쉽지 않았다.

헌원세가는 그렇다 치고 공동산을 떠난 공동파, 종남산을 떠난 종남파는 영 모양새가 나질 않는다. 무엇보다 명문 정파가 적에게 지레 겁을 먹고 도망을 칠 수는 없는 일이다.

그래서 고육지책(苦肉之策)으로 나온 게 다른 지역에 대규모 분파(分派)를 만드는 방안이었다. 그리고 그 장소로 선택된 곳이 무림맹과 황도를 끼고 있으며, 유동인구와 물자가 풍부한 하남(河南) 일대다.

종남파 개봉 분파의 규모가 본산에 뒤지지 않을 정도로 크다는 건 이미 널리 알려진 사실이다. 헌원세가 역시 개봉에 분가를 차려 세를 크게 불리는 중이다.

"그것 때문에 문제가 있습니까? 하남에 분파를 늘리는 문제는 이미 다른 문파들의 양해를 구한 걸로 아는데……."

"고래가 아니라, 새우 이야기입니다."

"……."

"큰 바다에 고래 몇 마리가 더 들어온다고 당장 고래들끼리 죽어나가는 건 아닙니다. 하지만 고래가 늘어나면 잡아먹혀야 할 새우가 많아지지요. 종남파나 헌원세가 같은 대문파가 비집고 들어오면 거기에 먹이를 대줘야 하는 쪽부터 먼저 죽어나는 겁니다."

여운도는 사마중이 말하려는 바가 무엇인지 알았다. 거대 문파를 먹여 살리려면 막대한 자금이 필요하다.

그 돈을 종남산에서 벌어올 수는 없으니 개봉에서 수익사업을 벌여야 할 테고, 필경 다른 사람의 밥그릇에 손을 댈 수밖에 없으리라.

월하(月下)**의 수신고**(守信鼓)

"허, 재미있는 비유십니다. 먹잇감이라……. 허나 헌원세가나 종남파가 그런 일로 문제를 일으켰다는 이야기는 금시초문입니다만."

"아직은 그렇지요. 다만 걱정스러운 것은 최근 무림맹에 접수되는 분쟁해결 민원이 부쩍 늘고 있습니다. 처음에는 노점상들끼리 치고받는 것 같더니 식당, 객잔, 표국, 주루까지 점점 규모가 커지는 추셉니다. 아직 드러나지를 않아서 그렇지 하오문에서는 알력이 심각한 모양입니다. 균열의 조짐이 나타나고 있는 게지요."

"그 모든 게 헌원세가와 종남파 때문이라는 겁니까? 군사께서는 벌써 증거라도 잡은 건가요?"

질문을 던지는 여운도의 얼굴이 딱딱하게 굳어졌다. 무공을 익히는 자가 돈 문제로 드잡이를 벌이는 꼴이야말로 여운도가 가장 혐오하는 일이다.

사마중이 천천히 고개를 저었다.

"후후, 명문 정파들이 이런 일을 대놓고 하는 법이 있던가요? 그저 정보 수집 차원에서 몇 가지를 확인한 정도입니다. 하지만 머지않아 중소문파들이 직접 피해를 입게 될 테고, 그게 확대되면 정파 전체의 분열을 가져올 수도 있을 텐데. 쯧, 아시다시피 무림맹이 십대문파의 치부를 파고드는 건 원천적으로 불가능한 일이라서……."

여운도는 입맛이 썼다.

정파를 분열시킬 수 있는 민감한 사안임에도 불구하고 무림맹이 나설 수 없는 게 현실이다.

애초에 십대문파들이 좋아서 만든 무림맹이 아니다. 자신들 위에 또 다른 권력을 용납할 수 없었던 십대문파는, 무림맹이 십대문파와 오대세가에 관한 한 감찰권과 제재권한을 갖지 못하도록 했다.

여운도가 무림맹주로 앉아 있으면서도 십대문파 장문인들 앞에서 언제나 침묵을 지키는 것은 그런 이유였다. 자신을 겨우 집 지키는 개로밖에는 생각하지 않는 사람들 앞에서 헛되이 짖고 싶지가 않은 것이다.

"허허, 50년이 지났어도 천마협의 공포를 잊지 못하는 군사와 내가 겁쟁이인가요, 아니면 십대문파가 용감한 건가요? 정말로 평화가 너무 길었나 봅니다."

청공전 안에 여운도의 쓸쓸한 웃음소리가 오래도록 퍼져 나갔다.

* * *

그 시간 석도명은 소학전 뒤채에 한가하게 누워 열린 방문 바깥으로 푸른 하늘을 보고 있었다.

무림맹에 들어와 사흘 동안 석도명은 그렇게 하늘만 올려다 봤다. 초장부터 길을 잃어서 망신을 당한 터라 기웃거리고 다닐 기분이 아니었다.

"흠, 저게 양이냐, 소냐? 뭐가 급하다고 그리도 서둘러 가는 게냐? 다 흐트러진다."

석도명은 파란 하늘에 걸린 흰 구름을 보면서 낮게 중얼거렸다.

처음 봤을 때는 양 머리 같던 구름의 모양이 바람을 따라 흩어지면서 소머리처럼 변하고 있었다. 어떻게 보면 괴물 대가리 같기도 하고, 그러다가 순식간에 그저 부정형(不定形)의 솜털뭉치로만 보였다.

남들에게는 예사로운 장면이지만 장님으로 살아온 석도명에게는 이렇게 눈이 시리도록 장시간 하늘을 바라보기는 정말 기억도 나지 않을 만큼 오랜만의 일이었다.

"정말로 눈은 믿을 수가 없다니까……."

석도명은 눈을 감았다. 어둠 속에서 몸이 둥실 떠오르는 기분이다. 세상에 가득한 바람 소리가 들린다.

그리고 저 멀리 하늘이 느껴진다. 석도명에게 더 이상 하늘은 파랗지 않다. 거기엔 변덕스런 흰 구름도 걸려 있지 않았다.

하늘 너머에 숨죽이고 있는 거대한 기운이 석도명의 온몸에 내리쬐고 있었다. 그 무한한 기운의 장벽이 어느 한순간 폭포처럼 자신의 몸에 쏟아져 내릴 것만 같아서 석도명은 가슴이 두근거렸다.

'대체 뭘까, 이 기운은? 이게 정말 내 몸이 부르는 소리의 기운이란 말인가?'

석도명은 알고 있었다.

언제나 가슴이 터질 것 같지만 저 하늘에선 아무 일도 일어나지 않을 것이다.

사부조차도 그게 가능할 것 같지가 않다고 하질 않던가? 저 장벽 너머는 분명 천인(天人)의 세계이리라.

석도명이 천천히 몸을 일으켰다. 조심스럽게 다가오는 발소리가 들렸다. 용건이 없어도 하루에 한 번씩 찾아오는 익숙한 걸음, 사마세가의 총관 허정이다.

"오늘 저녁입니다. 달리 준비할 게 있으면 알려 주십시오."

석도명이 유일소의 제자라는 걸 안 다음부터 허정의 태도는 정중하기 그지없었다. 그 바람에 석도명은 사부가 항상 허풍만 치고 다니는 건 아닌 모양이라고 생각했다.

그러나 그 정중함이 지나친 건지 허정은 석도명에게 딱히 무엇을 하라거나, 해야 한다는 이야기를 하지 않았다.

드디어 사마세가가 주관하는 연회가 오늘 밤으로 다가왔지만 석도명은 아직도 자신이 언제, 어떻게, 뭘 연주해야 하는 건지를 알지 못했다.

'허, 정말 내 마음대로 하라는 건가?'

그저 준비할 게 있으면 알려 달라고만 하는 걸 보니 연주는 자유롭게 하라는 사마중의 이야기가 빈말이 아니었던 모양이다.

"글쎄요, 딱히 준비할 게 있을지……."

석도명의 모호한 대답에 허정은 어쩔 바를 모르는 표정이었다.

가주는 연주를 굳이 안 해도 그만이라는 식으로 말했지만 허정은 그럴 수가 없다.

여기까지 불렀으니 갈 때 적잖은 수고비를 쥐어 보내야 할 텐데 세가의 살림을 챙기는 신분으로 어떻게 헛돈을 쓸 수 있겠는가?

"악기를 안 갖고 오셨으니 말씀만 하시면 저희가 가져다 놓겠습니다. 어떤 악기를 다루시는지요?"

"아, 예. 이것저것 다 합니다."

허정이 잠시 놀라는 기색을 보였다.

'헐, 빈손으로 왔기에 뻔뻔하다고 생각했더니. 악기를 가리지 않는다? 과연 고인(高人)의 제자라는 건가?'

못 다루는 악기가 없다면 빈손으로 올만도 했다. 악기를 몽땅 싸들고 올 수는 없으니 말이다.

"그래도 가장 잘 한다거나, 손에 익다거나 하는 악기가 있으면 좋지 않을까요?"

석도명이 잠시 고민을 했다.

'허긴, 솥뚜껑 같은 걸 주고서 연주를 하라고 하면 곤란하지.'

굳이 하라면 솥뚜껑이라고 연주를 못할 건 없다. 그러나 그건 눈을 감아야 흉내라도 내볼 수 있는 일이다. 오늘은 연주를 하더라도 맨정신, 아니 맨눈으로 해야 하는 상황이니 악기를 미리 정해놔도 상관은 없을 듯했다.

"호금이 제일 편하기는 한데……."
"그럼 그렇게 준비를 하겠습니다."

평생 윗사람을 모시며 살아온 허정이다. 그의 경험으로 보자면 '……한데'라는 말은 언제나 잘 새겨들어야 했다. 그건 '내가 꼭 집어 말해야 알아듣겠느냐?' 그런 의미다.

허정은 석도명의 입에서 호금이라는 악기가 거론된 이상 다른 말이 필요 없다고 생각했다.

용건을 끝내고 바삐 사라지는 허정의 뒷모습을 향해 석도명이 못내 아쉽다는 표정으로 중얼거렸다.

"허, 뭘 물어볼 틈도 안 주고 가 버렸네."

자신의 연주 순서라든가, 가주가 좋아하는 음악 같은 기초 정보라도 얻었으면 했는데 허정의 숙달된 몸놀림에 그만 물어볼 기회를 놓치고 말았다. 이제는 대책 없이 현장에서 즉흥적으로 헤쳐 가는 수밖에는 없으리라.

대연회는 청공전 앞마당에서 열렸다.

사마세가에서 보낸 하인의 안내를 받아 청공전으로 나간 석도명은 적잖이 놀랐다. 잔치 규모가 생각보다 엄청나게 컸기 때문이다. 각 문파가 세를 과시하기 위해서 제자들을 잔뜩 끌고 온데다가 여기저기서 손님까지 초청한 탓이다.

사실 각 문파의 입장에서는 이렇게 중요한 자리에 평소 왕래가 잦은 벼슬아치와 가까운 무림인은 물론, 금전적으로 도움을 주는 상인들까지 접대 차원에서 부르지 않을 수 없는 형편이었다.

각 문파의 대연회 참석자를 100명으로 제한했지만, 그것만 해도 1,500명에 달하는 숫자다. 거기에 당일 연회를 주관하는 문파의 경우 손님을 500명까지 초대할 수 있고, 여기에 행사를 도울 인원까지 포함하면 줄잡아 2,000명이 훌쩍 넘는 사람들이 모인 자리다.

그뿐이 아니다. 석도명은 사마세가에서 동원한 악사의 숫자가 무려 500명에 달한다는 사실을 현장에 도착한 다음에야 알았다.

"험, 악사를 이리도 많이 부른 줄은 몰랐네요."

석도명이 북새통 속에서 어색함을 견디지 못하고 안내를 맡은 하인에게 나지막이 한 마디를 했다.

"헤헤, 웬걸요, 원래는 더 많았습죠. 황제께서 보낸 교방 악단이 500명이라, 그보다 많으면 불경죄가 된다고 해서 200명은 돈만 줘서 돌려보냈답니다. 크, 악사 500명이 보름 동안 밤낮을 안 가리고 연습을 하는데 정말로 장관이었지요."

백발이 성성한 하인은 사마세가가 자랑스러워 견딜 수가 없다는 표정으로 떠벌였다. 지금까지 다른 문파에서 동원한 악단은 300명이 가장 많았다는 이야기를 할 때는 어깨까지 심하게 으쓱댔다.

"500명이 보름이나 같이 연습을 했다구요? 그랬군요."

석도명은 사마세가에서 조직한 악단에 자신의 자리가 없음을 알았다. 이미 손발을 맞춰 완벽한 화음을 만들어 낸 사람들 사이에 자신이 껴 봐야 어울릴 것 같지가 않았다.

'합주라, 그래 그런 게 있었지.'

그러고 보니 음악을 배운 지 꽤나 오래됐음에도 불구하고 이렇게 많은 인원이 합주(合奏)를 한다는 건 생각도 해보지 못했다. 그동안 자신에게, 그리고 사부에게도 음악이란 그저 자기 자신과의 싸움일 뿐이었다.

석도명은 어울려 연주를 한다는 건 어떤 기분일지 문득 궁금해졌다.

사마세가의 하인은 석도명을 악단 옆에 따로 마련된 의자까지만 안내를 해주고는 바쁘게 사라졌다.

그 순간부터 석도명은 말 그대로 꿔다놓은 보릿자루였다. 다른 악사들도 석도명의 손에 들린 호금을 힐끗힐끗 쳐다보기만 할뿐 말조차 걸지 않았다.

이윽고 연회가 시작되고, 밤은 점점 깊어만 갔다.

초반에 다양한 공연으로 요란하게 출발한 잔치 자리는 어느

덧 모여 앉은 사람들끼리 주거니 받거니 하는 술자리로 바뀌어 갔다.

박수갈채를 받던 악단의 연주도 취중정담에 곁들여진 반주에 그치고 있었다.

사람들 가운데 제대로 귀 기울여 음악을 듣는 사람은 거의 없었지만 그럼에도 불구하고 500명이나 되는 악사들은 교대로 돌아가면서 끝없이 연주를 했다.

그 많은 사람들 가운데 오직 한 사람, 석도명만이 단 하나의 음도 빠뜨리지 않고 그 음악을 듣고 있었다.

'소슬한 가을바람에 보름달이라……. 음악이 분위기를 살리는 게냐, 분위기가 음악을 살리는 게냐.'

사마세가 모은 악사들의 수준은 과연 대단했다. 석도명은 순수하게 악기를 다루는 기교만 놓고 겨룬다면 자신이 이들 가운데 어느 정도나 될까 궁금할 정도였다.

'지금처럼 눈을 뜨고 붙는다면 그래도 중간 이상은 가겠지?'

연주에 열중해 있는 악사들을 한 차례 둘러본 석도명이 이내 눈을 감았다.

익숙한 어둠에 몸을 맡기자 악사들 개개인이 토해내는 소리가 그물에 걸리듯이 석도명의 귀에 걸린다.

잘 짜인 비단이 이처럼 빈틈없고 부드러울까? 하나인 것 같으면서 모두 다르고, 모두 다른 것 같으면서 하나인 이 어울림은 과연 사람의 재주만으로 가능한 것일까?

 유일소에게 배우는 것과는 또 다른 음악의 즐거움에 취해 석도명은 시간도, 자기 자신도 점점 잊기 시작했다. 음악 말고는 아무 것도 느껴지지 않았다.

 심지어는 건너편에서 종남파의 추헌이 자신의 모습을 사납게 노려보고 있다는 것조차도 말이다.

 '망할 놈, 지금 조는 거냐? 감히 천하 무림의 주인들 앞에서.'

 추헌은 석도명이 지루함을 견디지 못해서 졸고 있다고 생각했다. 지엄한 십대문파의 장문인들이 총출동해 있는 자리에서 허접한 악사 나부랭이가 대놓고 잠을 청하다니! 대체 사마세가는 어쩌자고 저런 놈에게 황금신패를 안겼다는 말인가?

 '헐, 시간이 얼마나 흘렀는데 아직도 저 빌어먹을 놈이 연주하는 꼴을 못 보는구나. 연주도 안 하는 놈을 왜 부른 거야?'

 설마 했던 생각이 점점 확신으로 바뀌고 있었다.

 '흥, 사마세가가 뭔가를 꾸몄는데 잘 안 된 게로군. 사부를 대신해서 나타났다는 저놈은 변변한 실력도 안 되는 모양이고.'

 추헌의 입 꼬리가 말려 올라갔다. 저 혼자 즐거운 생각이 떠올랐다는 표정이다.

 "이처럼 흥겨운 밤에도 맹주께서는 여전히 과묵하시구려. 빈승이 마시지 못하는 곡차(穀茶)나 한 잔 올릴까 합니다만."

상석에 앉아 있던 장문인과 가주들의 고개가 일제히 소림사의 방장 정각선사(正覺禪師)에게로 돌아갔다.

돌부처처럼 말없이 앉아 있기로는 여운도와 항상 쌍벽을 이루는 노승이 권주를 자청하고 나서니 자연히 이목이 쏠린 것이다.

정각선사가 술병을 들고 다가가자 여운도가 공손히 일어나 잔을 받았다.

"고맙습니다. 제가 차라도 한잔 올릴까요?"

여운도가 잔을 비운 다음에 난처한 표정으로 묻는다.

배분으로 보나, 나이로 보나 최고의 원로가 먼저 술을 권했으니 자신도 답주를 권해야 하는데, 정각선사가 술을 마시지 않으니 엉겁결에 차라도 권할 수밖에.

어디선가 낮은 웃음소리가 새어나왔다. 평소 같으면 있을 수 없는 일이지만 술자리다 보니 누군가가 잠시 긴장을 풀었던 모양이다. 아니면 술자리를 핑계 삼아 내놓고 조소(嘲笑)를 날린 것인지도 몰랐다.

여운도가 그 웃음에 담긴 의미를 알아들었다. 사람들은 속으로 '맹차(盟茶)'를 떠올리고 있음이 분명했다.

"허허, 그러면 차 한잔 따라 주시구려. 빈승은 맹주께서 주는 차를 많이 좋아한다오. 차 한잔에 맹주처럼 많은 것을 담을 수 있는 사람이 천하에 어디 또 있겠소이까?"

정각선사가 여운도의 민망함을 무마해 주려는 듯이 밝은 웃음을 터뜨리며 반갑게 찻잔을 받아들었다.

선 자리에서 천천히 차 한 잔을 비워내면서 정각선사는 여운도에게 따스한 눈빛을 보냈다. 마치 '맹주의 고민을 내가 잘 안다오'라고 위로를 하는 것 같았다.

정각선사가 제자리로 돌아가고, 여운도가 의자에 앉고 난 뒤에도 끊겼던 대화는 쉽게 이어지지 않았다.

여운도나 정각선사나 대화의 맥을 끊어 놓기로는 역시 천하제일을 다투는 침묵의 귀재들이었다. 그리고 그 뒷수습은 언제나 사마중의 몫이다.

"자, 정각선사께서 맹주께 권주를 하셨으니 이 사마 모(某)는 뒤늦게 권주가(勸酒歌)라도 올릴까 합니다. 기탄없이 청해 주시지요."

사람들의 눈에 이채가 떠올랐다. 기다리던 시간이 온 것이다. 사마중의 말은 자신이 직접 권주가를 부르겠다는 뜻이 아니다. 사마세가가 불러 모은 악사들에게 어떤 곡이든 신청을 하라는 이야기였다.

본디 흥겨운 술자리에서 선비에게 시를 청하고, 악사에게 음악을 청하는 것은 흥을 돋우는 즐거운 일이다. 그러나 이번 반백제에서는 묘한 신경전이 벌어지고 있었다.

첫날 황보세가(皇甫勢家)의 잔치에서 누군가가 신청한 곡을 악사들이 알지 못해 망신을 당하는 일이 벌어졌다.

그 뒤로 음악을 청하고, 이에 답하는 것은 비무 못지않게 살벌한 일이었다.

　사실 천하에 널린 것이 음악이고, 또 오랜 세월이 흐르면서 잊힌 노래도 한두 곡이 아니다.

　비무와 비교한다면 연주를 하는 쪽이 일방적으로 불리한 싸움이다. 공격은 할 수 없으면서 수비만 해야 하는 거나 다를 바가 없다.

　그런데도 사마중은 공개적으로 음악을 신청 받겠다고 나선 것이다.

　'훗, 자신감이 지나쳐 무덤을 파는구나.'

　사마중의 말을 가장 반갑게 받아들인 건 사마세가의 앙숙, 헌원세가의 가주인 구허진검(九虛眞劍) 헌원소(軒轅蘇)다. 바로 옆에 앉은 종남파의 장문인 칠성검객(七星劍客) 두한모(斗悍摹)가 헌원소에게 은근한 눈빛을 보내왔다.

　사실 헌원세가와 종남파는 곤륜파, 공동파와 더불어 천마협의 침공 때 누구보다 큰 피해를 봤다. 역으로 무림 연합군의 도움을 가장 많이 받은 것도 이들 문파다.

　그럼에도 이들은 늘 무림맹을 견제하는 데 앞장서 왔다. 무림맹을 등에 업은 사마세가의 약진에 배가 아팠기 때문이다.

　세상은 헌원세가와 종남파 등이 사마세가의 은혜를 입었다고 하지만, 그들이 보기에는 자신들 덕분에 사마세가만 살을 찌운 것만 같았다.

　기회를 잡았다는 반가운 마음과 달리 헌원소는 선뜻 나서질

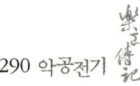

못했다. 뭘 신청해야 좋을지 고민스러웠다.

이럴 때 써먹으려고 여기저기 수소문해서 어려운 곡들을 준비하기는 했다. 헌데 자신만만한 사마중의 표정을 보니 스스로도 신중해질 수밖에 없다.

'사마씨들이 본시 머리 쓰는 거하고, 풍류로는 한가닥을 한다, 이건데.'

그러는 사이 몇 사람이 음악을 신청하고 나섰고 사마중이 환한 얼굴로 이를 받아들였다. 아직까지는 사마세가를 배려한 무난한 선곡뿐이다.

마음과 달리 헌원소는 쉽게 기회를 잡지 못했다.

쉬운 곡을 청하면 친구가 되고, 어려운 곡을 청하면 적이 되는 분위기다. 이런 상황에서 누가 봐도 억지스러운 곡을 요구하는 것은 무리수였다.

자고로 음악이든 무공이든 필살기는 자연스러워야 한다. 상대를 치켜 주는 것 같으면서 결정적인 순간에 욕을 뵈는 게 진정한 고수인 것이다.

헌원소가 분위기를 살피는 와중에 종남파 쪽에서 누군가가 불쑥 일어섰다.

장문인인 두한모의 사제로 장로직을 맡고 있는 현청검(玄淸劍) 왕지량(王智亮)이다.

왕지량이 사마중을 향해 포권을 취하며 말했다.

"과연 사마세가올시다. 전대 가주이신 천모(天謨) 어른께서 음악에 도통하신 건 귀가 따갑게 들었습니다만, 그 명성이 대를 이을 줄은 몰랐습니다."

좌중의 사람들이 하나같이 의아한 표정을 지었다. 종남파의 입에서 사마세가의 칭찬을 들은 게 대체 언제였단 말인가?

왕지량의 칭찬에 사마중도 그냥 앉아 있을 수만은 없다.

"현청검께서 칭찬이 과하시니 몸 둘 바를 모르겠소이다. 청하고자 하시는 음악이 있는 거겠지요?"

"하하, 음악에 무지한 제가 감히 청할 음악이 있겠습니까마는……."

장지량이 천천히 말꼬리를 흐렸다. 아직 용건이 남아 있음이다.

"말씀 하시지요."

"사마세가에서 준비한 비장의 무기가 따로 있다고 들었습니다."

"허허, 비장의 무기라니요? 흥겨운 잔치에 어울리지 않는 말씀입니다."

"다름 아니라 사마세가에서 가주의 신패를 직접 내려 따로 부른 고명한 악사가 있다고 하더이다. 다른 문파의 일을 먼저 꺼내 송구스럽소이다만, 본파의 제자가 우연히 그 악사를 만났다고 합디다. 제가 그분을 청하면 아니 되겠습니까?"

왕지량이 말하는 고명한 악사란 다름 아닌 석도명이고, 제자는 바로 십대창룡의 일원인 추헌이다.

할 말을 끝낸 왕지량이 내심 쾌재를 불렀다. 환히 웃고 있던 사마중의 얼굴이 미세하게나마 굳어지는 느낌을 받았기 때문이다. 절정고수들이나 포착할 수 있는 찰나의 순간이었다.

"험험, 종남파의 이목이 참으로 대단하오이다. 거기까지 아시고."

사마중은 난처했다.

유일소에 대한 예우 차원에서 석도명을 귀빈으로 대접하기는 했지만, 딱히 음악을 시킬 생각은 아니었다.

솔직히 석도명의 실력이 어느 정도인지 아는 사람도 없다. 사마중 본인도 석도명의 눈빛에 홀려 막연한 믿음을 갖고 있을 뿐이다. 하지만 눈빛이 연주를 하는 건 아니지 않은가?

게다가 종남파는 대체 석도명에 대해서 무슨 정보를 갖고 있기에 저리도 자신 있게 음악을 청하는 것일까?

'허, 진즉에 연주를 한 번 들어 볼걸 그랬나? 어쩌다 종남파하고는 알아 가지고.'

사마중이 석도명을 바라보며 속으로 혀를 찼다. 신경을 쓰지 않을 때는 몰랐는데 이제 보니 옷차림까지 마음에 걸렸다.

허정을 통해 고급스런 옷 한 벌을 내렸는데 무슨 배짱인지 처음에 입고 온 그대로의 차림새였다.

사마중의 고개가 한쪽으로 돌아가자 좌중의 눈길이 그곳으로 쏠렸다. 사람들이 그 끝에서 발견한 것은 허름한 옷차림의 젊은 청년이 팔짱을 끼고 앉아 지그시 눈을 감은 모습이었다.

화음에 관한 깊은 생각에 빠져 있던 석도명이 어쩐지 낯이 따가워지는 느낌을 받으며 눈을 떴다.
 '헉, 뭐야? 왜 나만 쳐다보는 거지?'
 석도명은 허둥대는 기색이 역력했다. 많은 사람들의 시선을 태연히 받아내기엔 눈을 뜨고 다닌 시간이 너무도 짧았다.
 종남파의 장로 왕지량은 그런 석도명을 보면서 확신에 찬 미소를 지었다.
 '후후, 추헌이 말대로 어쭙잖은 애송이로고.'
 조금 전 사질인 추헌으로부터 전음을 받고는 사실 긴가민가 했다. 그래도 만에 하나 사마세가가 비장의 한 수를 준비했다가 틀어진 거면 다행이고, 그렇지 않더라도 먼저 아는 체를 해서 사마세가가 꼼수를 부리기 전에 김을 빼놓는다는 생각으로 나섰다. 그런데 대박의 조짐이 보인다.
 벌써 석도명의 모자라 보이는 모습에 여기저기 웃음소리가 터져 나오고 있었다. 대충 상황을 파악한 헌원소와 종남파의 장문인 두한모가 왕지량을 향해서 만족스런 웃음을 던졌다.
 "종남파에서 석 악사를 청하는데 어쩌겠소? 몸이 불편하시면 굳이 안 하셔도 된다오."
 자신을 향한 사마중의 말을 듣고서야 석도명은 상황이 어떻게 돌아가는지를 깨달았다. 무림의 일에는 문외한이지만 적어도 종남파라는 이름만큼은 낯설지가 않았다.
 "해보겠습니다. 후우……."

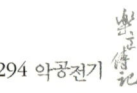

석도명은 가볍게 숨을 들이켠 뒤 천천히 걸어 나왔다. 종남파라는 이름을 듣고 떠오르는 것은 추헌의 얼굴뿐이다.

왠지 추헌 앞에서 무공도 아닌, 음악으로 꼬리를 내리고 싶지 않다는 묘한 승부욕이 일었다.

'내게도 이런 구석이 있었나?'

가만 생각해 보니 음악은 참으로 많은 걸 바꿔 놓았다. 집착이라는 걸 갖게 해줬고, 이 험한 세상에서 뭔가를 기대고 살아갈 수 있게 해줬다. 앞으로도 음악에 대해서만큼은 절대 뒤로 물러나게 될 것 같지가 않다.

"석 공이라 했소? 뭘 연주하시려고 빈손이신가?"

왕지량이 한껏 가다듬은 음성으로 물었다.

종남파 같은 거대 문파의 장로가 한낱 악사에게 공(公)이라는 호칭을 붙여준 것은 대단한 예우였다. 그의 사질인 추헌은 처음부터 석도명을 종놈 다루듯이 했는데 말이다.

하지만 '빈손' 운운한 물음 자체는 엄연한 빈정거림이었다.

석도명은 그제야 자신이 아무 것도 들고 있지 않음을 알았다. 의자 밑에 놓아둔 호금이라도 들고 나올걸 그랬다는 후회가 잠시 밀려왔지만, 여기서 또다시 허둥거리다가는 겨우 끌어올린 자신감이 그대로 무너져 버릴 것 같았다.

"원래 악기를 가리지 않습니다. 뭐든지 원하시는 악기를 연주하겠습니다."

석도명으로서는 그저 솔직한 이야기를 한 건데, 사람들이 듣기에는 광오하기 짝이 없는 소리다.

 십대문파의 장문인들 앞에서 악기를 가리지 않는다니!

 왕지량은 순간적으로 그 소리가 '나는 무공을 가리지 않는다'로 들리는 것 같아서 피가 확 솟구쳤지만 꾹꾹 눌러 참았다. 지금은 상대를 무공으로 쓰러뜨리려는 게 아니다.

 "푸하하! 과연 사마세가는 대단한 기인을 모셨소이다. 저리도 젊은 나이에 악기를 가리지 않는 경지라니, 기대가 크오이다."

 장내에 왕지량의 웃음소리가 크게 울려 퍼졌다.

 "허허, 석 공의 말은 그런 뜻이 아닐 겝니다. 오해가 없으셨으면……."

 서둘러 왕지량을 달래려던 사마중의 말은 허리가 잘리고 말았다.

 "아니올시다. 오해라니요. 본인이 그렇다면 그런 게지요. 굳이 악기를 가리지 않으신다니 이 몸이 어려운 부탁을 드려도 거절은 하지 않겠지요? 사마 가주, 괜찮겠습니까?"

 내심 작정한 바가 있는지 왕지량이 서둘러 쐐기를 박고 나섰다. 집요한 그 눈길 앞에 사마중 또한 고개를 끄덕이는 것 말고는 다른 도리가 없었다.

 석도명이 왕지량을 향해 정중하게 허리를 굽혔다. 처분에 따르겠다는 의미다.

 "이 몸은 본디 호방함을 사랑한다오. 악기도 이왕이면 큰

게 좋겠소이다."
 왕지량이 손을 들어 한곳을 가리켰다.
 "헛!"
 "설마……."
 장내의 사람들이 일제히 웅성거리기 시작했다.
 그가 가리킨 곳에는 높이가 7척에 달하는 거대한 북이 올려져 있었다. 북 받침대만 해도 어지간한 초가집에 맞먹을 정도로 크기가 거대해서 무림맹의 명물로 소문이 난 수신고(守信鼓)라는 북이다. 연주를 위한 악기가 아니라 비상시에 무사들을 불러 모으기 위한 신호용 북이었다.
 "수신고로 무슨 음악이야?"
 "무슨 소리! 북은 엄연한 악기라고."
 "그럼, 그럼. 악기를 가리지 않는다고 한 게 누군데."
 "에이, 그래도 여기가 무슨 전쟁터도 아니고. 북소리 들으면서 술맛이 나겠냐?"
 사람들의 수군거림이 그치질 않는 가운데 왕지량이 석도명을 향해 포권을 취했다.
 "모쪼록 술맛 나는 연주를 기대하겠소이다."
 두웅.
 북 근처에는 가지도 않았는데 석도명의 머릿속에서는 북소리가 먼저 울렸다. 충격을 받은 것이다.
 '술맛 나는 연주를 하라고?'

뒤통수를 한 방 얻어맞은 기분이었다.

칠현금(七絃琴), 십이현금(十二絃琴)도 좋고 생황(笙簧; 여러 개의 대나무관을 꽂아 만든 관악기), 적(笛)이라도 상관없다. 세상에 훌륭한 악기가 얼마나 많은데 하필 북을 치라니? 그것도 술맛이 달아나기에 딱 좋은 신호용 북을 말이다.

석도명이 '저걸 어떻게 하나' 하는 얼굴로 생각에 빠져들었다.

북의 기능에 충실하게 요란한 연주를 하는 거야 쉬운 일이지만, 지금 자신에게 요구되는 것은 그런 게 아니다. 뭔가 특별한 연주를 보여줘야 했다.

"허어, 아무거나 다 연주하겠다고 해놓고는 시간을 너무 끄는구나. 허언을 했으면 반드시 그 책임을 져야 할 게야."

속으로 쾌재의 박수를 치고 있던 헌원세가의 가주 헌원소가 한 마디를 거들고 나섰다. 더 이상 시간을 끌지 말라는 노골적인 으름장이다.

마침내 석도명이 다른 악사에게서 막대기 두 개를 빌려 북 받침대로 올라갔다. 어른 팔뚝보다 굵은 수신고의 북채로는 섬세한 연주가 원초적으로 불가능해 보였기 때문이다.

복장이 허름해서 일까, 아니면 수신고가 너무 커서일까? 북 앞에 선 석도명은 작고 초라했다. 장님노릇을 하면서 몸에 밴 조심스러운 발걸음마저도 사람들 눈에는 잔뜩 주눅이 든 것으로만 보였다.

"너무 심한 거 아닌가, 장 선배 그렇죠?"

창룡대 사람들과 섞여 잔치를 즐기고 있던 아미파의 우혜가 낮은 목소리로 청성파의 장민에게 물었다. 대답은 없지만 장민 역시 고개를 가로젓고 있었다. 제대로 된 연주가 나올 리 없다는 반응이다.

"종남파의 장로께서 직접 나서셨으니 걱정이네."

남궁설리 또한 석도명이 낭패를 당할 것부터 염려하고 있었다. 그 소리를 고스란히 들은 추헌이 나지막하지만 신경질적인 한 마디를 던진다.

"언제부터 악사 따위를 이리도 챙기셨나? 악기를 가리지 않는다고 한 건 본인이잖아. 그렇지 않소, 한 소저?"

왠지 분위기가 '종남파에서 팔을 걷어붙이고 악사 하나를 괴롭힌다'는 식으로 정리되는 듯하자 추헌이 슬그머니 한운영의 눈치를 봤다.

"진실한 마음이 담긴 연주를 하겠지요……. 아마도."

감정이 기복이 드러나지 않는 한운영의 음성이다. 목소리는 차분했지만 석도명이 자신에게 했던 말을 고스란히 내뱉는 그 마음이란 분명했다.

'스스로 책임을 져야 한다'는 냉랭함이다. 그러나 석도명과 한운영 사이에 오간 대화를 알지 못하는 추헌에게는 그마저도 석도명을 감싸는 소리로 들렸다.

'진실한 마음이라니? 천하의 한운영이 저런 놈에게 기대를

걸고 있다는 건가?'

 생각하면 할수록 위험하고 불쾌한 소리다. 자고로 남녀 간에 제일 무서운 소리가 진실한 마음을 줬느니 어쩌니 하는 유치한 이야기가 아니던가!

 그러나 장민과 우혜, 남궁설리, 금옥정은 전혀 다른 의미에서 한운영을 새삼스레 쳐다봤다. 그들만은 알고 있다. 한운영이 석도명의 말을 아직까지도 꼭꼭 담아두고 있음을.

 '별일이네. 운영이가 남자를 무시하기는 해도 저렇게까지 앙심을 품지는 않는데.'

 장민이 잠시 떠오른 생각을 지워내며 가볍게 한숨을 내쉬었다. 어쨌거나 당장은 석도명이 말뿐인 인간인지, 아닌지를 지켜봐야 하는 것이다.

 그 순간, 북 앞에 선 석도명은 가슴이 심하게 두근거리다 못해 현기증마저 느끼고 있었다.

 석도명은 마음부터 진정시키기 위해 두 손을 아래로 늘어뜨리고는 천천히 눈을 감았다. 장님으로 살면서 음악을 배운 지 10년. 어둠이란 언제나 마음을 다스리게 해주는 안식처였다.

 눈을 감자 세상이 삽시간에 짙은 어둠에 덮이고, 이내 온몸이 그 익숙한 어둠 속으로 잠겨든다.

 그때 석도명의 머리를 스치고 지나가는 것이 있었다.

 '그래, 사부님 말씀은 눈을 뜨고 연주를 하라는 것뿐이었잖

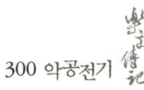

아.'

빠르게 마음을 정한 석도명이 긴 호흡과 함께 하나의 구결을 떠올렸다.

암중모색(暗中摸索), **어둠 속에서 찾으라!**
합생기지화(合生氣之和), **조화로운 기운이 모이리라!**

소리의 기운을 불러 모으는 구결이다.

이윽고 석도명의 전신에 소리의 기운이 가득 차올랐다. 긴장도 흥분도 두려움도 깨끗이 지워진 다음이다.

석도명은 온몸에 넘실대는 소리의 기운을 두 손에 모으면서 천천히 눈을 떴다. 유일소는 분명히 눈을 뜨고 연주를 하라고 했다. 하지만 연주를 하기 전에 눈을 감지 말라는 이야기는 없었다. 석도명은 거기서 활로를 찾은 것이다.

'손 안의 기운이 흩어지기 전에 끝내야 해.'

석도명이 손을 들어올렸다.

두웅—

한없이 낮은 북소리가 청공전 앞마당에 울려 퍼졌다.

그 소리가 얼마나 낮은지, 모든 사람들이 자신도 모르게 숨을 삼켰다.

낮지만 또렷하고, 탁한 가운데 맑은 그런 북소리는 모두가 난생 처음 듣는 것이었다.

둥—

하늘로 향하고 있던 석도명의 오른손이 아래로 떨어지는 순간 끝나지 않을 것처럼 계속 되던 북소리가 사라졌고, 다시 왼손이 움직이며 두 번째 소리가 들려왔다.

아까와는 전혀 다른 짧고 강렬한 소리다. 마치 다른 악기를 연주한 것처럼 음색(音色)도 음고(音高)도 같지 않았다.

둥, 둥, 둥두두 둥두두 둥두두두두 둥둥—

하나의 북이라고는 믿기 어려운 다양한 소리가 꼬리를 물고 이어지더니 허공에 선명한 곡조가 울려 퍼졌다.

귀로 들리는 소리인데도 사람들의 눈에는 순간적으로 물결처럼 끊이지 않는 북소리가 하나의 선율을 그린 듯이 보여주는 것 같은 기분을 불러 일으켰다.

두 발을 굳건히 버티고 서서 춤추듯 두 팔을 번갈아 흔들던 석도명의 입에서 노랫소리가 흘러나왔다. 자신이 북소리로 만들어 낸 곡조를 반주 삼은 노래였다.

> 어둠 속에서 희미한 소리 들리기에 뉘 연주인가를 물었네.
> 비파 소리는 멎었으나 대화를 서두르고 싶지는 않아
> 배를 가까이 저어 서로를 마주 보자 청했네.
> 술잔을 돌리고 돌리며 잔치를 벌이고 또 벌이네.
> 노랫가락이 끝나기 전에 정이 앞서는구나.
> 비파 줄을 가리고 누르는 소리를 생각하니
> 평생 뜻을 얻지 못함을 하소연하는 듯하여라.

尋聲闇問彈者誰 琵琶聲停欲語遲

移船相近邀相見 添酒回重開宴
未成曲調先有情 絃絃掩抑聲聲思 似訴生平不得志

휘잉.

노랫소리에 화답이라도 하듯 한 줄기 바람이 청공전 앞마당을 스쳐갔다. 석도명의 하얀 옷자락이 달빛을 받아 아련하게 흔들리더니 이내 북소리가 잦아들었다.

연주가 끝난 뒤 드넓은 청공전 마당에는 쥐죽은 듯한 침묵만이 이어졌다.

박자를 맞추는 악기인 북으로 노랫가락을 연주한다는 것도 난생 처음 본 광경이지만, 그 가락에 담긴 애잔함이 무디기만 한 무인들의 가슴에 촉촉이 젖어들었기 때문이다.

짝. 짝. 짝.

그 침묵을 깬 것은 무림맹의 군사이자, 오늘 대연회를 주최한 사마세가의 가주인 사마중의 박수였다.

내공이 실린 사마중의 박수 소리 또한 청명하기 그지없어 다시 한 번 사람들을 놀라게 했다. 지략가로만 알려진 무림맹 군사가 내공의 지순함으로도 십대문파 장문인들에게 손색이 없음을 은근히 보여준 것이다.

"우와!"

"사마세가 만세!"

사마세가 쪽에서 우레와 같은 함성이 터져 나왔다. 음악으로도, 무공으로도 사마세가의 압승이라는 신호다.

무림맹주와 십대문파 장문인들이 모두 참석한 자리에서 먼저 시비를 걸어온 종남파의 코를 납작하게 만들었으니 절로 만세 소리가 나올 수밖에 없었다.

뒤이어 사방에서 열렬한 박수 소리가 쏟아졌다. 장내의 사람들이 뒤늦게 석도명의 연주에 갈채를 보내기 시작한 것이다.

'뭐, 허접한 놈이 확실하다고? 이 철없는 놈을, 으드득.'

그 환호성 속에서 종남파의 장로 왕지량은 이를 갈았다. 사질인 추헌의 전음을 너무 믿은 게 실수라면 실수다.

큰 창피를 당한 건 아니지만, 결과적으로 사마세가의 기만 살려주고 말았으니 속이 쓰렸다. 장문인 두한모가 자신을 향해 떫은 표정으로 고개를 가로젓는 것도 같은 심정이리라.

"우와, 정말 대단하다. 저런 건 처음 봐요."

은근히 가슴을 졸이던 아미파의 우혜가 뜨겁게 손뼉을 치며 탄성을 질렀다.

며칠째 잔치판에 나와 음악을 들었지만 석도명 같은 연주를 보여준 사람은 없었다. 북이라는 악기가 워낙 투박한 탓에 세련된 맛은 없지만 애잔한 가운데서도 왠지 솔직하고 정감이 간다. 우혜는 지금껏 들어 본 연주 가운데 석도명의 연주가 자신에게 가장 잘 어울리는 것 같다는 생각이 들었다.

"정말 기이한 연주구나. 사정이 있어 오지 못했다는 석 악사의 스승은 대체 어떤 분일까?"

"진짜 기이하죠? 다른 악기를 연주하는 모습이 보고 싶어지네요."

장민과 남궁설리가 말을 주고받으며 은근히 한운영을 바라봤다. 석도명에게 냉담한 그녀가 이번에는 어떤 평가를 내릴지 궁금한 것이다. 그 눈치를 모를 한운영이 아니다.

"손끝의 재주는 볼만했으나, 마음은 들리지 않았어요. 전혀."

여지없이 쓴소리였다.

장민도, 남궁설리도, 우혜도 아무런 대꾸를 하지 못했다. 분명 기발하고 신선한 연주였지만 석도명이 말한 '진실한 마음이 담긴 연주'는 왠지 이런 게 아닐 것 같았다.

한운영의 대답은 심각한 오해에 빠진 추헌에게는 이번에도 송곳이 되어 꽂혔다. 추헌의 귀에는 그 말조차도 '나는 그의 진실한 마음을 알고 있다' 혹은 '언젠가 그의 진실한 마음을 듣고 싶다'로 들린 것이다.

추헌이 남몰래 주먹을 불끈 쥐었다. 그에게는 석도명이 도저히 용서할 수 없는 인간으로 각인되고 있었다.

석도명의 연주에 한껏 달아오른 사마중이 뿌듯한 얼굴로 일어나 석도명을 향해 두 손을 벌렸다. 상석으로 불러 술이라도 한잔 내리고 싶어서다.

'눈빛은 거짓말을 하지 않는다더니 과연 범 새끼였어.'

흐뭇한 표정으로 석도명을 바라보던 사마중의 얼굴이 다음 순간 흉하게 일그러졌다.

장내의 사람들도 일제히 술렁였다. 개중에는 폭소를 터뜨리는 사람까지 있었다.

북 받침대를 걸어 내려오던 석도명이 발을 헛딛더니 우당탕탕 소리를 내며 흉하게 땅바닥에 너부러졌기 때문이다.

그때까지 대견한 눈길로 석도명을 바라보던 사마세가 사람들 사이에서 어색한 헛기침이 연이어 터져 나왔다. 사마중도 이 터무니없는 사태에 잠시 혼이 빠지는 기분이었다.

'허, 대체 어느 쪽을 봐줘야 하는 건가? 사람이 저리도 표변하다니.'

허둥지둥 일어나서 옷에 묻은 흙을 털어내기에 바쁜 석도명의 몰골은 봐주기가 딱했다. 땀으로 흠뻑 젖어 있던 흰옷이 땅바닥을 구르면서 온통 흙 범벅이 되어 있었다.

석도명이 허겁지겁 털어내도 옷은 전혀 깨끗해지는 티가 나질 않았다. 비틀거리며 옷에 묻은 흙과 씨름을 하던 석도명의 손이 슬그머니 멈춰졌다. 털어봐야 소용이 없으니 체념을 한 것이다.

조금 전까지 석도명을 향해 환히 웃으며 두 손을 내밀고 있던 사마중은 어느새 뒷짐을 지고 서 있다. 석도명의 몰골이 하도 흥해서 귀빈들이 즐비한 상석으로 불러올리기가 난처했기 때문이다.

그런 사마중의 마음을 헤아렸는지 석도명은 급하게 허리를 숙여 보이고는 술에 취한 것 같은 어지러운 걸음으로 청공전을 빠져나가 버렸다.

사마세가의 총관 허정이 분위기 수습을 위해 악장(樂長)에게 얼른 눈짓을 보냈다. 악사 500명이 서둘러 흥겨운 음악을 연주하기 시작했다. 그런대로 분위기가 추슬러지면서 연회는 다시 이어졌다.

황망하게 청공전을 벗어난 석도명은 이내 발걸음을 늦췄다. 잔뜩 어두워진 얼굴이다.

"대체 뭐지? 뭘 본 거야?"

석도명은 눈이 어른거려 몸을 곧추 세우기가 어려웠다. 갑작스럽게 찾아온 울렁거림은 눈을 감아도 진정이 되질 않는다.

연주를 끝낸 직후의 일이다.

석도명은 몸 안에 남은 여운을 느끼며 북 받침대에서 걸어 내려오고 있었다. 그런데 완전히 소진된 줄 알았던 소리의 기운이 갑자기 손바닥에서 살아나더니 산불처럼 온몸으로 퍼져 나갔다.

그리고 그 순간 석도명은 자신이 눈을 뜬 건지, 감은 건지를 알 수 없었다. 온갖 사물의 형상이 갑자기 중첩되면서 아무것도 제대로 구분되지 않았다.

북 받침대에서 흉하게 굴러 떨어진 것은 계단이 갑자기 3개로 겹쳐 보이면서 몸의 균형을 잃은 탓이다.

한 번도 경험하지 못했고, 유일소에게도 듣지 못한 일이다.

석도명은 문득 오래전 유일소에게 들었던 한 마디가 떠올랐다.

"빛은 소리를 가린다!"

그러나 왠지 이번에는 정반대로 소리가 자꾸 빛을 가리는 느낌이다. 대체 눈을 뜨고 있어도, 감고 있어도 눈앞에 일렁이는 이 기이한 불덩어리 같은 형상은 무엇인가?

현기증을 느낀 석도명이 서둘러 주악천인경의 구결을 되뇌며 어둠과 함께 소리의 기운을 불러일으키려 했다. 그러나 몸은 텅 빈 채 아무런 반응도 하지 않았다. 그저 붉은 불덩어리 하나가 계속해서 눈앞에 어른댈 뿐이다.

석도명의 가슴 한쪽에서 알 수 없는 불안감이 스멀거리기 시작했다.

제9장
삶은 아프다

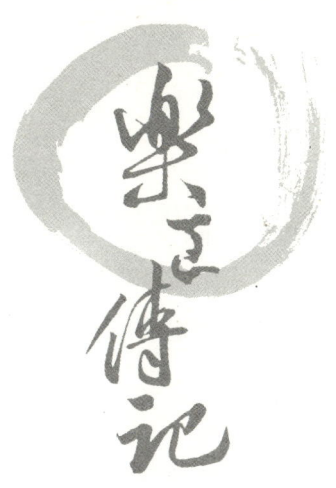

"허, 그냥 갔다고?"

석도명이 무림맹을 떠났다는 말에 사마중은 공연히 입맛을 다셨다.

뒤끝이 좋지 않기는 했으나 그래도 범상치 않은 솜씨를 보여준 청년이다. 따로 불러서 내밀한 이야기라도 나눠 보고 싶었는데 뭐가 그리 서운했는지 이틀 동안 방 안에만 처박혀 있다가 훌쩍 가 버렸다는 것이다.

'하긴, 손님들 인사치레에 바빠서 나도 무심하기는 했지.'

사마중이 아쉬운 마음을 접지 못한 듯 사마세가의 총관 허정에게 물었다.

"그래, 뭐 달리 남기고 간 말은 없고?"

"예, 석 악사는 조용히 돌아갔습니다만······."

허정이 잠시 뜸을 들인다.

"헌데?"

"주변에서 석 악사를 찾는 사람들이 좀 많습니다."

"주변에서 찾는다고?"

"예, 그런 악사를 어디서 초청했냐고, 소개를 해달라는 사람들이 꽤 있었습니다."

"그래서? 석 악사가 누구를 만나고 갔다는 건가?"

"그럴 리가요. 스스로 숨어 사는 기인의 제자라 세상에 나설 수가 없다고 둘러댔지요. 그런데 교방 악정(樂正) 이지한(李智瀚) 어른께서 계속 조르고 계십니다."

"흠, 그런가?"

사마중이 고개를 두어 차례 끄덕인다. 허정의 난처한 입장을 알기 때문이다.

황제가 보내준 500명의 황궁 악공을 이끌고 온 이지한이라면 마냥 거절하기도 어려운 상대였다. 악정은 3,000명에 달하는 황궁의 교방 악공 가운데 대악정 다음 가는 자리니 말이다.

"그 사람이 석 악사를 찾는 이유는 뭐라던가?"

"그날 보여준 연주가 악정 나리의 눈에도 인상이 깊었던 모양입니다. 석 악사를 황궁으로 데려가고 싶다고 합니다."

사마중이 다시 고개를 끄덕인다. 왠지 마음을 놓는 눈치다.
"역시, 악사에게는 음악만 들린 거겠지?"
"예."
허정이 맞장구를 쳤지만 사마중의 말에 담긴 뜻을 제대로 알아들은 것은 아니었다.
"내 아무래도 반백제가 끝나는 대로 석 악사의 집에 다녀와야겠네."
"예? 가주께서 직접 그곳에 가시겠다구요?"
"유. 일. 소. 그 노인을 만나봐야겠어."
허정이 그 이유를 묻기도 전이다. 사마중이 엉뚱한 것을 먼저 물었다.
"자네는 그게 그저 음악이었다고 생각하는가?"
"그게 음악이 아니라면……."
허정은 사마중이 그날 밤 석도명의 연주에 대해서 말하고 있음을 알았다.
"세상에 소리를 그런 식으로 주무르는 사람이 있다는 이야기는 들어 본 적이 없네. 더구나……."
꿀꺽.
허정이 알 수 없는 긴장감으로 침을 삼켰다. 좀처럼 나다니지 않는 사마중이 유일소라는 노인을 만나겠다고 나선 데는 분명히 그럴 만한 이유가 있을 터였다.
"그는 허공에 음률을 그려냈네. 아주 흐려서 나도 긴가민가

했네만, 아무리 생각해도 그건 분명 심상(心象)이었어. 마음의 상(象)을 밖으로 드러내는 일이 어디 쉬운 일이던가? 그것도 2,000명이나 되는 사람들에게 동시에 보여준다는 게 가능하던가 말일세."

"아……."

허정이 자신도 모르게 무릎을 쳤다.

석도명의 연주를 들으면서 허공에 선율이 그려지는 듯한 느낌을 받기는 했다. 그저 기분이려니 했던 것인데, 사마중의 말을 듣고 보니 그냥 흘려보낼 일이 아니다.

심상을 잡는다는 건 무공 최후의 경지라는 심검(心劍)에 이르는 것과 결코 무관하지 않기 때문이다.

"허, 그런 일이라면 석 악사도 아예 잡아둘 걸 그랬습니다."

그러나 사마중은 고개를 저었다.

"그의 경지는 불완전하다네. 어쩌면 스스로도 자신이 한 일을 모르고 있을 거야."

허정은 석도명이 북 받침대에서 추하게 굴러 떨어지던 것과 석연치 않게 허둥대던 모습이 떠올랐다. 과연 사마중의 눈은 날카로웠다. 제자는 불완전해도 그를 가르친 사부는 그렇지 않으리라.

"자네는 반백제가 끝나는 대로 가주가 세가에 다녀올 것이라고 미리 알려두게나."

반백제가 열리는 동안 무림맹의 군사가 자리를 비운다면 세간의 이목이 집중될 것이다. 반백제가 끝난 뒤에도 사정은 크게 다르지 않았다. 가주가 오랜만에 집안을 살피러 간다는 정도의 명목이라도 마련해두라는 지시였다.

허정이 물러가고 난 뒤 사마중은 공연히 방 안을 서성이고 있었다. 유일소를 만나러 가야겠다고 생각을 굳히고 나니 왠지 그때부터 갑자기 마음이 급해지는 느낌이다.

"무공의 끝에는 무공만 있는 게 아니야. 음악의 끝에는 음악만 있는 것도 아니고."

부친의 음성이 계속 머릿속에서 울리는 것만 같다. 왜 진작 그 노인을 만나볼 생각을 하지 않았던가?

평생의 숙원을 풀어줄 중요한 실마리를 내려줄지도 모를 사람이 이리도 지척에 있었는데 말이다.

"반백제라…… 이레가 남았구나, 이레가."

사마중이 창문 너머로 먼 하늘을 바라보며 나지막이 중얼거렸다.

* * *

"에휴, 어디서 어디까지 말을 하나?"

집이 가까워지면서 석도명은 점점 더 깊은 고민에 빠져들었다.

꼬장꼬장한 유일소가 예정보다 늦게 돌아온 이유를 꼬치꼬치 캐고 들 게 분명했다. 헌데 무림맹에서 겪은 일을 어디까지 말해야 할지 막막했다.

멍청하게 길을 잃고 헤매다 절세의 미녀를 만나 치국의 도에 관해 설전을 벌였노라고 할 것인가? 연주는 잘 했으나 발을 헛디뎌 개망신을 당했다고 할 것인가?

더더구나 어둠 속에서 다스려야 하는 소리의 기운을 미리 불러뒀다가 눈을 뜨고 사용하는 잔꾀를 부린 일은 감히 고해 받칠 엄두가 나지 않았다.

게다가 그로 인해 심각한 후유증을 맛보지 않았던가.

석도명은 눈앞의 붉은 기운이 사라지지 않는 바람에 이틀 동안 방 안에서 한 걸음도 나가지 못했다. 다행히 시간이 흐르면서 불덩어리도 없어지고, 소리의 기운을 다시 모을 수 있게 됐지만 그 원인은 도무지 알 수가 없었다.

'사부님이라면 아실까?'

석도명이 생각 끝에 고개를 저었다. 주악천인경을 익히기 전에 눈부터 파낸 사부다. 절대로 자신과 같은 경험을 하지는 못했으리라.

"헐, 또 눈알을 뽑자고 하실 테지."

석도명이 가볍게 몸서리를 쳤다. 유일소라면 이번 일로 오히려 잘 됐다며 눈을 뽑자고 들게 분명했다. 이 일을 어떻게 둘러댈 것인지를 고민하고 있던 석도명의 귓가에 음악소리가 들려왔다.

'별일이네, 악기라면 근처에도 가지 않던 양반이.'

고개를 갸웃거리며 문 안으로 들어선 석도명은 자기 눈을 의심해야 했다. 마당이 온통 악기로 가득했던 것이다. 뒤채에서 악기란 악기는 모두 끌어다 내놓은 듯했다.

사부가 진지하게 연주를 하는 모습을 너무 오랜만에 보는지라 석도명은 인사도 올리지 못하고 문가에 서서 지켜보기만 했다. 석도명의 기척을 훤히 꿰뚫었을 텐데도 유일소 역시 아는 체를 하지 않았다.

칠성관(七星管; 옆으로 부는 관악기의 일종)을 불어대던 유일소는 뭐가 마음에 안 드는지 악기를 땅바닥에 내팽개쳤다. 그 옆에서 알쟁(軋箏; 거문고와 비슷하게 생긴 악기로 대나무로 현을 긁어 연주함)을 주워들어 죽편(竹片; 대나무 조각)으로 긁어대기 시작했다.

그게 끝이 아니었다.

한 곡조도 제대로 연주하지 않고 알쟁을 밀쳐낸 유일소는 요고(鐃鼓; 장구와 비슷한 악기), 박편(薄片; 나무 조각을 묶어 만든 타악기), 완함(阮咸; 비파를 개량한 악기)을 잇달아 손에 쥐고 미친 듯이 연주해 댔다.

마당에 가득한 악기 전부를 유일소가 그런 식으로 벌여 놓은 모양이다.

'헉, 이 난장판이 다 뭐냐?'

이해가 안 가는 일이지만 섣불리 말리기도 어려웠다. 유일소의 미친 듯한 손놀림이 뭔가를 깨닫기 위한 절규임을 알기 때문이다. 유일소의 손에서 울려나오는 연주에는 형언하기 어려운 절박함이 담겨 있었다.

'사부님, 뭐가 그리 괴로우십니까? 소리의 끝은 정말 근심뿐이던가요?'

주름 가득한 유일소의 얼굴에 물든 절망감을 느끼며 석도명은 공연히 코끝이 찡해졌다. 생각해 보면 천하에 음악을 하는 자들이 모두 유일소처럼 절박하게 매달린다면 아마도 정상적으로 살 수 있는 사람이 없을 것이다.

남들은 꿈도 꾸지 못할 경지에 올라섰으면서도 세상과 담을 쌓고 저렇게 자신을 괴롭히며 살아야 하는 삶은 대체 뭐란 말인가?

석도명은 집 안에 발을 들이지 못하고 문간에 선 채로 밤을 맞아야 했다. 사부가 절규하며 연주를 하고 있는데 제자가 그 마당을 가로질러 갈 수는 없는 법이다.

"흥, 이 소리도 아니고, 저 소리도 아니고…… 채워도 안 되고, 비워도 안 되고……."

어느 순간부터 유일소는 더 이상 연주를 하지 않았다. 그저 되는 대로 악기를 주워들고 손으로 두드려 보기만 하면서 끝없이 중얼거렸다. 악기가 아니라 마치 시장에서 잘 익은 박이라도 고르는 것 같은 모습으로.

꼬르륵.

유일소의 웅얼거림을 뚫고 이질적인 소리가 들려왔다. 그 소리가 유일소의 의식을 현실세계로 불러들였나 보다.

"망할 놈! 늙은 사부가 며칠째 먹은 게 없구먼, 왔으면 밥부터 차려야지!"

"하하, 채워도 안 되고, 비워도 안 된다는 게 그 말씀이었나요? 예, 사부님의 배 빨리 채워드리겠습니다."

눈치만 보고 서 있던 석도명이 그제야 농담을 던지며 집 안으로 들어섰다. 사부는 역시 투덜거릴 때가 가장 인간다웠다.

석도명이 서둘러 차려준 저녁을 먹고 난 뒤 유일소는 말도 없이 자기 방으로 사라졌다. 자기 문제에 정신이 팔려 석도명에게는 관심을 기울일 여유가 없는 모양이다.

무림맹에 다녀온 일을 묻지 않으니 석도명은 마음이 놓였다.

마당에 흩어진 악기들을 대충 챙겨 뒤채에 옮겨 놓고 난 뒤 석도명은 쓰러지듯 침상에 몸을 눕혔다. 한나절을 꼬박 마당에 서 있은데다, 악기 정리까지 마치고 나니 몸이 물에 젖은 듯 무거웠다.

정신없이 잠이 들었던 석도명은 알 수 없는 답답함을 느끼며 잠이 깼다. 머리털을 곤두세우는 불길한 예감이 순식간에 뇌리를 스쳐지나간다.

아니, 예감이 아니라 이미 벌어진 현실이었다.

"눈은 있어도 그만, 없어도 그만이지. 클클클, 어둠으로 가는 게야, 어둠으로……."

유일소의 광기 어린 음성이 귀를 파고들었다.

'헉, 또야? 또 눈을 빼자고?'

유일소는 이번에도 석도명의 손발을 묶어 놓고는 미친 듯이 비수를 흔들고 있었다.

"사, 사부님 고정하세요. 정말로 눈을 빼야 한다면 제가, 제가 할 게요."

"히히히, 이놈아, 내가 또 속을 줄 알고? 벌써 10년이다 10년. 더 기다리라는 말이냐?"

석도명의 가슴에 올라탄 유일소가 왼손으로 석도명의 얼굴을 찍어 누른 상태로 오른손에 들린 비수를 가까이 들이대기 시작했다.

"아악! 아, 안 돼!"

"이놈아, 나만 믿어. 천인을 만들어 주마. 우헤헤."

독하게 작심을 했는지, 아니면 정말로 미친 건지 유일소는 기괴한 웃음을 흘리며 비수의 옆면으로 석도명의 볼을 쓰다듬기 시작했다.

다급해진 석도명이 발악을 하듯 몸을 흔들었다.

쿵.

몸 위에서 중심을 잃지 않으려고 버티던 유일소가 허리를 꺾어 하체를 들어올린 석도명의 무릎에 옆구리를 찍히면서 앞으로 고꾸라졌다. 유일소의 머리가 제법 묵직한 소리를 내며 벽에 부딪쳤다.

그 틈을 이용해 석도명이 침상 밑으로 몸을 굴렸다.

데굴데굴 굴러서 방 밖으로 나온 석도명이 안간힘을 썼지만 손발을 묶은 줄은 여간해서 풀리지 않았다.

석도명은 마음이 다급해진 나머지 땅바닥을 일견 기면서, 또 일견 구르면서 집 밖으로 나가려고 애를 썼다.

"헉, 헉."

죽을힘을 다해 버둥거렸는데도 문은 좀처럼 가까워지지 않았다. 평소에는 좁기만 하던 앞마당이 한없이 넓게만 느껴졌다.

저벅 저벅.

벽에 부딪힌 김에 정신이라도 잃기를 바랐건만 유일소는 얼마 지나지 않아 방 안에서 걸어 나왔다.

"사부님, 사부님 제발……."

유일소의 발소리가 점점 가까워지자 석도명은 절망감으로 아득해졌다. '결국 이렇게 눈을 잃게 되는구나' 하는 허망함이 엄습해 왔다.

유일소는 다가오자마자 버둥거리는 석도명의 등을 가차 없이 밟아 버렸다.

"커헉, 사부님……."

석도명이 애처롭게 불러봤지만 유일소는 대답조차 하지 않았다. 비수를 든 유일소의 오른손이 망나니 칼춤이라도 추는 듯이 허공에서 묘한 궤적을 그리며 움직였다.

웅, 우웅—

그때 석도명은 유일소의 비수가 기이하게 울고 있음을 알았다.

'헛, 주악천인경이다.'

칼이 우는 것은 분명 유일소의 의지였다. 그것을 가능하게 하는 것은 역시 주악천인경으로 이끌어 낸 소리의 기운이다.

죽어라 버둥대던 석도명이 갑자기 온몸에 힘을 뺐다. 그리고는 주악천인경 가운데 암중모색(暗中摸索)의 구결을 떠올리며 황급히 온몸에 소리의 기운을 끌어 모았다.

휘이이, 휘이.

석도명의 입에서 나지막한 휘파람 소리가 흘러나왔다. 그냥 휘파람이 아니다. 비수가 우는 소리를 맞받아치기 위해 전력을 다해 내쏟은 석도명의 의지요, 의념이다.

문득 유일소의 손이 허공에 우뚝 멈췄다.

그리고 다음 순간 바람을 가르는 날카로운 쇳소리가 석도명의 등을 향해 거침없이 떨어졌다.

"으헉!"

어두운 밤하늘에 석도명의 날카로운 비명이 울려 퍼졌다.

"멍청한 놈……."

죽은 듯이 엎드린 석도명을 향해 냉랭한 유일소의 음성이 떨어졌다.

"……그리 가르쳤거늘 아직도 육신의 눈을 버리지 못하겠더냐?"

냉기가 풀풀 날리는 음성에는 조금 전의 광기가 조금도 남아 있지 않았다. 석도명이 조심스레 손을 움직여 더듬더듬 몸을 쓰다듬었다. 몸에는 아무런 이상이 없었다. 유일소의 비수는 석도명의 손목에 감긴 밧줄을 끊어냈을 뿐이다.

유일소가 아무 일도 없었던 양 덤덤하게 방으로 들어갔지만 석도명은 쉽게 몸을 일으키지 못했다. 놀란 가슴을 진정시킬 시간이 필요했던 것이다.

"하아, 나를 또 시험한 건가? 사부님은 그렇게도 내 눈을 빼고 싶으신가?"

석도명은 마당에 누워 온몸에 쏟아지는 달빛을 받으면서 깊은 사념에 빠져들었다.

사부는 주악천인경 때문에 스스로 눈을 버렸는데 자신은 그럴 마음이 도통 생기지 않는다. 눈을 감아야 제대로 연주를 할 수 있고, 세상을 정확하게 볼 수 있다. 그런데 쓸모없는 눈이 대체 왜 버려지지 않는가?

"눈에 보이는 건…… 너무 혼란스럽단 말이지. 그렇다고 눈을 버리면…… 그 혼란에서 도망을 치는 게 아닌가?"

석도명이 어지러운 생각 중에 무의식적으로 중얼거렸다.

하지만 정작 본인은 자신이 지금 무슨 말을 하고 있는지를 알지 못했다. 그것은 유일소조차도 제대로 깨닫지 못한 일이었다.

*   *   *

다음날 석도명은 가슴에 한 가지 의문을 담고서 단호경을 찾아갔다. 얼추 이십여 일 만의 일이다.

"너 임마, 대체 어디로 사라졌던 거냐? 밑천만 빼먹고 도망간 줄 알았잖아?"

수하들과 땀을 흘리고 있던 단호경은 예상대로 아주 거칠게 석도명을 맞았다. 어렵게 가문의 무공까지 전해줬는데 석도명이 소리 없이 종적을 감췄으니 단호경의 급한 성미에 숨이 목까지 차올라 있던 참이었다.

"어이쿠, 도망이라니요? 이 몸이 사부님께 매어 있다는 걸 알지 않습니까?"

의형제를 맺고 또 석도명이 6개월 먼저 태어난 것을 확인한 다음에도 두 사람의 말투는 크게 달라지지 않았다. 다만, 전에 비해 단호경을 대하는 석도명의 태도가 어딘가 모르게 질겨진 느낌이기는 했다.

당장이라도 달려들어 주먹이라도 날릴 것 같던 단호경이 사부라는 말에 더는 트집을 잡지 않았다.

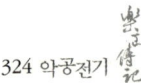

"우라질 놈, 그동안 수련은 제대로 했는지 어디 한 번 보자."

단호경이 두말 할 것 없다는 얼굴로 대뜸 목검을 던졌다.

그걸 받아든 석도명의 표정이 아주 곤혹스럽다. 그동안 따로 수련을 할 겨를이 전혀 없었기 때문이다.

"험, 묘조이립(森鳥泥立)!"

석도명이 헛기침을 내뱉고는 구화진천무의 기수식을 짧게 외쳤다. '물새가 진흙 밭에 선다'는 의미대로 몸을 가볍게 세워 균형을 잡는 자세다.

이어 석도명이 목검을 들어 아래로 곧게 내리쳤다. 기초 중의 기초라는 태산압정이다.

한 번, 두 번, 세 번······.

석도명의 검은 똑같은 궤적을 그리며 오직 위에서 아래로 떨어지기만을 지루하게 반복했다.

석도명의 서툰 칼질이 전혀 낯설지 않은지 단호경의 수하들은 그 모습에 눈길도 주지 않았다.

차 한 잔을 마실 시간이 흘렀을까? 석도명의 숨이 눈에 띄게 거칠어졌다. 힘이 부치니 목검을 휘두르는 속도는 물론, 궤적까지 불규칙해진다.

딱.

보다 못한 단호경이 손을 들어 석도명의 목검을 쳐냈다.

목검은 저만치 날아가 떨어지고, 석도명은 휘청거리며 무릎을 꺾었다.

"너 뭐냐? 처음이랑 똑같잖아. 이래 가지고 언제 일만 번을 휘두를래?"

"헉, 헉, 그러게요."

석도명 스스로도 어이가 없다는 얼굴이다. 스무 날을 쉬었더니 단호경의 말대로 처음 검을 잡던 날과 다를 게 없을 정도로 목검이 버거웠다.

"일만 번이다. 일만 번을 휘두를 체력이 돼야 하는 거다."

단호경이 석도명에게 처음 목검을 쥐어주며 했던 말이다. 구화진천무의 시작은 무조건 일만 번을 휘두르는 데 있다는 설명이었다.

> 모든 것이 한 가지로 같으니(萬事一如)
> 월만이면 가득하다(一萬滿也).
> 월만 번 휘두르고, 월만 번 생각한다(一萬擊一萬考).
> 월만 번 생각하고, 월만 번 휘두른다(一萬考一萬擊).

실제로 구화진천무의 구결은 그렇게 시작되고 있었다. '일만 번 생각한다'는 게 무슨 뜻인지는 알 수 없지만-그 점에 대해서는 단호경도 대답이 궁한 것 같았다- 확실히 '일만 번 휘두르라'고 쓰여 있으니 따를 수밖에.

하지만 말이 쉬워 일만 번이지, 맥박이 뛰는 속도에 맞춰 똑같이 휘두른다고 해도 무려 한 시진은 걸려야 끝나는 일이다.
 "에이, 시원치 않은 놈. 이 따위로 할 거면 집어치…… 꿀꺽."
 단호경이 짜증과 경멸이 뒤섞인 음성으로 한 마디를 던지다가 그 말을 급히 주워 삼켰다. 이미 밑천을 다 내보인 상태에서 '집어치우라'는 말은 할 수가 없었던 것이다.
 "에휴……."
 "……."
 단호경과 석도명 사이에 어색한 침묵이 이어졌다.
 예전 같으면 단호경의 수하들에게서 어수선한 농지거리와 야유가 쏟아졌을 텐데 고참인 천리산과 이광발이 관둔다, 만다 했던 그날의 사건 이후로는 그런 모습도 사라졌다.
 단호경의 수하 가운데 몇몇이 석도명을 딱하다는 눈빛으로 잠시 쳐다보기는 했으나 이내 고개를 돌리고 묵묵히 수련을 계속할 뿐이었다.
 석도명으로서는 그 같은 침묵이 더 부끄러웠다.
 "험, 험. 일만 번, 일만 번…… 해야지요."
 석도명이 몸을 일으켜 세우며 다짐이라도 하듯이 입을 열었다.
 단호경의 눈꼬리가 삐딱하게 올라갔다. 석도명이 말과는 달리 목검을 주워들지 않고 우물쭈물하고만 있었기 때문이다.
 "뭔데? 또 뭔 말이 하고 싶은데?"

잠시 뒤 단호경은 수하들과 제법 떨어진 숲속에서 석도명을 마주하고 있었다. 석도명이 따로 묻고 싶은 게 있다고 했기 때문이다.

"혹시 구화진천무를 수련하면서 불을 본 일이 없습니까?"

"망할, 우리 가문의 역사를 통틀어 단 하나의 불도 피워낸 일이 없다고 했잖아."

"아뇨. 그게 아니라, 몸 안에서 생긴 붉은 기운이 눈앞을 가려서 사물의 형상을 제대로 볼 수 없는 그런 현상을 묻는 겁니다."

"붉은 기운이 눈을 가린다고?"

구화진천무에 관한 질문이다 보니 단호경이 진지하게 생각에 빠져들었다.

그러나 아무리 생각해 봐도 구화진천무의 구결은 물론, 집안에서 대대로 전해 내려온 가르침에도 없는 내용이다.

"아니야. 처음 듣는 이야기야."

"그렇군요."

석도명의 얼굴이 잔뜩 어두워지자 단호경의 머릿속으로 일순 의혹이 스쳐갔다.

"그걸 왜 묻는 거냐? 혹시 네놈이……."

단호경이 말을 하다 말고 세차게 머리를 흔들었다. '네놈이 경험한 일이냐'고 물으려고 했던 것인데, 생각해 보니 석도명은 앞을 못 보는 처지다.

혹시라도 자신이 놓친 게 있나 싶어서 단호경이 연신 머리를 두드리며 골똘히 생각에 빠져들었다.

단호경의 그런 모습에 석도명은 더욱 심란하기만 했다.

'구화진천무 때문은 아니라는 건가? 허긴 제대로 익히지도 못했는데 벌써 뭔 일이 생기겠어?'

며칠을 고민한 끝에 생각해낸 일이었다. 눈앞에 불기운이 어른대는 증상이 아홉 개의 불을 피워낸다는 구화진천무의 구결 때문이 아닌가 하고 말이다.

그러나 아무래도 문제는 주악천인경이다. 눈을 버리라고 했는데 버리지를 못해서 그예 부작용이 생긴 모양이다. 고작 노래 한 곡을 부르고 이틀을 고생했으니 다음에는 또 무슨 일이 생길까 두렵기만 했다.

'하아, 마음이 가지 않는데 그래도 눈을 버려야 한다는 말이지?'

석도명이 단호경을 두고 일어나 저편에서 들려오는 기합소리를 향해 걸어갔다. 단호경의 수하들과 섞여 미친 듯이 목검이라도 휘둘러야 이 무거운 마음을 견딜 수 있을 것만 같았다.

*　　　*　　　*

"사부님……."

석도명이 유일소를 찾으며 뒤채의 방문을 열었다. 유일소는 보이질 않는다.

잠시 난감한 표정을 지은 석도명이 안으로 들어와 자리를 잡고 앉았다. 주악천인경이 새겨져 있는 석경 앞이다.

석도명이 손을 들어 나무틀에 가지런히 걸려 있는 석경을 가볍게 만져 나간다.

하나, 둘, 셋…… 열하나, 열둘.

빠짐없이 제자리에 있다. 그 저주스러운 열두 번째 석경까지도.

주악천인경의 마지막 비밀을 풀겠다고 열두 번째 석경을 손에서 떼지 않던 유일소다. 헌데 그것마저 놔두고 대체 어디로 간 걸까?

무림맹에 다녀온 뒤로 석도명은 며칠째 유일소에게 시달리고 있었다. 틈만 나면 광인(狂人)처럼 달려들어 눈을 뽑자고 난리다. 그 밤의 북새통이 있은 뒤로는 잠을 자는 것도, 밥을 먹는 것도 잊은 사람 같았다.

잠을 자다가도, 세수를 하다가도 유일소가 덤벼들면 석도명은 휘파람을 불어야 했다. 처음에는 무서웠지만 사나흘을 줄곧 당하다 보니 그것도 일상이 됐는지, 또 그런대로 견뎌졌다.

"하아, 대체 언제까지 저러시려는 걸까?"

유일소의 광기에 어느 정도 적응이 되자 석도명은 사부가 걱정이 되기 시작했다. 사람이 저렇게 자지도, 먹지도 않고 얼마나 버틸 수 있겠는가? 가뜩이나 깡마른 체격의 유일소는 피

골(皮骨)이 상접(相接)하는 경지를 몸소 보여주고 있었다.

석도명이 문제의 열두 번째 석경을 빼내 손에 들었다.

"좌충우돌(左衝右突)…… 상부상조(相扶相助)…… 유야무야(有耶無耶)……. 초지일관(初志一貫)…… 궁즉통(窮則通)……."

오른손에 들린 석경의 옆면을 엄지손가락으로 쓰다듬으니 글귀를 따라 자신도 모르게 저절로 입이 열렸다. 너무나 평범해서 기가 막히는 구절들뿐이다.

석도명의 입에서 깊은 한숨이 새어나왔다. 유일소가 수십 년을 매달렸어도 풀지 못한 수수께끼다. 이제 겨우 주악천인경의 오의(奧義)를 엿보기 시작한 자신의 경지로는 풀어낼 재주가 없으리라.

그럼에도 안대에 가려진 석도명의 눈은 더욱 굳게 닫혔다. 주악천인경을 펼치기 위함이다.

주악천인경의 구결에 따라 어둠이 몰려들고, 그 어둠 안에 석도명의 몸이 빠르게 젖어들었다.

이윽고 석도명의 몸이 주변의 소리를 받아들이더니 곧이어 뜨겁지도 차갑지도 않으나, 물결처럼 부드러우면서 힘찬 기운이 온몸에 차올랐다. 석도명이 그 기운을 손바닥으로 불러 모아 석경에 불어넣기 시작했다. 유일소가 하던 그대로다.

유일소가 하지 못한 일, 석도명이라고 될 리가 없다. 석도명의 이마에 구슬 같은 땀방울이 맺혀 떨어지도록 석경에는 아무런 변화가 없다.

불어넣은 기운을 족족 받아먹기만 하면서 말이다.

그런데도 석도명은 석경을 손에서 놓지 않았다. 엉뚱한, 정말 엉뚱한 발상 때문이었다.

일만격 일만고(一萬擊 一萬考).

'일만 번 휘두르고 일만 번 생각하라'는 구화진천무의 첫 구결이다. 그 단순한 태산압정도 일만 번을 제대로 해내야 기초가 잡힌다고 하질 않던가!

석도명은 석경에 소리의 기운을 불어넣는 것도 한 일만 번쯤은 해봐야 뭐가 달라지지 않을까 하는 근거 없는 생각에 불쑥 사로잡혔다.

석도명의 머릿속에서 주악천인경의 백열두 자가 연달아 펼쳐지고 또 펼쳐졌다.

석도명은 주악천인경이 반복되면 될수록 자신의 몸을 덮고 있는 어둠이 점점 더 짙어지는 느낌이 들었다.

그리고 어느새 자신이 무엇을 하고 있는지를 잊었다. 주악천인경을 몇 번이나 읊었는지, 언제 그만 두어야 할지조차도.

마부를 잃은 마차가 멈출 줄 모르고 달려가듯이 주악천인경의 구결이 석도명의 무의식 속에서 저 혼자 돌고 돌기를 반복하던 어느 순간이다.

스르륵.

석도명의 몸이 비에 젖은 흙벽처럼 소리 없이 허물어졌다.

주악천인경을 단순히 외우는 것만 해도 일만 번이면 심력(心力)에 부치는 일이다. 헌데 소리의 기운을 끌어 모아 석경에 퍼붓기까지 했으니 체력과 의지가 있는 대로 고갈되고 만 것이다.

그렇게 또 얼마나 쓰러져 있었던 것일까?

의식을 잃은 것조차도 의식하지 못하고 있던 석도명이 문득 익숙한 느낌에 사로잡혔다.

거친 숨소리, 스산한 웃음소리, 그리고 바람을 가르며 우는 쇳소리.

'헉!'

석도명이 소스라치게 놀라며 정신을 차렸다.

아니나 다를까? 유일소가 석도명의 가슴에 올라 앉아 미친 듯이 웃고 있었다.

석도명이 황급히 손을 뻗어 유일소를 밀쳐냈다. 웬일인지 유일소가 다른 때와는 달리 두 손을 미리 묶어두지 않았던 것이다.

휘이이, 휘이.

석도명이 침착하게 자세를 가다듬으며 휘파람을 불었다. 유일소를 진정시키기 위함이다.

헌데 유일소의 기세가 오늘은 사뭇 달랐다. 휘파람 소리에 아랑곳하지 않고 더욱 미쳐 날뛰기만 했다.

유일소의 광기 어린 몸짓을 따라 비수에서 울려 나오는 울음소리가 점점 거세지더니 오히려 석도명의 휘파람 소리를 지워 버렸다.

"우히히…… 흑흑……."

유일소는 석도명을 잡아 눕혀 눈을 빼겠다는 생각마저 잊은 것인지 그저 마구잡이로 비수를 휘둘러댔다.

석도명이 그 칼을 피해 이리 뛰고 저리 뛰다 보니 방 안은 삽시간에 아수라장이 되고 말았다.

유일소가 손에 잡히는 대로 집어 던지는 악기를 피하던 석도명이 어느새 구석으로 몰렸다.

"사부님, 사부님!"

자신의 기운으로는 더 이상 유일소와 맞설 수 없음을 깨달은 석도명이 애타게 사부를 불러봤지만 유일소는 들은 척도 하지 않았다.

허공을 휘젓는 비수 소리가 서서히 다가옴을 느끼면서 석도명은 벽에 기댄 채로 몸을 낮췄다. 손은 자신도 모르게 주섬주섬 주변을 헤집고 있었다.

그 손끝에 뭔가가 잡혔다. 제법 굵은 대나무를 깎아 만든 죽적(竹笛; 대나무 피리)이다. 여태까지 그래왔듯이 사부가 끝내 자신을 찌르지는 않을 것임을 믿으면서도 본능적으로 방어도구를 들게 된 것이다.

"흑흑, 네놈이 다 망친 거야……. 크크, 눈만 뽑으면 됐는데…… 차라리 죽어라, 죽어!"

웃음인지 울음인지를 알아들을 수 없게 키들거리던 유일소가 발작적으로 비수를 내리찍었다.

"으악!"

석도명이 단말마적인 비명을 내질렀다.

유일소가 내리꽂은 비수가 석도명의 어깨를 파고들어간 것이다. 난생 처음 당해 보는 칼질에 석도명은 어깨가 불로 지진 것처럼 아팠다. 순간 정신마저 아찔해졌다.

'헉, 이러다 죽겠다.'

공포 속에서 그런 생각이 퍼뜩 떠올랐다.

정말로 석도명을 죽여 놓고 볼 생각인지 유일소가 재차 칼을 휘둘렀다. 유일소를 막으려고 들어올린 왼팔에 다시 비수가 꽂히는 순간 석도명도 이성의 끈을 놓아 버렸다.

"으아악!"

석도명이 발악을 하면서 오른손에 쥐고 있던 죽적으로 유일소를 후려쳤다. 그리고 유일소의 손에서 비수가 떨어지는 것과 동시에 온몸으로 유일소의 가슴팍을 사정없이 들이받았다.

우당탕탕 소리와 함께 유일소의 몸이 힘없이 나가 떨어졌다.

"사부님, 정말…… 너무 하십니다."

석도명이 울컥하는 마음에 버럭 소리를 질렀다. 사부가 다시 칼을 휘두른다면 살기 위해서라도 가만히 있을 수 없다는 태도다.

헌데 유일소에게서는 대답이 들리지 않았다.

"쿨럭, 쿨럭…… 우웩."

바닥에 누워 부들부들 경련을 일으키던 유일소가 몇 차례 기침 끝에 입에서 피를 게워냈다.

"사, 사부님……."

석도명이 놀라서 말을 채 잇지 못했다. 유일소의 상태가 심상치 않은 것 같은데 그렇다고 쉽게 다가갈 엄두도 나지 않았다.

그때 유일소가 힘겹게 입을 뗐다.

"도…… 명아……."

유일소에게서 한 번도 들어 본 적이 없는 서글픈 음성이었다.

석도명이 허겁지겁 달려들어 유일소의 몸을 부둥켜안았다.

               *   *   *

혼절한 유일소는 하루가 꼬박 지나서야 정신을 차렸다. 불길한 느낌 때문에 석도명은 한순간도 그 곁을 떠나지 않았다.

눈을 뜬 유일소는 더 이상 석도명이 알고 있는 꼬장꼬장한 노인이 아니었다.

"사부님……, 괜찮으세요?"

"클클……. 네놈 눈깔만큼이나 멀쩡하지."

말과 달리 몹시 지친 음성이다.

"피를 많이 쏟으셨는데……."

"흐흐, 썩은 피가 그렇게 고여 있었으니 가슴이 답답했던 게야……. 그게 다 업(業)이고…… 한(恨)인 게지."

유일소가 힘들게 팔을 뻗어 석도명의 손을 잡았다. 10년 만에 처음 있는 일이다.

"아주…… 긴 꿈에서 막 깬 것 같구나."

"예……."

"그 꿈속에서 나는 너무 지독했지. 내 한이 깊어서…… 욕심이 급해서…… 너에게 쏟아 붓기에만 바빴어."

"아닙니다……. 아니에요."

"미워서 그런 게 아니다……. 네가 내 대신 가줘야 할 길이 너무 멀었어. 저 끝에 뭐가 있는지…… 내 눈으로 보고 싶었는데…… 꼭 보고 싶었는데……."

"……."

석도명은 왈칵 목이 메어 말을 하지 못했다.

"이제야 알겠구나…… 내가 뭘 잘못했는지."

"흑, 사부님……."

"너는 내가 아닌데…… 내가 갔던 길만 강요했어……. 내 옆에 너무 오래 가둬뒀어……. 너는 이렇게 젊은데…… 네게는 아직 시간이 많이 남았는데……."

툭 투둑.

석도명의 눈에서 눈물이 떨어졌다.

유일소가 한 번도 하지 않던 이야기다. 그게 무엇을 뜻하는지 석도명은 알았다. 사부는 자신을 떠나보낼 생각이다. 아니, 떠나는 사람은 자신이 아닐 것이다.

"도명아……."

"예……."

"그리도 눈을 버리지 못하겠더냐? 정히 그러면…… 이제부터는 네 인생을 한 번 살아 보거라……. 세상에 나가서…… 너만의 소리를 찾아보라는 거다. 어쩌면…… 내가 틀렸는지도 모르지. 클클……."

"아닙니다. 사부님이 틀린 게 아닐 겁니다."

"고연 놈…… 끝까지 내 말을 안 듣는구나."

"아닙니다, 아닙니다."

유일소가 힘이 부친 듯 밭은기침을 뱉어내더니 다시 말을 이어갔다.

"도명아, 네가 어디에 있든…… 부디 이것만…… 이것만 기억하거라."

"예…… 기억하겠습니다."

"나는…… 식음가의 장손이다. 내가 이룬 모든 것…… 내가 가진 모든 것이 이제부터 네 것이듯…… 앞으로 네가 이룰 모든 것 또한 식음가와 함께 나누어다오."

유일소가 힘들게 손을 들어 방구석에 놓인 작은 함을 가리켰다. 그 안에 든 것을 석도명에게 준다는 뜻이다.

 석도명이 고개를 끄덕이며 말없이 유일소의 손을 다시 잡았다.

 식음가.

 처음 듣는 이름이다. 분명 유일소의 과거와 한이 담긴 이름이리라. 사부는 지금 그것을 부탁하고 있는 것이다.

 가슴에서 뭔가가 뭉클거려 석도명은 입을 열 수 없었다. 아니, 가슴이 저려와 견디기가 어려웠다.

 그 마음, 그 아픔이 유일소에게 고스란히 전해졌나 보다.

 "아프냐?"

 "예……."

 "그러면 더 아파라. 아프고 또 아픈 것…… 그게 인생이다. 그 아픔이 너무 커서 견딜 수 없을 때…… 너도 나처럼 눈을 뽑게 될지도 모르지. 쿨럭…… 그때는 망설이지 말아라……. 그깟 눈알이 뭐 그리 별거라고…… 허허허……."

 "예, 아프고…… 또 아프겠습니다."

 석도명은 지금이라면 사부에게 두 눈을 내어 줄 수 있을 것 같았다. 그러나 사부는 그것마저도 이제 자신의 선택에 맡겼다. 최선을 다해 살아보리라. 그리고 때가 되면 주저하지 않고 두 눈을 뽑을 것이다.

 "도명아……."

 "예……, 사부님."

"……."

그러나 유일소는 더 이상 말이 없었다. 석도명의 손 안에서 유일소의 손이 차갑게 식어갔다.

    *   *   *

집 뒤편 언덕 위에 작은 무덤이 하나 만들어졌다.

식음가 유일소의 묘.

석도명이 나무를 깎아 만든 작은 묘비가 그 앞에 꽂혔다.
무덤 앞에 선 석도명의 눈에는 검은 안대가 가려져 있지 않았다. 자신의 두 눈으로 바싹 야윈 사부의 얼굴을 마지막으로 보고 싶었기 때문이다.
유일소를 묻고 내려온 석도명은 곧장 뒤채로 들어갔다.
망가진 악기들로 난장판이 된 방 안을 헤집으며 석도명은 뭔가를 찾고 있었다. 유일소가 남긴 가장 큰 것. 바로 주악천인경을 챙기기 위함이다.
주악천인경이 새겨진 석경은 나무틀이 부서진 채로 바닥을 뒹굴고 있었다. 석도명은 석경을 꿰고 있는 줄을 양손으로 잡아 열두 개의 돌 조각을 한꺼번에 들어올렸다.
절그럭 절그럭.
석경이 이리 저리 흔들리며 서로 부딪쳐 소리를 냈다.

사부가 평생을 석경에 목을 매고 살다가 한만 남기고 갔다는 원망스러움 때문이었을까? 석도명의 입에서 푸념이 새어 나왔다.

"하아, 참으로 쓸모도 없이 묶어 놨네."

석경이 제 소리를 내려면 각각의 돌 조각이 서로 부딪치지 않게 따로 묶여 있어야 했다. 하지만 주악천인경이 새겨진 석경은 한 가닥 줄에 돌 조각 열두 개를 몽땅 꿰어 놓아서 정상적인 연주가 불가능했다.

애초에 연주를 하려고 갖다 놓은 것이 아니니 그동안 별 생각이 없었는데, 제법 묵직한 돌 조각을 한 번에 수습하려다 보니 그 부분이 눈에 띄었다.

석도명은 석경 열두 개를 보자기에 차곡차곡 쌓아 올려놓고는 잠시 망설이는 눈치다. 새카맣게 때에 절어 있는 줄이 왠지 거슬려서다.

"결국에는 있으나 마나 한 걸……."

석도명이 석경 사이로 삐져나온 줄을 잡아당겼다. 버릴까 하는 마음이 들었던 것이다.

떨그럭, 떨그럭.

줄이 끌려오는 바람에 석경이 또 부딪치며 소리를 낸다.

문득 석도명의 손이 멈췄다.

"있으나 마나라고?"

갑자기 영감(靈感)처럼 뭔가가 떠올랐다.

"좌충우돌…… 상부상조…… 유야무야……."

열두 번째 석경의 구절이다.

"좌우로 부딪치고…… 서로 돕고…… 있으나 마나……."

다음 순간 석도명의 동공이 크게 확대됐다.

"초지일관, 궁즉통…… 이건 하나로 꿴다는 게 아닐까?"

우연의 일치일까? 한 가닥 줄에 꿰어져 서로 부딪치는 열두 개의 석경. 그 석경을 꿰고 있는 낡은 외줄. 그 둘의 관계가 주악천인경의 마지막 구절과 딱 맞아떨어졌다.

석도명이 줄을 들어 유심히 살피기 시작했다.

줄은 얼마나 오랜 세월을 견뎌냈는지 때가 시커멓게 끼어 있었다. 자세히 들여다보니 뭔가 알 수 없는 재료를 정교하게 꼬아 줄을 만들었다.

석도명이 양쪽 매듭부터 시작해 줄을 조심스럽게 풀기 시작했다. 꼬여 있던 줄은 두 조각으로 나뉘었다.

그것은 종이라고 하기에는 너무 질기고, 짐승의 가죽 치고는 너무 얇았다.

남쪽 바다 어디에서 잡히는 생선 가죽이 이렇게 얇고 질겨서 옷을 만들어 입기도 한다는 이야기가 얼핏 떠올랐지만, 가죽의 정체를 따져볼 계제가 아니었다.

"헙!"

석도명이 헛숨을 토해냈다.

정체불명의 가죽 쪼가리 안쪽에 뭔가가 적혀 있었던 것이다.

글자를 읽어 내려가는 석도명의 입이 다물어지지 않았다.

> 글을 하는 자 도(道)를 논(論)하고, 검을 드는 자 도를 구(求)한다.
> 허면 무릇 음악에는 도가 없는 것이냐?
> 세상의 기운이 합하고 흩어지기가 표홀(飄忽)하되 그 갈래를 따라가면 다 같은 길이로다.
> 태초에 빛이 있었다 하나 그보다 먼저 어둠이 있었다.
> 어둠 안에 소리가 있으니, 천하에 굳고 무른 것과 보이고 보이지 않는 것으로 소리 아닌 것이 없도다.
> 소리를 따르는 자여!
> 어둠 안에서 보고(視也), 보고(見也), 또 보라(觀也)!
> 풍운조화(風雲造化)와 천인합일(天人合一)이 열여섯 글자 안에 있노니. 마침내 천인(天人)의 길이 열리리라.
>
> — 진명진인(眞鳴眞人)

석도명이 부들부들 떨면서 또 하나의 가죽 쪼가리를 펼쳐들었다. 유일소가 평생을 괴로워하며 찾던 것이 이 안에 들어 있는 것이다.

단 하루만 빨랐더라면 사부와 함께 볼 수 있었을 텐데.

석도명의 가슴이 또 미어진다.

과연 그곳에는 도무지 알 수 없는 열여섯 자가 적혀 있었다.

일기만허(一氣滿虛)
관물제상(貫物齊象)
무생무연(無生無緣)
천화장지(天和將至)

"하아……."

석도명이 그 뜻을 도통 알 수 없다는 듯이 긴긴 한숨을 내쉬었다.

다음날 석도명은 유일소의 자취가 짙게 남아 있는 초옥을 불태우고 어디론가 떠나갔다.

사부의 유지(遺志)를 받들어 세상으로 나간 것이다.

〈2권에서 계속〉

FANTASY STORY & ADVENTURE

흡혈왕 바하문트

Bahamoont the Blood

쥬논 판타지 장편 소설

판타지의 연금술사 쥬논!
『앙신의 강림』,『천마선』,『규토대제』
그 화려했던 시대가 저물고, 새로운 신화로 돌아왔다!

붉은 땅, 고대 흉왕의 무덤에서 권능을 얻은 바하문트.
악마의 병기 플루토의 절대 지배자!

이제 모든 질서를 파괴하는 피의 전쟁을 선포한다!

dream books
드림북스

『악공전기』 출간 기념 드림 빅 이벤트

문우영 신무협 장편 소설

악공전기

"이 암울한 시대에 던지는 빛나는 수작!"

골든베스트 1위! 신인베스트 1위!
대한민국 최대 장르 사이트 문피아의 독자들을 열광시킨,
작가 조진행이 극찬했던 바로 그 화제의 신간!

악공전기
문우영 신무협 장편 소설

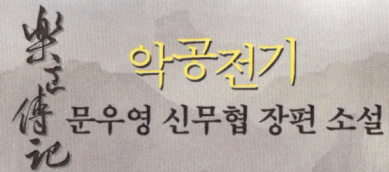

감동의 소리를 얻으려는 자, 어둠을 보라.
눈을 감으면 악공 석도명이
연주하는 새로운 세상이 열린다!

✣ EVENT ONE ✣

책을 구입하신 분들 중 추첨을 통해 아래의 사은품을 드립니다.

[사은품]
1등(1명) : PMP + 『악공전기』 3권(작가 친필사인)
2등(3명) : MP3 & 스피커 + 『악공전기』 3권(작가 친필사인)

[응모요령]
1,2권 띠지에 부착된 응모권을 오려 2권에 들어 있는 애독자 엽서에 붙여 보내주세요.
(응모권은 2개 모두 보내주셔야 합니다.)

✣ EVENT TWO ✣

이벤트를 진행하는 인터넷 서점(yes24,인터파크)에서 책을 구입하신 분들 중 추첨을 통해 20명에게 아래의 사은품을 드립니다.

[사은품]

『악공전기』 3권(작가 친필사인) + 문화상품권 1만원

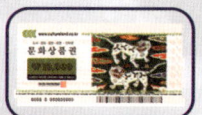

✣ EVENT THREE ✣

『악공전기』 1,2권을 모두 읽고 감상평을 올리시는 분들 중 21명을 추첨하여 사은품을 드립니다.

[사은품]

서평 으뜸상(1명) : 『악공전기』 3권(작가 친필사인) + 에어기타
서평 우수상(20명) : 『악공전기』 3권(작가 친필사인)

[응모요령]
책을 읽고 이벤트를 진행하는 인터넷 서점(yes24,인터파크) 서평란에 올려주시고, 그 내용을 복사하여(이메일, 아이디 기재) 한 번 더 '드림북스 홈페이지 감상란'에 올려주세요.

[이벤트 기간] 2008년 3월 5일~2008년 4월 5일

[당첨자 발표] 2008년 4월 15일(당사 홈페이지 및 장르문학 전문 사이트에 발표합니다.)

☞ 드림북스 홈페이지 http://www.sydreambooks.com
☞ 드림북스 블로그 http://www.blog.naver.com/dream_books
☞ 문피아 사이트 http://www.munpia.com/출판사 소식/드림북스
☞ 조아라 사이트 http://www.joara.com/출판사 소식

※ 수령하실 사은품은 이미지와 다를 수 있습니다.
※ 사은품은 『악공전기』 3권 발행 후 일괄 배송합니다.

향공열전 鄕貢列傳

조진행 신무협 장편 소설
ORIENTAL FANTASY STORY & ADVENTURE

최고의 작품만을 선보이는 무협의 거장!
「천사지인」,「칠정검칠살도」,「기문둔갑」의
베스트셀러 작가 조진행이 심혈을 기울인 역작!

대림사(大林寺) 구마선사가 남긴 유마경(維摩經)의 기연.
월하서생 서문영, 붓을 꺾고 무림의 길로 나선다!

이제, 과거 시험은 작파하고 무공을 배우겠다!

dream books
드림북스